Impressum:

Das Feuer der Erde

März 2019

VA-Verlag • www.va-verlag.de • Germany
Veronika Aretz, Vennstraße 30, 52134 Herzogenrath

Lektorat: Gesina Stärz
Korrektorat: Christine Föllmer-Maier
Buchcoverdesign: Sarah Buhr / www.covermanufaktur.de
unter Verwendung von Bildmaterial von: wacomka; janniwet;
Jag_cz; T.Thinnapat / Shutterstock
Innensatz: Veronika Aretz
Druck: Booksfactory / PRINT GROUP, Szczecin (Polen)

Ein Titeldatensatz für diese Publikation ist bei der
Deutschen Nationalbibliothek erhältlich.

ISBN: 978-3-944824-84-0

Leo Aldan

Das Feuer der Erde

▪ Roman ▪

Unter dem kilometerdicken Eispanzer der Antarktis lauert eine Gefahr. Wissenschaftler haben dort über hundert Vulkane entdeckt. Eine Theorie sagt: Wenn das Eis weiter schmilzt, lässt der Druck auf die Vulkane nach. Das könnte sie aktivieren und eine weltweite Katastrophe auslösen.

1

15. Februar 2029, Beardmore Gletscher, Antarktis

Die Temperatur hätte niedriger sein müssen. Georgina Finley registrierte es mit einer gewissen Unruhe. Ihre Sinne stellten sich scharf. Es war immer das Wetter, das die Außeneinsätze in der Antarktis gefährdete. Jederzeit konnte es umschlagen.

Georgina raste mit ihrem Schneemobil den im Schatten liegenden Beardmore Gletscher hinauf. Ohne vom Gas zu gehen, nahm sie eine Hand vom Lenker und wischte mit ihrem dicken Handschuh die Tropfen von ihrer Schneebrille. Sie taxierte den kristallklaren Himmel. So weit sah es ganz gut aus, aber hinter den weißen Bergspitzen der Supporters Gruppe zu ihrer Linken schimmerte die Luft in mattem Gelb.

»Mir gefällt das nicht.« Camilles spröde Stimme kam aus dem Helmlautsprecher.

Georginas Assistentin hatte schon ein gutes Dutzend Mal in der Antarktis gearbeitet. Camille und die Laborantin Nicky fuhren versetzt neben ihr und zogen Fahnen aufgewirbelten Schnees hinter sich her.

»Mir auch nicht«, sagte Georgina.

Camille lachte humorlos. »Sollen wir umkehren?«

Und die Mission so kurz vor dem Ziel abbrechen? Georgina hatte einen Verdacht. Über hundert Vulkane gab es unter dem Eispanzer der Antarktis. Vor ihrem inneren Auge explodierte das Eis. Der Ausbruch des Krakatau wäre dagegen harmlos wie ein Feuerwerksböller. Sie schüttelte die Vorstellung ab.

Sie brauchte Daten, die Aufzeichnungen aller Seismographen. Fehler konnte sie sich nicht leisten. Mit ihren siebenundzwanzig Jahren war sie die jüngste Teamleiterin der McMurdo-Station. Sie checkte das GPS: S84°49'55,2" E163°35'42,8" – Höhe 1768 Meter über Normalnull. Der Umkehrpunkt war bereits überschritten. Entschlossen drehte sie den Gasgriff bis zum Anschlag, der Motor heulte auf und das Schneemobil sprang über die Bodenwellen. »Wir fahren weiter zum oberen Camp.«

»Dort werde ich mir erst mal die Finger wärmen«, hörte sie Nicky aus dem Helmlautsprecher.

»Wenn du glaubst, deine Hände einem Mann unter den Pullover schieben zu können, täuschst du dich«, erwiderte Camille. »Das Camp ist unbesetzt.«

Das war so typisch für die beiden. Wo immer Nicky auftauchte, zog sie mit ihren Mandelaugen und ihrem sexy Körper die Blicke der Männer magnetisch an, was sie gerne ausnutzte. Die hagere Camille McFarland fand selten Aufmerksamkeit.

Georgina wischte die Gedanken beiseite und konzentrierte sich auf die Piste. Sie suchte den nächsten rotgeflaggten Markierungsstab. Eine halbe Meile vor ihr steckte er im Schnee. Dort verbargen sich Gletscherspalten.

Ein explosionsartiger Knall ließ sie zusammenfahren.

Camille deutete nach links Richtung Mount Bartlett. »Gletscherbruch.«

Das hatte gerade noch gefehlt! Es bedeutete neue Gletscherspalten – unmarkierte. Georgina drosselte die Geschwindigkeit. Das Eis unter ihr erschien ihr nicht mehr sicher. Sie steuerte nach rechts, näher an die Flanke der Skaar Ridge, deren Gipfel im Schein der flachen Sonne matt leuchteten. Sie hoffte, so genügend Abstand zu den Spalten zu bekommen.

Am Himmel zog Dunst auf.

Camille bemerkte es auch. »Da braut sich ein Unwetter zusammen.«

Georgina wünschte, sie könnten schneller fahren. Sie hielt sich so weit wie möglich von den Markierungen fern. Es wurden immer mehr: links dicht wie ein Röhricht, auch rechts kamen sie näher. Georgina fädelte sich klopfenden Herzens hindurch.

Major Healey, Kommandant der McMurdo-Station, hatte sie gewarnt: Letztes Jahr war auf dieser Strecke eines der Kettenfahrzeuge eingebrochen. Die Bergung war schwierig gewesen und einem Teammitglied musste wegen Erfrierungen ein Fuß abgenommen werden. Georgina zog es bei diesem Gedanken den Magen zusammen. Sie ließ kein Auge von der Piste.

Plötzlich registrierte sie eine Bewegung vom Polarplateau, eine Bö schüttelte ihren Schlitten und innerhalb weniger Sekunden hüllte sie staubfeiner Schnee ein. Berge und Horizont verschwanden in einem diffusen Weiß, das alles verschluckte. Ein verdammtes White-Out! Ihr Herz schlug bis zum Hals. Sie musste jetzt die Nerven behalten. Kein abruptes Bremsmanöver, die Gefahr war viel zu groß, dass ihre beiden Mitarbeiterinnen in sie hineinrasten. Aber irgendwo vor ihr klafften Gletscherspalten. Schon hatte sie den Befehl zum Anhalten auf den Lippen, da zeichneten sich die Konturen der Landschaft wieder ab. Georgina nahm einen tiefen Atemzug. Glück gehabt. Wäre sie allein unterwegs, könnte sie mehr riskieren. Aber sie hatte Verantwortung. Sie musste so schnell wie möglich auf die Höhen, bevor es schlimmer wurde. »Bleibt genau auf meiner Spur«, rief sie ins Helmmikrofon und ließ den Motor aufheulen. Sie visierte die abgesteckte Spur an, behielt aber den Himmel im Auge.

Hinter der Skaar Ridge, die das Ende der Queen Alexandra Kette bildete, verließ sie den Beardmore Gletscher und steuerte den steilen Anstieg zum Polarplateau hinauf. Auf der Hochebene blies ihr ein heftiger Wind entgegen. Von Süden rollten schwarze Wolken heran.

Nicky schob sich mit ihrem Schneemobil neben Georgina. »Ist das nicht wunderschön«, rief sie begeistert und deutete auf den Himmel hinter sich.

Georgina drehte den Kopf und erblickte eine linsenförmige Lichterscheinung, die über der gesamten westlichen Bergkette aufzog. Im Zentrum erschien sie dunkellila, an den Rändern ging sie in mattes Gelb über. Unwillkürlich lief ihr ein kalter Schauer über den Rücken. »Hast du so etwas schon mal gesehen, Camille?«

Die schüttelte den Kopf.

Instinktiv zog Georgina die Schultern ein. Unbekannte Wettererscheinungen häuften sich in den letzten Jahren – und meistens brachten sie nichts Gutes. Sie konzentrierte sich wieder auf die Piste. Mit Höchstgeschwindigkeit flogen die Schlitten über das glatte Schneefeld und in weitem Bogen um Mount Wild herum. In einem geschützten Tal dahinter befand sich das Camp und nicht weit davon war der Seismograph verankert. Der letzte, bei dem Georgina Akkus und Datenchips austauschen sollte. Danach war ihre Mission beendet. Mit den Daten von einundzwanzig Seismographen, die vier Jahre lang auf den Puls der antarktischen Vulkane gelauscht hatten, würden sie und ihr Team in die Vereinigten Staaten zurückfliegen. Ein mulmiges Gefühl beschlich sie beim Gedanken an die Auswertung.

Plötzlich erschien der Schnee vor ihr glatt und glänzend. »Vorsicht! Glatteis!«, schrie sie ins Helmmikrofon. Schon geriet ihr Schneemobil ins Schlingern, der Anhänger verstärkte den Impuls und brachte das Gespann ins Schleudern. Georgina schoss das Adrenalin in die Adern. Im Augenwinkel sah sie Nickys Gefährt auf eine Kante zurutschen.

»Nicky!« Camilles panische Stimme mischte sich im Helmlautsprecher mit ihrer eigenen. »Gegensteuern! Gegensteuern!«

Während sie versuchte, ihr eigenes Schneemobil unter Kontrolle zu bringen, kippte Nickys Gespann über die Kante und verschwand.

Georgina stieß einen Schrei aus. »Nicky!« Mit Mühe brachte sie ihren Motorschlitten zum Stehen. Sie sprang von ihrem Sitz und sofort zog es ihr die Füße unterm Körper weg. Reflexartig krallte sie sich an Lenker und Sitzbank fest. »Nicky, melde dich!«, brüllte sie in ihr Helmmikrofon.

Keine Antwort. Irgendwie fand sie Halt und konnte die Steigeisen aufziehen. Das Blut rauschte in ihren Ohren. Sie kämpfte sich gegen eisigen Wind zur Kante vor. Zwanzig Meter tiefer sah sie das Gespann. Nicky lag eingeklemmt unter dem Anhänger. Sie bewegte sich nicht.

Um Georginas Brust schien sich eine Klammer zu legen und ihr den Atem auszupressen. Es war ihre Schuld. Sie hatte die Gruppe mit zu hoher Geschwindigkeit auf das Eis gelotst. Schneeflocken sausten wie winzige Geschosse durch die Luft. Der Wind zerrte am Fell ihrer Kapuze.

Camille tauchte neben ihr auf. »Scheiße!«

Georgina agierte wie in Trance. Sie ließ sich bäuchlings über die Kante gleiten. Sie rutschte, fand Halt. »Beeil dich!«, rief sie ihrer Assistentin zu und rannte den Hang hinunter.

Camille folgte fluchend.

Da drang Stöhnen aus dem Helmlautsprecher.

Gott sei Dank, Nicky lebte. Der Druck wich von Georginas Brust. Sie lief schneller. Tränen verschleierten ihre Sicht. »Nicky! Wir kommen!«

An der Unfallstelle überlegte sie nicht lange. Sie stemmte ihre Füße ins Eis, ergriff die Kufe des Anhängers und zog mit aller Kraft. Das Fahrzeug hob sich etwas an. »Zieh sie raus, schnell!«

Camille packte sofort zu und befreite Nicky. Keinen Augenblick zu spät, denn der schwerbeladene Hänger entglitt Georginas Händen und die Kufe landete knapp neben ihrem Fuß.

»Danke!«, hauchte Nicky.

»Bist du okay?«

»Mein Bein.«

Georgina betastete es behutsam. Das Schienbein stand in merkwürdigem Winkel ab. »Gebrochen«, schloss sie. Sie trat beiseite. Camille war die Rettungssanitäterin.

»Beiß die Zähne zusammen!«, gebot Camille. Vorsichtig fasste sie das verletzte Bein und streckte es.

Nickys Schrei fuhr wie eine Klinge in Georginas Herz.

»Verdammter Sanitöter!«, ächzte Nicky.

»Ich weiß, es tut weh«, sagte Camille mit sanfter Stimme. Sie schiente und fixierte den Bruch mit zwei Stangen und einem Seil aus der Ladung.

Gemeinsam legten sie Nicky auf den Hänger. Georgina startete das Schneemobil. Vorsichtig gab sie Gas, doch schon nach wenigen Metern fanden die Steuerkufen keinen Halt auf dem Eis und auch die Antriebsketten drehten durch.

Camille blickte mit grimmiger Miene zur Kante empor. »Wir sitzen fest.«

Georgina stemmte sich gegen die Schneeböen. Es gab nur eine Möglichkeit: »Wir biwakieren hier, bis der Sturm vorüber ist.«

Während Camille das Zelt aufbaute, stieg Georgina auf das Plateau hinauf. Sie versuchte, ihr Schneemobil näher an den Grat heranzufahren. Als es ins Rutschen geriet, riss sie instinktiv eine Wolldecke aus dem Hänger und warf sie vor die Kufen. Das wirkte wie Streusand. Sie wunderte sich, wie selbstverständlich sie reagierte. Sie sicherte das Fahrzeug mit Seilen und Eisnägeln, danach holte sie Camilles Motorschlitten und vertäute ihn neben ihrem. Sie prüfte noch einmal die Knoten. Dem Anhänger entnahm sie das Funkgerät und meldete der McMurdo-Station den Unglücksfall. Ruhig, sachlich, so, als berührte sie das alles nicht. Die Antwort nahm sie wie aus weiter Ferne wahr: Einen Rettungshubschrauber konnten sie vor Ende des Sturms nicht erwarten. So lange müssten sie auf dem Gletscher ausharren.

Verdammte Scheiße. Georgina schnappte sich so viel Ausrüstung, wie sie tragen konnte, und brachte sie ins Zelt.

Camille entfernte die provisorische Schiene von Nickys Bein.

»Kann ich helfen?«, fragte Georgina.

»Wenn du mir den Sani-Koffer bringen könntest. Ich brauche das Antiseptikum, sterile Kompressen …« Camille verkniff das Gesicht. »Das wäre alles nicht passiert, wenn wir Seismographen mit Funkübertragung hätten. Aber dafür geben sie uns kein Geld. Dass Menschen in Gefahr kommen, interessiert sie nicht.« Sie schnitt Nickys Hosenbein auf.

Der Wind rüttelte immer heftiger an der Zeltwand und pfiff um die Verspannungsseile. Der Anblick von Blut machte Georgina nichts aus – außer dass es Nickys war – aber der des Knochens verursachte ihr ein flaues Gefühl im Magen. Georgina atmete tief. Warum hatte sie das Glatteis nicht früher bemerkt?

Camille stabilisierte Nickys Bein mit einer Schiene. Sie verband die Wunde, dann zog sie das zerschnittene Hosenbein so weit es ging über die Bandagen. »Fertig.« Sie strich Nicky über die Wange. »Wenn's zu schlimm wird, kann ich dir Morphin spritzen.«

Nicky brachte ein verzerrtes Grinsen zustande. »Legaler Dope.« Dann presste sie die Lippen zusammen. »Bei so viel Unfähigkeit hab' ich das nicht verdient.«

»Unsinn!«, erwiderte Georgina. »Es war das verdammte Eis!«

Camille verengte die Augen. »Das sollte es hier überhaupt nicht geben!«

Georgina fuhr sich mit der Hand übers Kinn. Die Sorge um Nicky hatte diesen Umstand in den Hintergrund treten lassen. Glatteis formte sich nur bei Temperaturen um den Gefrierpunkt. Sie starrte auf das Thermometer. »Draußen ist es plus zwei Grad Celsius.«

Camille lachte auf. »Hier drin vielleicht. Du hast vergessen, den Sensor …«

Georgina schüttelte den Kopf. »Der ist ordnungsgemäß einen Meter vom Zelt entfernt angebracht.«

Und dann hörte sie über das Heulen des Sturms ein Trommeln auf dem Zeltdach ... Regen ... und das mitten in der Antarktis auf einer Höhe von zweitausendvierhundert Metern! Das war unmöglich. Georgina öffnete den Eingang einen Spalt und der Wind drückte dicke Tropfen herein. Draußen sammelte sich das Wasser in Pfützen auf dem Eis.

»Das gibt's doch nicht!«, stöhnte sie.

Nach einer Stunde wurde es totenstill. Die Zeltwand erstarrte. Es wurde kalt im Zelt. Auf dem Thermometer sah Georgina die Temperatur fallen. Sie fragte sich, ob das das Ende des Sturms bedeutete. Sie griff zum Funkgerät.

Eine verzerrte Stimme antwortete. »Es ist nicht vorbei. Richten Sie sich auf mehrere Tage ein.«

Auch das noch!

Camille half Nicky, die vor Schmerz ihre Augen zusammenkniff, in den Schlafsack und zog den Reißverschluss bis zum Hals zu. Sie baute den Kocher auf und durchsuchte die Essensvorräte. »Ich glaube, wir könnten alle eine heiße Bouillon vertragen.«

Georgina nickte. Mit klammen Fingern machte sie Einträge in ihr Logbuch.

10h35: -13,8 °C
10h40: -17,3 °C
10h45: -21,6 °C
10h50: -28,1 °C

Der Sturm rüttelte erneut an der Zeltwand. Georgina hauchte auf ihre zusammengeballten Hände, bis ihr Atem die Finger einigermaßen erwärmt hatte, dann zog sie Handschuhe an. Draußen fiel die Temperatur weiter. Nach einer Stunde stabilisierte sie sich bei minus zweiundvierzig. So sollte sie zu dieser Jahreszeit und auf dieser Höhe sein – und nicht in den Plusgraden. Jetzt konnte sich Georgina das Glatteis erklären: Die extremen Wetterschwankungen, die seit den letzten fünf Jahren die gemäßigten Breiten heimsuchten, hatten auch die Antarktis erreicht. Das bedeutete: Die Gletscher schmolzen schneller als in den bisherigen Berechnungen angenommen. Welche Folgen hatte das?

Plötzlich zitterte der Boden. Unwillkürlich fuhr Georgina zusammen. Wieder ein Gletscherbruch? Oder vielleicht doch ein Vulkan? Sie lauschte. Es blieb still. Jetzt werde nicht hysterisch! Noch ist nichts bewiesen. Die Daten der Seismographen würden Klarheit schaffen. Sie mussten lückenlos sein. Dafür würde sie sorgen – sobald es ging. Georgina ließ den Kopf in die Kapuze ihres Schlafsacks sinken und entspannte Bein- und Schultermuskeln. Das Warten begann.

Draußen heulte der Orkan, wild, mächtig. Unter seinen Böen beugte sich das Gestänge, und jedes Mal, wenn die Zeltwand knallte, schoss Adrenalin in Georginas Adern. Sie wusste, dass das Material für solche Belastungen ausgelegt war, aber ihr Körper reagierte, signalisierte Gefahr. Sie konzentrierte sich auf das Atmen. Ein, aus.

Nicky warf den Kopf hin und her. Sie stöhnte. Georgina hoffte, dass sich die Wunde nicht entzündete. Armes Mädchen. Eine kleine aufgeputzte Straßenratte, wenn nicht etwas Übleres – das war ihr erster Eindruck von Nicky beim Vorstellungsgespräch vor weniger als einem Jahr gewesen. Nicky Friday. Sie hatte sich offen gegeben und mehr als nötig über sich erzählt: An einem Freitag vor vierundzwanzig Jahren hatte man sie als Baby vor einem katholischen Waisenhaus gefunden. Keine Papiere. Eltern unbekannt. Wollte sie damit Mitleid wecken, um den Job zu bekommen? Da gab es Lücken im Lebenslauf, in denen Georgina nichts Gutes vermutete. Auch hatte Nickys Bachelorarbeit nicht die beste Beurteilung. Ein leises ›Bitte‹ und der treuherzige Blick aus den Mandelaugen hatte Georgina tief berührt. Sie hatte ihr trotz besser qualifizierter Bewerber den Job als Laborantin gegeben – und es nie bereut. Nicky bereicherte das Team mit ihrer lebenslustigen Art und, was Georgina nicht geahnt hatte, mit einem immensen Wissen, was Computer betraf.

Der Sturm riss am Zeltdach, als erzürnte ihn das bisschen Gewebe, das ihn hinderte, seine kalten Finger um die Eindringlinge zu legen, die es wagten, sein Reich zu betreten. Wieder konzentrierte sich Georgina auf ihren Atem. Ein, aus. Die Sekunden zogen sich zu Minuten, die Minuten zu Stunden. Eintöniges Einerlei. Kochen, essen, liegen. Sie drehte sich auf die andere Seite. Die Trinkflasche drückte gegen ihren Oberschenkel. Georgina schob sie tiefer in den Schlafsack. Es gab keinen Platz, wo sie nicht störte. Aber draußen wäre das Wasser in wenigen Minuten eingefroren.

Camille schnarchte. Georgina fragte sich, wie sie bei diesem Höllenlärm schlafen konnte. Seit Camilles Mann William in der Blüte seines Lebens an Krebs gestorben war, redete sie nicht mehr viel. Zum Labor in St. Louis gehörte sie wie das Inventar. Sie war schon dort, als Georgina die Stelle als Teamleiterin bekam. Die knochige Frau hatte all ihre früheren Vorgesetzten überdauert. Vielleicht waren sie ja vor ihr geflohen. Camille sagte ihre Meinung, unverblümt.

Die Stunden vergingen. Camille erwachte. Sie schälte sich aus ihrem Schlafsack und entzündete den Kocher. Warme Luft breitete sich im Zelt aus. Camille taute Schnee und wärmte den Inhalt einer Konservendose auf. Die Anstrengungen der letzten Tage und Wochen zeichneten Schatten um ihre Augen. Mit fünfundvierzig Jahren hatte sie den Höhepunkt ihrer körperlichen Leistungsfähigkeit überschritten. Aber Camille war zäh.

Der Geruch von Rinder-Stew breitete sich im Zelt aus. Georgina rappelte sich hoch. Sie tupfte Nicky den Schweiß von der heißen Stirn. Sie ließ eine Tablette in einem Becher Wasser zerfallen. Hoffentlich kam der Rettungshubschrauber, bevor die Schmerzmittel zu Ende gingen.

Nach dem Essen zog sich Georgina auf ihr Lager zurück. Sie schüttelte ihre brünetten Haare aus und bürstete die Hexen heraus. Camille sah ihr mit stoischem Gesichtsausdruck zu. Georgina beneidete sie fast um ihr kurzgeschorenes Haar. Damit hatte sie nicht viel Mühe abseits der Zivilisation.

»Kann ich den Kocher abschalten?«, fragte Camille.

Georgina nickte, legte die Bürste beiseite und zog sich die Mütze über den Kopf.

Der Brennstoffvorrat war nur für Notfälle ausgelegt, aber ein paar Minuten Wärme durch die Flammen konnten sie sich leisten. Georgina mühte sich mitsamt ihrer Thermojacke in den Schlafsack.

Wieder war sie zur Untätigkeit verdammt. Sie hörte dem Heulen des Sturms zu. Sie liebte die Antarktis, die raue Einsamkeit und die unverfälschte Natur. Es schmerzte sie, dass sich gerade hier der Klimawandel am deutlichsten zeigte. Die hochspezialisierten, an diese extremen Bedingungen angepassten Organismen starben zuerst, seltene Algen, winzige Krebse. Der Wandel tötete die einen, die dann Platz für andere machten. So war der Lauf der Dinge. Kurzlebig, vergänglich. Tief im Erdinneren herrschte eine andere Zeitskala. Veränderungen fanden langsamer statt, hatten aber gravierende Folgen. Der Planet selbst atmete und unter seiner Kruste pulsierten Magmaströme wie das Blut in den Adern der Menschen und Tiere. Alles lebte auf dem Rücken der Erde. Solange es der Erde gut ging, ernährte sie ihre Geschöpfe. Aber die Balance war gestört. Die Erde stöhnte. Wenn der Planet sein Gleichgewicht neu einstellte, würden ungeheure Kräfte frei werden – mit fatalen Folgen. Welche? Genau das wollte Georgina herausbekommen.

Aber zunächst forderte das Wetter ihre Geduld heraus. Liegen, warten. Die Zeit kroch dahin.

Endlich hörte Georgina die ersehnte Stimme aus dem Funkgerät. Die McMurdo-Station. Nach zwei langen Tagen. Der Hubschrauber würde in wenigen Stunden starten können, sagte jemand. Sie blickte auf ihre Multifunktionsuhr. Die Zeit müsste reichen, um den letzten Chip zu holen.

Sie zog den Reißverschluss des Innenzelts auf. Der Verschluss des Außenzelts ließ sich nur schwer öffnen. Neuschnee lag von außen dagegen. Georgina grub sich an die Oberfläche. Nickys Schneemobil konnte sie nirgends sehen. Sie vermutete es irgendwo unter der Schneemasse, die den Talkessel bis zu halber Höhe füllte. Mit Steigeisen erklomm sie den eisbedeckten Hang. Als ihr Blick auf die oben geparkten Motorschlitten fiel, blieb sie wie angewurzelt stehen. Dick von Eis umschlossen standen sie wie zwei bizarre Kunstwerke da. An Fahren war nicht zu denken. Georgina presste die Lippen aufeinander. Wenn sie auf die Daten nicht bis zur nächsten Expedition in vier Jahren warten wollte, blieb ihr nur noch ein einziger Weg. Mit einem Ruck wandte sie sich um und stieg zum Zelt hinunter. Ihr Entschluss stand fest: Sie würde sich zu Fuß auf den Weg zum Seismographen machen und den Datenchip holen.

»Bleib hier«, sagte Camille in scharfem Tonfall.

Georgina erkannte die Sorge hinter den Worten. »Du kümmerst dich um Nicky!«, erwiderte sie.

Camille schwieg, ihre Nasenflügel bebten.

So schwer Georgina diese Entscheidung fiel, sie sah keine andere Möglichkeit. Wenn sich die vulkanische Aktivität unter dem Eis der Antarktis änderte, dann könnte ein Super-GAU bevorstehen. Georgina wollte das nicht denken. Sie war Wissenschaftlerin. Sie brauchte Daten. Jetzt. Sie packte Werkzeug sowie einen Klappspaten in ihren Rucksack und steckte das GPS ein. »Bis Mittag bin ich wieder zurück.« Sie nahm den Eispickel in die rechte und stapfte los.

Die dicke Montur behinderte ihre Bewegungen. Sie fühlte sich wie eine Pellwurst auf Beinen. Ein Motorschlitten war definitiv die bessere Art der Fortbewegung. Ihre Muskeln schrien bereits seit einer viertel Stunde nach einer Pause, als sie endlich die Südflanke des Mount Augusto erreichte.

Schon von weitem sah sie die Notunterkunft, eine winzige Baracke. Zweihundert Meter links davon stand der Seismograph mit seinem orangefarbenen Schutzgehäuse und darüber, an einem hohen Gestell montiert, breiteten sich wie Flügel zwei dunkelblauschimmernde Solarpaneele aus. Sie wunderte sich, dass das Gerät nicht bis oben hin eingeschneit war, wie all die anderen – das letzte hatten sie aus meterhohem Schnee freischaufeln müssen. Dieses Mal brauchte sie wenigstens nicht zu graben.

Beim Näherkommen bemerkte sie dicke Eisschichten um die Hütte und das Gehäuse des Seismographen. Die sahen aus wie in Acryl eingegossen. Sie stöhnte. Da musste sie sich durchhacken. Aus der Ferne drang das Schlagen von Rotorblättern an ihr Ohr. Warum kam der Hubschrauber so früh? Sofort umkehren, war ihr erster Gedanke. Aber das würde den Verlust eines Datensatzes bedeuten. Sie taxierte die Entfernung zum Seismographen. Sie war ja schon fast dort. Entschlossen setzte sie sich in Trab.

Am Gerät angekommen überlegte sie nicht lange, packte ihren Eispickel mit beiden Händen und hackte auf den Eismantel ein. Bei minus achtunddreißig Grad war er fest wie Panzerglas. Mit aller Kraft brach sie Stück für Stück heraus. Die Minuten vergingen. Schweiß lief ihr über den Rücken und ließ die Kleidung an ihrer Haut kleben.

Das Hubschraubergeräusch wurde lauter, ein Schatten streifte sie und wenig später erstarben die Motoren. Georgina hackte verbissen am Eismantel. Der Hubschrauber würde warten. Er musste warten.

Sie arbeitete wie besessen weiter, bis sie eine Bö traf. Sie blickte auf. Vom Polarplateau schob sich eine dunkle Wolkenwand heran. Bei dem Anblick gefror ihr der Schweiß auf der Haut. Schon wieder ein Sturm – und bevor er einsetzte, musste der Helikopter starten. Sie wollte alles hinwerfen und zurücklaufen. Aber die Daten! Die brauchte sie. Deswegen war sie gekommen. Verzweifelt drosch sie auf das Eis ein. Es knackte, splitterte, plötzlich lag die Serviceklappe frei. Sie ließ Schlüssel und Schraubenzieher in der Werkzeugtasche stecken und zerschlug kurzerhand die Luke. Sie nestelte den Datenchip heraus und verschloss ihn in der mitgebrachten Box. Dann warf sie alle unnötigen Ausrüstungsgegenstände zu Boden und lief so schnell sie konnte Richtung Biwak. Abschüssige Stellen rutschte sie auf dem Hintern hinab, rappelte sich wieder auf, verlor das Gleichgewicht, rollte den Hang hinunter. Sie stieß sich die Schulter, prellte sich die Rippen und immer schaute sie auf die heraneilenden Wolken. Ohne Zelt war sie verloren.

Plötzlich trug ihr der Wind das anschwellende Heulen von Triebwerken zu. Höher und immer höher, bis das Schlagen der Rotorblätter einsetzte. Der Hubschrauber startete. Georgina rannte schneller. Winzige Schneeflocken stachen wie spitze Nadeln in ihre Wangen. Selbst wenn der Helikopter fort war, gab es das Zelt. Darin konnte sie den Sturm überstehen. Sehen konnte sie es noch nicht, aber mit jedem Schritt kam sie dem Biwak näher.

Dann trübte sich die Sicht. Eine Bö brachte feinen Schnee. Von einer Sekunde zur anderen schien sie blind geworden zu sein. Georgina taumelte. Konturloses Weiß umgab sie. Sie konnte noch nicht einmal sagen, was oben oder unten war. Das Knattern des Hubschraubers kam von allen Seiten gleichzeitig, mal näher, mal weiter weg. Georgina wischte den Schnee von ihrer Schutzbrille und versuchte das Weiß zu durchdringen. Zwecklos. Panik schnürte ihr die Brust zusammen. Ruhe! Ruhe! Das ist nicht das Ende. Sie fokussierte ihren Blick auf das Display des GPS. Ein kleines Kreuz markierte das Biwak. Laufen, befahl sie sich. Stehenbleiben war der Tod. Sie stemmte sich gegen den Wind.

Eine Bö riss sie von den Beinen. Instinktiv rollte sie sich ab. Ein harter Aufprall, ein stechender Schmerz an der Schläfe, ein Rauschen in den Ohren, übertönt nur vom Schlagen der Rotorblätter. Der Helikopter schien direkt über ihr zu sein.

Sie hätte heulen können. Aber das nützte nichts. Nur nicht den Kopf verlieren. Sie rappelte sich auf und lief weiter.

Die nächste Bö lichtete die Schneewolke. Georgina bemerkte einen Schatten über sich. Das wirkte wie ein Stromstoß. Sie schwenkte die Arme wie verrückt und schrie aus Leibeskräften. Dann verdichtete sich der Schnee wieder. Undurchdringliches Weiß umgab sie erneut. Der Hubschrauber so nah ... aber er konnte sie nicht sehen. Und selbst wenn, bei dem Wetter konnte er nicht landen. Georgina biss die Zähne zusammen. Sie musste zum Biwak. Das war ihre einzige Chance. Sie fixierte den Punkt auf ihrem GPS und hetzte weiter. Sie verbannte das Hubschraubergeräusch aus ihrem Bewusstsein. Als sie sich entschlossen hatte, den Datenchip zu holen, hatte sie um einen hohen Preis gepokert. Sie hatte verloren. Aber wenigstens Camille und Nicky waren in Sicherheit.

Plötzlich endete das Schneegestöber. Über sich sah Georgina blauen Himmel. Und mitten darin schwebte ein zweimotoriger Armeehubschrauber. Georgina schrie, sprang auf und ab und winkte mit beiden Armen. Drehte er auf sie zu? Er kam tatsächlich näher! Dann stand er über ihr in der Luft, die Seitentür schob sich auf und ein Mann in knallrotem Overall schwebte an einem Seil zu ihr herunter. Einen Moment pendelte er dicht über dem Boden, dann stand er auf seinen Füßen. Georgina sprang auf ihn zu. Hätte er keinen Helm aufgehabt, hätte sie ihn geküsst. Er nickte, schnallte das Geschirr um sie und gab seinem Kumpel an der Winde ein Handzeichen. Georgina spürte einen harten Ruck und schwebte schon in der Luft, als die nächste Schneewolke herbeifegte. Dicht an den Mann gepresst ging es rasend schnell in die Höhe. Jemand zog sie und ihren Retter in den Hubschrauber. Die Tür wurde geschlossen. »Nehmen Sie Platz, Ma'am, und schnallen Sie sich an.«

Georgina sank auf den nächsten Sitz. »Thanks, Guys!« Sie kannte die beiden aus der Kantine. Sergeant Jones und Sergeant Adams. Ohne die Jungs hätte sie den Sturm allein im Zelt überstehen müssen, falls sie es überhaupt geschafft hätte. »Ihre Drinks heute Abend gehen auf meine Rechnung.«

Die beiden stießen sich an und grinsten.

Georgina lächelte. Mehr als die Getränke würden sie nicht bekommen, auch wenn sie sich vielleicht mehr erhofften.

Von einem Platz auf der anderen Seite des Gangs blickte Camille herüber. Nicky lag auf einer Trage gegenüber der Tür, von ihrem Arm führte ein Schlauch zu einem Tropf über ihr. Sie hob den Kopf. Erleichterung stand in den Gesichtern der beiden Frauen, aber auch eine Frage. Georgina nickte ihnen zu. Sie zog den Behälter mit dem Chip aus ihrer Tasche und hielt ihn triumphierend wie eine Trophäe in die Höhe.

»Dann hat sich's ja gelohnt«, sagte Nicky.

Georgina beugte sich vor und drückte den beiden Mitarbeiterinnen wortlos die Hand. In ihrem Herz spürte sie, dass sie mehr als die Arbeit und die Liebe für die Antarktis verband.

Wenige Tage später schob Sergeant Woodrop Nicky im Rollstuhl zu der wartenden Militärmaschine. Alle nannten ihn wegen seines Alters und der langjährigen Dienstzeit nur Grandpa. »Hast du von allen ein Autogramm bekommen?«

»Das von Major Healey fehlt mir noch.« Nicky warf dem Leiter der McMurdo-Station einen bittenden Blick zu. Ihr glattes Haar glänzte in der tiefstehenden Sonne wie das Gefieder eines Raben. Er beachtete sie nicht. Mit langen Schritten ging er neben Georgina. Sie redete auf ihn ein. Dabei hatte sie ihre Schulmeistermiene aufgesetzt. Die kannte Nicky nur zu gut. Sie grinste in sich hinein, spitzte aber die Ohren.

»Sir, achten Sie auf Erdstöße. Wenn sie stärker werden oder häufiger, sehen Sie zu, dass sie mit ihren Leuten die Antarktis verlassen.«

Nicky horchte auf. Hatte ihre Chefin die Daten schon sichten können? Oder sprach sie die Warnung aufgrund einer

Ahnung aus? Georginas Miene verriet es ihr nicht. Sie beobachtete den Major. Sein Gesicht zeigte keine Gefühlsregung. »Ma'am, ich bin hier stationiert, bis man mich zurückbeordert.«

Nicky entging sein Unterton nicht. Er nahm es nicht ernst. Oder hielt er sich einfach nur stur an seine Befehle?

»Ich werde ihnen die Auswertung der Daten zuschicken, Sir, sobald ich sie habe.«

»Ich werde sie mir ansehen.« Major Healey richtete den Blick in die Ferne. Für ihn war das Gespräch anscheinend beendet.

Nicky sah ihre Chance: »Sir«, flötete sie. Sie hielt ihm einen Filzschreiber und eine Ansichtskarte hin. Geschwungene Namenszüge und krakelige Unterschriften bedeckten das Foto der McMurdo-Station fast völlig. »Bitte.«

Der Major sah sie durchdringend an. »Die junge Dame ist sehr hartnäckig.«

Nicky lächelte ihn betörend an. »Der wichtigste Mann darf doch nicht fehlen.«

»Ist da überhaupt noch Platz?«

»Klar! Ich habe extra eine Stelle für Sie freigehalten!« Nicky drehte die Karte herum und deutete auf ein kleines weißes Fleckchen in der Mitte.

»Die Augen von jungen Hunden und jungen Damen«, murmelte der Major. »Da soll einer widerstehen.« Er griff nach dem Stift. »Was gibt es da zu grinsen, Sergeant Woodrop?«

Der stand stramm. »Nichts, Sir!«

Während der Major seine Initialen auf die Karte malte, sah Nicky, wie Georgina den Blick noch einmal über die Wohn- und Arbeitscontainer der Station und über die Gletscher schweifen ließ. Es kam ihr so vor, als ob sich ihre Chefin für immer von hier verabschiedete.

2

Manhattan, New York

Jayden Turkov überflog die Geschäftsberichte, während sein Hubschrauber über die Hochhäuser von Manhattan flog. Edgar T. Humm auf dem Sitz gegenüber presste die Knie zusammen wie ein Mädchen. Turkov ließ sich nicht täuschen. Er spürte die eiskalten Augen, die ihn abtasteten, nach einer Schwäche suchten. Um Generalvertreter für Nordamerika zu werden, würde manch einer morden. Das Geld, das Ansehen, die Macht. Turkov liebte sie alle drei gleichermaßen. Mit einer ruckartigen Bewegung gab er Humm die Mappe zurück. »Die Umsatzsteigerung könnte besser sein.« Er fasste sein Gegenüber ins Auge. »Viel besser!«

In Edgar Humms Gesicht zeigten sich keine Emotionen. »Dann werden wir den Druck erhöhen.«

»Ich verlasse mich ganz auf Sie«, erwiderte Turkov. Ihm entging das triumphierende Lächeln nicht, das für Sekundenbruchteile um Edgar T. Humms Mundwinkel huschte. Das Kräftemessen reizte ihn, obwohl er den Ausgang voraussah.

Unter ihnen tauchte das Flachdach des New York Times Towers auf. Es schien immer größer zu werden. Der Helikopter schwebte auf den mit einem weißen H markierten Landeplatz zu. Lichter blinkten. Ein leichter Ruck, dann fuhr das Heulen der Motoren herunter. Beim Aussteigen reichte Turkov seinem Mitarbeiter die Hand, dabei ließ er seine Muskeln spielen. Humm wäre fast in die Knie gegangen.

»Ich wünsche Ihnen viel Erfolg.«

Humms Pupillen weiteten sich kurz.

Turkov lächelte. Humm hatte verstanden, dass er sich keinen Misserfolg leisten konnte.

Ein Lift brachte Turkov vom Dach zu seiner Bürosuite im obersten Stockwerk. Dicke Teppiche schluckten das Ticken der Absätze von High Heels. Teure Parfüms mischten sich in die Luft. Turkov ließ seinen Blick über die engen Röcke und knappbemessenen Blusen seiner Mitarbeiterinnen gleiten und blieb an einem Etuikleid hängen. Es schmiegte sich um wohlgeformte Brüste und einen knackigen Hintern. Er versuchte, sich ihren Namen ins Gedächtnis zu rufen. Belinda? Melinda? Er machte eine mentale Notiz, sie am Nachmittag zum Diktat in sein Büro zu bestellen.

»Frau Professor Doktor Risslinger wartet bereits«, rief ihm seine Sekretärin durch die offene Tür zu.

»Danke, Grace!« Er schenkte der Frau ein Lächeln. Hässlich wie ein Sumoringer, aber hundertfünfzig Prozent zuverlässig und loyal. Eine Burg. Und darauf kam es in dieser Position an. »Schicken Sie sie in fünf Minuten herein.«

Seine beiden Bodyguards, die ihm vom Hubschrauber gefolgt waren, bauten sich schweigend links und rechts der Tür auf.

Auf seinem Schreibtisch lagen bereits die Forschungsberichte und die Biographie der Besucherin. Er goss sich einen Whisky ein und trat an die Fensterfront. Während er in den grauen Dunst über den Hochhäusern Manhattans blickte, ließ er den vierzig Jahre alten Single Malt langsam die Kehle herunterlaufen. Janet Risslinger. Persönlich hatte er sie noch nie getroffen. Bei seinen Untergebenen war sie als unbeugsam und hartnäckig gefürchtet. Jetzt hatte sie sich bis zur höchsten Instanz vorgearbeitet: bis zu ihm. Er versuchte, sie sich vorzustellen: wahrscheinlich so ein verbissener Wissenschaftlerinnentyp, Bulldoggengesicht, Brille. Auf der einen Seite bewunderte er Zielstrebigkeit. Andererseits konnte er Widerstand nicht dulden.

»Mr. Turkov?«, kam eine feste Frauenstimme von der Tür.

Er wandte sich um.

Lange, seidig glänzende, brünette Haare, schwarzer, enganliegender Rock. »Doktor Risslinger?«

»Professor Doktor«, korrigierte sie und lächelte betörend.

Hochgebumst, fuhr es Turkov spontan durch den Kopf. Er lud sie mit einer Geste ein, auf dem Stuhl vor seinem Schreibtisch Platz zu nehmen.

Turkov wartete, bis sich Frau Professor Doktor gesetzt hatte. Er ließ sich in seinem Ledersessel nieder. »Wie kann ich Ihnen helfen?«

Sie lehnte sich etwas vor. »Lieber Mr. Turkov, ich möchte Sie bitten, meinen Antrag auf Forschungsgelder noch einmal zu überdenken.«

Jayden nickte. »Darf ich Ihnen ein Glas Wasser anbieten?«

Janet Risslingers Blick streifte sein Whiskyglas. »Nein, danke«, sagte sie höflich, doch Turkov bemerkte den kühlen Unterton in ihrer Stimme.

Er lächelte. »Sehen Sie, meinen Berichten zufolge sind Ihre bisher gewonnenen Ergebnisse inakzeptabel.«

Sie hob den Kopf. »Die sind korrekt, Sir.«

Jadyen fixierte sie. »Man kann sie verschieden auslegen. Und so wie Sie es tun, können wir Ihre Arbeit nicht weiter finanzieren.«

Doktor Risslinger sprang auf. »Sir, ich kann die Ergebnisse doch nicht dahingehend ›massieren‹, dass sie in Ihre Vorstellungen passen!«

»Kein Mensch wird sich dafür interessieren.« Turkov stand auf. »Das Gespräch ist beendet!«

Janet Risslinger nagte an ihren Lippen.

Er beobachtete sie wortlos. Sie wusste so gut wie er, dass sie ohne seine Gelder ihre Position als Fakultätsleiterin nicht lange halten konnte.

»Können wir einen Kompromiss finden?«, bot sie an.

Turkov nickte bedächtig. »Wenn Sie etwas mehr Einsatz zeigen würden.« Er gab den Bodyguards ein verstohlenes Zeichen. Sie schlossen die Tür.

Turkov trat hinter sie und legte seine Hände auf ihre Brüste, dabei rieb er seine Erregung an ihrem Hintern. »... ein bisschen Entgegenkommen Ihrerseits ...«

Janet Risslinger zitterte. Ihr Konflikt heizte Turkov noch mehr an.

3

Hudson River, New York

Das Schaufelradboot, ein Gag, den sich die Organisatoren hatten einfallen lassen, um den Geldgebern etwas zu bieten, dampfte den Hudson hinauf. Nur wenige Menschen lehnten an der Reling und betrachteten die Skyline von Manhattan. Die meisten hielten sich in den klimatisierten Salons auf, in denen sich Stühle vor Rednerpult und Projektionswand reihten.

Georgina saß in der ersten Reihe. Sie war eine der Rednerinnen dieser Session. Der Mann neben ihr roch nach Zigarettenrauch. In ihrem Nacken glaubte sie, die Blicke der Zuschauer zu spüren. In Gedanken ging sie die Punkte ihres Vortrags durch: In der Antarktis braute sich unter dem Eis eine Katastrophe zusammen. Noch ahnte es keiner. Noch konnte sie verhindert werden. Georgina rief sich die Daten und Berechnungen ins Bewusstsein. Sie hatte keinen Fehler gemacht.

Professor Weily von der Universität Hawaii in Hilo stieg auf das Podium. Seine Begrüßungsworte unterstrich er mit weiträumigen Gesten. Seine Nase trug er etwas zu hoch, sein strikt nach hinten gekämmtes Haar und der Tweed-Anzug erinnerten Georgina schmerzhaft an ihren Vater, einen fanatischen Prediger, der jedem seine absurde Weltanschauung aufzwingen wollte, engstirnig, rechthaberisch. Als Kind hatte sie so viele Fragen gehabt: Wie fliegen die Vögel? Warum sind bunte Schichten in den Bergflanken? Was ist unter der Erde? ›Wer zu viel fragt, glaubt nicht und wer nicht glaubt, der kommt in die Hölle!‹ Der Vater hatte es nicht geschafft, ihr den Wissensdurst mit Drohungen vom ewigen Feuer herauszubrennen. Fünf lange Jahre hatte sie auf ihren achtzehnten Geburtstag gewartet, dann war sie geflohen. Sie wollte endlich Antworten finden, die Wahrheit über das Höllenfeuer. Sie studierte Vulkanismus. Weder Satan noch gequälte Seelen gab es im Feuer der Erde. Georgina lernte die Lavaströme zu messen, zu berechnen. Nichts war, wie es ihr Vater behauptet hatte. Dass das feurige Erdinnere einmal wirklich zur Hölle werden könnte, hatte sie nicht geahnt, bis sie die Daten aus der Antarktis ausgewertet hatte. Und nun brauchte sie Geld, um ein Vorhersagemodell zu entwickeln.

Georgina zuckte zusammen, als Professor Weily sie aufrief.

Sie erhob sich. Sie hörte ihr Herz schlagen, als sie zum Podium schritt. Das war der Moment, vor dem sie sich immer gefürchtet hatte: Den Kopf herausstrecken zu müssen, um die Menschen mit einer schrecklichen Wahrheit zu konfrontieren. Am liebsten wäre sie zur Tür hinausgerannt. Sie legte einen Apfel auf das Rednerpult. Sie strich über ihre Notizen, damit niemand bemerkte, wie ihre Hände zitterten. Langsam ließ sie den Blick über die Gesichter der Teilnehmer gleiten. Einige kannte sie: die Professoren Mahal aus Dubai, Sinh aus New Delhi, Müller aus Potsdam und Garcia aus São Paulo. Hervorragende Wissenschaftler. Sie alle hatten sich, so wie sie selbst, für Forschungsgelder im Bereich Klimatechnik beworben. Der Kampf darum war hart und nicht immer fair, ein Gerangel. Unwillkürlich flog Georginas Blick zu den hinteren Reihen, wo die Sponsoren saßen – ihre Gesichter im Schatten, ihre Mienen undurchdringlich. Ihr Geld brachte Forschungsergebnisse an die Öffentlichkeit – oder ließ sie für immer in der Schublade verschwinden. Georginas Magen zog sich zusammen. Sie räusperte sich. »Sehr verehrte Damen und Herren. Naturkatastrophen haben bereits fünf Mal in der Erdgeschichte fast das gesamte Leben auf der Erde ausgelöscht. Ereignisse, die das ausgelöst haben, werden wieder eintreten: Man nimmt an, dass einer der Supervulkane ausbrechen wird. In etwa achtzigtausend Jahren. Eine lange Zeit, wie es scheint, aber eins ist bei diesen Berechnungen nicht berücksichtigt worden: die aktuellen Vorgänge unter der Antarktis.« Sie legte eine Pause ein und ließ den Blick über das Publikum schweifen. Manch einer hob den Kopf, andere zogen die Brauen hoch. Georgina registrierte es zufrieden. Jetzt hörten sie zu. Sie fuhr fort. »Ich komme gerade von der Antarktis und habe die Daten von einundzwanzig Seismographen über einen Zeitraum von vier Jahren dabei: Die Aktivität von fast hundert Vulkanen unter dem Eis hat in erschreckendem Maße zugenommen.«

Ein Herr im linken Flügel meldete sich. »Entschuldigen Sie bitte«, sagte er irritiert. »Ich dachte wir sprechen in dieser Sitzungseinheit über Klimaerwärmung und nicht über Vulkanismus?«

Mit der Frage hatte sie gerechnet. »Sehen Sie«, Georgina deutete mit dem Laserpointer auf eine Animation, die an eine Leinwand links von ihr projiziert wurde. »Ein kilometerdicker Eispanzer lastet auf der Antarktis. In den letzten Jahren ist er um mehr als zehn Prozent geschrumpft. Um den Gewichtsverlust aufzuwiegen, bräuchte man mehr als sieben Milliarden Empire State Buildings!« Sie nahm den Apfel, biss ein Stück heraus und hielt ihn in Richtung Publikum. »Wenn noch so ein Anteil, wie von diesem Apfel, davon verschwindet, unterschreitet der Druck des Eises einen kritischen Punkt: Die Vulkane brechen aus. Bei der jetzigen Schmelzrate bleiben uns höchstens zwei Jahre bis zum Super-GAU.« Sie warf den angebissenen Apfel in den Papierkorb neben dem Pult.

»Die übliche Schwarzmalerei«, raunte einer der Sponsoren, stand auf und ging zum Buffet mit den Häppchen und

Getränken an der Seitenwand. Er war groß, hatte breite Schultern und schmale Hüften. Sein kantiges Gesicht war glattrasiert. Er nahm ein Glas Sekt und musterte Georgina von oben bis unten. »Seit Jahrzehnten machen Wissenschaftler wie Sie Panik, um sich groß zu tun, um Gelder und Positionen zu erlangen, und am Ende bleibt der vorhergesagte ›Super-GAU‹ aus. Was sollte bei Ihnen anders sein?«

Georgina kannte diesen Mann: Jayden Turkov. Mit seinen dunklen Haaren und dem Bartschatten hätte sie ihn sexy finden können, wenn er nicht so ein arroganter Klotz wäre. Doch wenn es um Forschungsgelder ging, war er die erste Adresse. Von Umweltschutz wollte er nichts wissen. Das war bekannt. Ihn zu überzeugen, würde nicht einfach werden. »Ist der Schaden des Klimawandels nicht schon groß genug?«, erwiderte sie. »Die letzte Sturmflut hat Hollands Deiche zerstört. Ein Fünftel der Niederlande ist ans Meer verloren, Amsterdam steht unter Wasser. Ebenso Jakarta, Sydney, Shanghai. Erinnern Sie sich noch an New Orleans? Oder Fiji? Vom Meer verschlungen!« Sie ließ eine Weltkarte projizieren und deutete auf die Antarktis. »Große Eismassen sind im letzten Jahrzehnt geschmolzen, die Auswirkungen folgten relativ langsam. Jetzt stehen wir vor einer schlagartigen Schmelze der Gletscher und damit vor einer unvorstellbaren Katastrophe. Wir müssen einen weiteren Verlust des Eises sofort stoppen!«

»Da lehnen Sie sich aber ganz schön aus dem Fenster!« Turkov stellte betont lässig sein Glas beiseite. »Ein Zusammenhang zwischen der Klimaerwärmung und Vulkanismus konnte nie nachgewiesen werden.«

Georgina zuckte zusammen. Sie hatte den Kopf herausgestreckt. Sie kam sich vor wie auf einem Schafott. Gleich kam das Fallbeil. Sie atmete tief durch. Es ging nicht um sie, es ging um die Erde. »Mit allem Respekt, Mr. Turkov, weiter Treibhausgase zu produzieren ist Wahnsinn. Das Klima ist bereits irreparabel verändert. Wir müssen den Ausstoß von

Kohlendioxid nicht nur stoppen, wir müssen die Konzentration in der Luft drastisch herunterbringen! Noch haben wir eine Chance, die Katastrophe zu verhindern, aber wenn wir nicht sofort handeln, ist es zu spät!«

»Professor ...« Jayden Turkov warf einen Blick in das Programmheft, dann sah er Georgina mit kalten Augen an. »... Mrs. Finley, unsere Wirtschaft ist genauso fragil wie das Klima. Die Märkte sind weltweit miteinander verwoben und in delikater Balance. Wenn Sie einen Aspekt darin radikal ändern, bricht das ganze System zusammen. Industrien gehen pleite, Millionen Menschen werden arbeitslos. Das sollte eine Wissenschaftlerin aus St. Louis berücksichtigen, bevor sie so sensationelle Forderungen stellt!«

Georgina entging der Spott in seiner Stimme nicht. Auch hatte er ihren Doktortitel weggelassen. Absichtlich. Sie hob den Kopf. »Das ist mir klar. Aber die letzte Temperaturmessung auf dem antarktischen Plateau betrug plus zwölf Grad Celsius. Manche Leute würden das als ziemlich sensationell bezeichnen!«

Die Anwesenden lachten.

Turkov verzog keine Miene, aber seine stahlblauen Augen blitzten, als er seinen Blick in Georgina bohrte. »Der Planet wird sich daran gewöhnen müssen. Außerdem kann mir niemand erzählen, dass der Klimawandel von menschlichen Aktivitäten ausgeht. Er entspringt natürlichen Zyklen, Sonnenprotuberanzen, Veränderung in der Umlaufbahn der Erde. Sie werden das besser wissen, als ich.«

Georgina stemmte ihre Fäuste in die Hüften. »Machen Sie es sich da nicht ein bisschen zu einfach?« So borniert konnte der Mann doch gar nicht sein! Sie holte tief Luft. »Ich will es für Sie noch einmal sehr vereinfacht darstellen: Man holt Milliarden Tonnen Öl und Kohle aus der Erde und verbrennt sie. Was vorher fest und gebunden war, wird jetzt zum Gas – zum Treibhausgas, welches die Temperatur des Planeten steigen lässt. Ist das so schwer zu verstehen?« Sie sah ihn herausfordernd an. »Sie wollen die Verantwortung von sich schieben, um eine Ausrede für Geschäfte mit der Umwelt zu haben!«

Turkovs Gesicht verfinsterte sich. »Sie sollten aufpassen, mit wem Sie sich anle…« Weiter kam er nicht, denn ein gewaltiger Stoß erschütterte das Boot. Instinktiv hielt sich Georgina am Rednerpult fest. Es kippte und riss sie zu Boden. Stühle rutschten, Punschbowlen und Sektgläser zerbarsten, Menschen schrien. Ein Tisch sauste knapp an Georginas Kopf vorbei und schlug in die Seitenwand ein. Was zum Teufel war los? Sie arbeitete sich gegen die Schräglage zu einem Fenster vor und klammerte sich an einer der angeschraubten Bänke fest. Draußen sah sie eine schwarze Wolkenwalze, die über der östlichen Skyline hing. Sturm peitschte den Fluss und jagte Wellen über das Deck. Georgina konnte es nicht fassen. Mit Sicherheit war vor dem Wettersturz gewarnt worden und wieder einmal hatte man die Naturgewalten nicht ernst genommen.

Matrosen fingen die herumrutschenden Möbel ein und vertäuten sie, Sponsoren und Professoren mühten sich in die Schwimmwesten, Bodyguards schafften Turkov aus dem Salon, einige Leute übergaben sich. Der säuerliche Geruch schlug Georgina auf den Magen. Sie arbeitete sich zur Tür vor.

Während sie sich die Treppe zum Oberdeck hinaufkämpfte, zerrte der Sturm an ihrem Kleid, riss das Wasser von den Radschaufeln und jagte die Gischt über den Hudson. Die Bekleidung klebte Georgina völlig durchnässt auf der Haut. Endlich fand sie eine windgeschützte Stelle. Es war eine Schnapsidee der Organisatoren gewesen, das Sponsorentreffen trotz Sturmwarnung auf einem Boot zu veranstalten. Aber vielleicht hatte es sein Gutes, vielleicht würde der eine oder andere Sponsor jetzt mehr Geld in die Umweltforschung stecken. Vor Georginas innerem Auge tauchte das überhebliche Gesicht von Turkov auf. Ein Schauer lief ihr über den Rücken. Der Mann machte die Menschen zu seinen Marionetten! Auf neue Erkenntnisse, auf Fakten, hörte er nicht. Georgina schob angewidert den Gedanken beiseite.

Stampfend und schlingernd erreichte das Boot den Anlegeplatz. Der Wind wurde eisig. Zitternd drückte sich Georgina an einem Reporter vorbei, der mit aufpeitschender Stimme in die Kamera redete: »Gerade verlassen sie das Schiff. Sie sehen geschockt aus, als ob sie erst jetzt begriffen haben, dass das Wetter außer Rand und Band geraten ist. Da hinten sehe ich …«

Georgina wollte nur noch in ihr Hotelzimmer. Ein heißes Bad, trockene Klamotten. Eine Gruppe Demonstranten blockierten den Weg zur Straße. Es waren viel zu wenig, die sich einsetzten. Solange das Wohl des Planeten die Mehrzahl der Bevölkerung einen Dreck interessierte, ließ sich kein Politiker, und schon gar kein Industrieboss, von so einem Häuflein Aktivisten beeindrucken.

Turkov stieg seelenruhig mit seinen Gorillas in eine gepanzerte Stretchlimousine, ein Mercedes der S-Klasse.

»Schaltet euer verdammtes Gehirn ein! Sägt den Ast nicht ab, auf dem ihr auch mit eurem eigenen Arsch sitzt! Rettet die Erde! Rettet die Erde!«, intonierten die Demonstranten.

Mit Mühe hielten sie ihre Plakate gegen den Sturm. Es gehörte mehr dazu, um Politiker zum Handeln zu bewegen.

»Ihr seid doch alle Lakaien und Speichellecker der Industrie!«, schrie eine Frau in der vorderen Reihe. Der Mann neben ihr schüttelte die Faust. »Euch ist es gleich, ob alle verrecken!«

Aus der Menge flog ein Stein und traf eine zierliche Frau am Kopf. Sanitäter eilten herbei und Polizei drängte mit Schilden und Schlagstöcken die Demonstranten zurück. Georgina lief in weitem Bogen zur Straße. Taxis fuhren heran.

Eine Männerstimme ließ sie herumfahren. »Ich habe Ihre Ausführungen sehr genossen, Frau Doktor. Sehr leidenschaftlich vorgetragen.«

Georgina blickte in das Gesicht eines Herrn. Weiße Haare, haselnussbraune Augen, ein akkurat gekämmtes Kinnbärtchen, ein einladendes Lächeln. Nett, war ihr erster Eindruck. »Danke«, antwortete sie.

Der Herr räusperte sich. »Ich möchte mich ja nicht einmischen, aber war es weise, Jayden Turkov so anzufahren?«

Georgina zuckte die Achsel. »Diese Leute wollen die Gefahr einfach nicht begreifen.«

Der Herr nickte. »Sie haben eigene Interessen, aber ich würde mich sehr freuen, wenn ich mehr über Ihre Theorie der klimabedingten Aktivierung antarktischer Vulkane lernen könnte. Mein Name ist William, Doktor William Lippman.«

Georgina blickte auf, der Name war ihr mehrfach in Fachzeitschriften aufgefallen. »Professor Lippman vom Institut für tektonische Forschung auf Hawaii?«

Er nickte. »Das bin ich.«

Sie gab ihm die Hand. »Sehr erfreut! Ich habe Ihre Arbeiten über Plattentektonik und Kontinentaldrift gelesen.«

Lippman lächelte. »Ich würde Sie ja gerne zu einem Kaffee einladen, aber ich befürchte, dass wir uns in unserer nassen Garderobe erkälten werden.«

»So leicht lasse ich Sie nicht gehen! Plattentektonik ist faszinierend, Professor. Allein die Vorstellung, dass die Kontinente wie auf heißer Tomatensuppe schwimmen ...«

Lippman lachte.

Georgina zwinkerte ihm zu. »Spaß beiseite. Wie wäre es, wenn wir uns in zwei Stunden treffen? Ich kenne ein kleines Bistro mit Blick über den Hudson auf die Freiheitsstatue. Dort können wir uns in aller Ruhe unterhalten.«

»Gerne«, antwortete der Professor.

Georgina lächelte. Sie zog ihr Smartphone aus ihrer Tasche. »Ich schicke Ihnen Namen und Adresse.«

Als sie Lippmans Kontaktdaten eintippte, stutzte sie einen Moment. Lief da nicht ein leichtes Zittern durch die Erde?

4

Henry Hudson Parkway, New York

Jayden Turkovs Limousine jagte am Hudson entlang. Er griff zum Telefon, lehnte sich zurück und genoss den Duft von Leder, Zigarrenrauch und Whisky im Fond.

»Ja, Sir?«, ertönte Edgar Humms Stimme.

»Wie lief es?«

»Kohle gehört uns. Auch die Bergwerke und die Kraftwerke. Weltweit.«

Turkov schnitt das Ende einer kubanischen Cahiba Maduro ab. »Gab es Schwierigkeiten?«

»Nicht der Rede wert, Sir. Nachdem Walter Rawly bei einem Autounfall verunglückte, gab es keinen nennenswerten Widerstand mehr.«

»Gute Arbeit, Humm! Wenn erst einmal der Kopf weg ist, sind die anderen williger.« Turkov setzte die Zigarre in Brand und blies den Rauch in den Fahrgastraum. »Als Nächstes bringen Sie die Idioten zum Schweigen, die ständig auf diesem albernen Treibhausgas-Effekt herumreiten.« Turkov schaute auf seine Notizen. »Und beobachten sie eine gewisse Georgina Finley. Ich habe das Gefühl, sie wird Schwierigkeiten machen.«

»Wie soll ich vorgehen?«

»Das Übliche.« Turkov beendete das Gespräch und wählte eine Nummer in Washington.

5

Hilo, Hawaii

Im Kellerlabor des Instituts für tektonische Forschung setzte ein leiser Warnton ein. Mike Paffenholz ignorierte das Signal. Die Abwesenheit des Chefs bedeutete Freiheit, und die ließ er sich nicht nehmen. Schließlich war das hier keine Überwachungsstation, sondern ein Forschungslabor. Die flimmernden Monitore im Labor konnten warten. Er richtete seine Aufmerksamkeit auf die Tageszeitung. Das Warnsignal auszublenden fiel ihm nicht schwer, aber die lauten Geräusche von Nataschas Computerspiel drangen in sein Hirn und überlagerten jeden Gedanken. Er blickte zu Natascha hinüber. Von seinem Schreibtisch konnte er sie von schräg hinten sehen. Ihre Finger tanzten über die Tasten, während am Bildschirm Feuerbälle zischend auf eine monströse, keulenschwingende Figur flogen und mit lautem Knall an dem Ungeheuer zerplatzten. Wie konnte sich ein gescheites Mädel mit so einem Schwachsinn beschäftigen? Mike wurde bewusst, dass er auf Natascha Saizevas Hintern starrte, der sich fest in die Sitzschale ihres Stuhls drückte. Er wollte wegsehen, schaffte es aber nicht. Sie trug einen enganliegenden, giftgrünen Rock, der die Oberschenkel nur halb bedeckte. Wut kroch in ihm hoch, von der er nicht genau wusste, woher sie kam. Er knallte die Zeitung auf seinen Schreibtisch. »Kannst du nicht was anderes tun?«

Natascha spielte weiter. »Bist du schon auf Seite drei bei den Hula-Damen?«

»Nein«, knurrte Mike. Was sollte die Anspielung? Hatte sie etwa bemerkt, wie er sie anstarrte? Er räusperte sich. »Keins meiner Fotos vom letzten Match der Rainbow Warriors ist gedruckt worden.« Er schob die Zeitung von sich. »Egal. Aber du ... wenn der Chef zurückkommt ...«

Natascha unterbrach mit einem flinken Druck auf die Pausentaste ihr Spiel und wandte sich Mike zu. Sie zog die Brauen hoch. »Was ist das für ein Gepiepse?«

Mikes Ohren begannen zu glühen. Bei der Drehung war Nataschas Rock noch etwas höher gerutscht. »Unwichtig«, antwortete er mit belegter Stimme.

Natascha presste die Knie aneinander. In ihren Augen lag Abneigung. Mike sank in sich zusammen wie ein Ballon, aus dem die Luft entwich.

»Ehrlich, Mann.« Natascha stand auf. »Was soll ich mit der Zeit anfangen? Die Datenauswertung läuft. Ich kann ja nichts dafür, dass wir hier die ältesten und lahmsten Computer der Uni haben!« Sie ging zur Kaffeemaschine. »Schau dir die Abteilung von Professor Weily an. Neueste Geräte, Budget bis zum Abwinken! Und wir? Wir sitzen im Untergeschoss. Ohne Fenster!«

Mike fühlte sich in die Enge getrieben. Er verstand es nicht. Sie war doch nur eine Doktorandin. *Er* war hier fest angestellt, *er* hatte die höhere Position. Warum sollte er sich *verteidigen*? »Das Ministerium hat die Gelder für Grundlagenforschung drastisch gekürzt.«

»Wir könnten auch auf angewandte Forschung umschwenken. Dann bekommen wir Finanzierung von der Industrie.«

Mike schlug ungewohnt heftig mit der Faust auf den Tisch. »Dann dürfen wir die Auswirkung von Kuhfürzen auf den Klimawandel untersuchen – so ein Unsinn! In der Meerestiefe und in der Tundra lagert mehr Methan, als hundert Milliarden Kühe produzieren können.«

»Ich will gar nicht daran denken, was passiert, wenn das Methaneis bei weiterer Erderwärmung schmilzt und in die

Atmosphäre gelangt.« Nataschas Augen wirkten plötzlich fern und bedrückt.

Mike überkam das Bedürfnis, sie in die Arme zu nehmen. Er blieb sitzen. »Die Methanhydratvorkommen am Grund der Ozeane werden regelmäßig vom Alfred-Wegner-Institut kontrolliert. Sie sind stabil.« Was für ein blöder Trost sollte das sein? Sie hatte recht. Mike fühlte sich wie ein Narr.

Natascha wandte sich der Kaffeemaschine zu und zog die Kanne heraus. Sie starrte die Brühe schweigend an. Der bittere Geruch abgestandenen Kaffees drang in Mikes Nase, das rhythmische Piepen im Labor wurde lauter. Natascha scannte die Reihen der Monitore. »Seismograph 2749 übermittelt ein merkwürdiges Vibrieren!«, sagte sie.

»Eine Störung.« Mike wandte sich seiner Zeitung zu.

»Wenn es aber etwas anderes ist?«

»Wo ist 2749?«, brummte Mike.

Natascha rief eine Karte auf, darauf war die Position des Seismographen als rotblinkender Punkt zu sehen. »Südspitze von Argentinien.«

Mike zuckte die Achseln. »Da wird ein Sturm toben – der schüttelt das Gehäuse ordentlich durch.« Er blätterte um.

Die Tür öffnete sich und Professor Lippman trat ein. Er nickte Mike zu. »Na? Neuigkeiten? Haben unsere Rainbow Warriors gewonnen?«

Mike fuhr herum. Dann grinste er und zeigte seinem Chef einen erhobenen Daumen. »Zum Superbowl werden sie es trotzdem nicht schaffen.«

»Wohl kaum.« Lippman stellte die Aktentasche ab und hängte seinen nassen Regenmantel an einen der Kleiderhaken neben der Tür. »Wieder so ein Sauwetter.«

»Und da denken die Leute, auf Hawaii scheint immer die Sonne.« Natascha lachte und schaltete ihr Spiel aus. »Willkommen zuhause, Professor. Wie war New York?«

Lippman zwinkerte ihr zu. »Oh, auf diesen Sponsorentagen werfen sie mit Geld nur so um sich!«

»Dann bekommen wir auch ein Stück vom Kuchen?«

Lippman hob bedauernd die Schultern. »Den Versuch war es jedenfalls wert.«

6

Union Boulevard, St. Louis

Das Taxi hielt vor einem Wohnkomplex. Der achtstöckige Betonbau hatte etwas Hartes, Unpersönliches, aber für Georgina war er zwischen ihren Reisen ein Ort der Ruhe und Erholung geworden. Sie stieg aus dem Taxi. In der Abendluft lag eine frostige Note. Dabei hätte es um diese Zeit im August warm sein müssen.

»Und bei so einer Kälte reden die Eierköpfe von Klimaerwärmung?«, brummte der Fahrer. »Alles Lügen und Panikmache!«

Georgina beugte sich zu ihm hinab. »So einfach ist das leider nicht«, erklärte sie. »Das Wetter ist ein komplexes System. Die Erwärmung schreitet nicht gleichmäßig voran. Sie erzeugt Temperaturwellen mit höheren Amplituden. Die Hitze wird stärker und Kälteeinbrüche frostiger.«

Er sah sie an und Georgina bemerkte das Desinteresse in seinen Augen. »Vierundzwanzig Dollar und fünfzig Cent.«

Georgina seufzte. Das Gemecker gehörte anscheinend zu den Gesprächsthemen, mit denen er seine Fahrgäste unterhielt. Ernst nahm er es wohl selbst nicht. Vermutlich war ihm nur sein Lohn wichtig. Sie zahlte den Taxifahrer per Handy-App, dann ging sie auf das Haus zu. Kein Fußgänger auf dem Bürgersteig, auch der Vorplatz lag verwaist. Unruhe packte sie. Das Gesicht von Turkov erschien ihr, seine kalten Augen. Er hatte ihr gedroht. Ihr wurde heiß. Hinter ihr ertönten Schritte. Instinktiv lief sie schneller. Die Räder ihres

Koffers ratterten über die grauen Pflastersteine. An der Doppeltür des Eingangs umhüllte sie warme Luft und ein vertrautes Gefühl der Sicherheit umfing sie. Sie atmete auf, sah aber noch einmal über die Schulter. Von dem Passanten sah sie nur die Rückseite seines Trenchcoats. Sie schüttelte den Kopf. Der Gedanke an Turkov hatte sie paranoid gemacht.

Sie leerte ihren Briefkasten und blätterte durch die Post. Hauptsächlich Reklame. Dass Firmen immer noch Geld für Papier ausgaben, obwohl es mit dem Verschwinden der Wälder ständig teurer wurde. Sie warf die Werbesendungen in den Papierkorb neben den Postfächern, wandte sich ab und griff nach ihrem Koffer. Im Korridor zum Lift hallten ihre Schritte. Schatten krochen über die Wände. Im Nacken spürte sie Blicke. Irritiert sah sie sich um, aber der Gang war leer. Sie schüttelte den Kopf über ihre Schreckhaftigkeit. Vielleicht war ihr Biorhythmus vom vielen Reisen wieder einmal durcheinander.

Die Aufzugskabine kam ihr eng vor. Die Luft roch nach Kunststoff und mit jedem passierten Stockwerk mischten sich die verschiedensten Essensdüfte darunter. Georginas Magen knurrte. Zum Kochen verspürte sie keine Lust. Kurzentschlossen zog sie ihr Smartphone und bestellte Chop Suey beim Chinesen. »Mit einer Extraportion Ginger, bitte.«

Im Foyer ihres Appartements im siebten Stock kickte sie die High Heels von den Füßen. Nur wegen dieser Sponsoren zerquetschte sie sich die Zehen. Aber diesem Turkov hätte sie gerne den Pfennigabsatz in eine empfindliche Stelle gedrückt! Sie hängte ihren Mantel an die Garderobe aus verchromten Metallstäben. Ihr Gesicht sah im Spiegel müde aus, sie hatte dunkle Ringe um die Augen.

Sie schaltete das Fernsehgerät ein. »... über dem Atlantik entwickelt sich Hektor zu einem der stärksten Wirbelstürme seit Beginn der Wetteraufzeichnungen. Für die Küsten von Florida bis North Carolina wurden Warnungen herausgegeben ...« Georgina wandte sich ab. Sah denn keiner die Zeichen? Die Politiker mussten endlich handeln. Sie schob ihren Koffer ins Gästezimmer neben die Kisten mit ihrer arktischen Ausrüstung. Es gab hier auch ein Bett. Die Tagesdecke hatte Georgina in einem Reservat gekauft. Handgemacht. Es zeigte indianische Motive in Grün, Rot und Schwarz auf beigefarbenem Hintergrund. Durch die Wand drangen Geräusche aus der Nachbarwohnung. Frank hatte offensichtlich eine Frau zu Besuch. Sie schloss die Tür und ging ins Wohnzimmer. Gerahmte Fotoposter von Vulkanausbrüchen bei Nacht, dem schneebedeckten Mount Erebus und einem Waldsee, in dem sich die Rockys spiegelten, hingen an den weißgestrichenen Wänden. Vor den gardinenlosen Fenstern breitete sich Saint Louis aus. Im Nordosten und Südosten blitzten Schleifen des Mississippi durch das Dächermeer. Georgina liebte diesen Blick. Sie nahm die Gießkanne und wässerte die Kakteen auf der Fensterbank. Die Gewächse hielten ihre langen Reisen aus. Nicht wie die anderen Pflanzen, die nach und nach mit braunen Blättern in der Biotonne gelandet waren. Mit den Männern ging es ihr ähnlich. Eine Parodie des Lebens. Ryan war noch der robusteste ihrer Lover und doch ... Sie ließ sich auf die weiße Ledercouch sinken, über deren Kopfende eine künstliche Palme ihre Blätter streckte. Sie nahm die Fernbedienung von der Glasplatte des metallenen Couchtisches und startete das Visofonprogramm. Der Fernseher war in das Regal der Bücherwand integriert. Reihen von Fachbüchern und einige Klassiker verdeckten die gesamte Wand. Georgina wählte Ryans Kontakt.

»Hallo, Gina!« Ryans sonore Stimme ließ ihren Magen kribbeln.

»Schön, dass du wieder zuhause bist! Wie war die Konferenz?«

Keine schmeichelnden Worte, kein Ausdruck von Gefühlen. Er war wie einer ihrer Kakteen. Etwas stachelig, aber nicht totzukriegen, hoffentlich. Georgina löste ihren Haarknoten und schüttelte die Haare aus. »Diese Egoisten denken nur an ihren Profit. Dass sie dabei die Welt zerstören, interessiert sie nicht!« Sie blickte auf den grauen Bildschirm. »Ist deine Kamera defekt?«

Im Lautsprecher vernahm sie metallische Hintergrundgeräusche. Abrupt erstarben sie, als hätte Ryan eine Tür geschlossen. »Sorry«, antwortete er.

Mehr nicht. Georginas Schultern spannten sich. »Was verbirgst du vor mir?«

»Wir haben doch vereinbart, keine Fragen zu stellen.«

Sie nickte. Ryan war anders. Einerseits wie sie. Aber dann doch nicht. Er war distanziert, nicht nur ihr gegenüber. Auf einem Survival-Training in Maine hatte sie ihn vor drei Jahren kennengelernt. Muskulös, braungebrannt. Er hatte den Bären nicht bemerkt. Ohne zu überlegen brüllte sie aus vollen Lungen und warf Steine nach dem Tier. Dann waren sie gemeinsam über Wurzeln und durch Dickicht geflohen. Später liebten sie sich unter den Bäumen und hatten in ihrer entfesselten Leidenschaft nicht bemerkt, dass es mitten im Giftefeu geschehen war. Noch heute juckte ihr ganzer Körper, wenn sie daran dachte.

»Wie wär's, wenn wir uns am Wochenende in Monterey treffen?«, fragte er.

Sie spitzte die Ohren. »Bist du in Kalifornien?«

»Du kannst das Ticket über meinen Account ziehen.«

Wieder wich er ihr aus. Was fand sie nur an dem Kerl? Sie seufzte. Da war sein britischer Akzent, der ihr unter die Haut ging, besonders wenn er versuchte, ihn zu verstecken und amerikanische Redewendungen benutzte. Und diese Mischung aus vornehmer Zurückhaltung, sprudelndem Abenteuergeist und einem Schuss rustikaler Gelassenheit fand sie extrem anziehend.

»Am Samstag im Bayview?«, fragte er.

Georgina nahm einen tiefen Atemzug. »Okay. Ich freu mich drauf!« Sie warf ihm einen Kuss zu und hoffte, dass er sie an seinem Bildschirm sehen konnte. Obwohl er von

Anfang an klargestellt hatte, dass er keine feste Beziehung suchte, waren sie nun schon drei Jahre zusammen. Georgina spürte einen Druck auf der Brust. Sie musste mit ihm reden, ihn wissen lassen, dass es für sie mehr geworden war. Aber wenn er sie dann verließ?

»Ich freu mich auch«, antwortete er und es klang, als ob er lächelte. »Also, bis dann!«

Er unterbrach die Verbindung. Das Appartement kam ihr wieder leer vor. Georgina starrte noch einen Augenblick auf den grauen Bildschirm, dann stand sie auf und holte sich einen Orangensaft aus dem Kühlschrank. Wenn sie am Wochenende nach Monterey flog, konnte sie im Anschluss ihren Bruder Elias in San Francisco besuchen. Ihre Eltern waren seit neun Jahren tot. Nur er und sie waren übrig geblieben. Sie seufzte. Sie war die Rebellin, die nach Fakten und Logik strebte. Er das Ebenbild des Vaters, der sich in religiösen Vorstellungen einzementierte. Aber seine Schrullen nahm sie gerne in Kauf, um die kleine Isa zu sehen. Von seinen Kindern war sie Georgina wie eine eigene Tochter. Sie lächelte. Nächste Woche würde das Mädchen acht Jahre alt. Was sollte sie ihr schenken? Letztes Mal hatte sie ihr eine Tyrannosaurus Rex-Figur mitgebracht, was Elias erboste, denn er hielt alles, was sich nicht durch die biblische Schöpfungsgeschichte belegen ließ, für Symbole heidnischen Glaubens – und Georgina war als Geologin eine Predigerin des Teufels. Mit seinen absurden Anschauungen verkorkste Elias das Kind. Und seine Frau Mary sah tatenlos zu. Zu gerne hätte Georgina das Mädchen zu sich genommen.

Die Türglocke summte.

Georgina fuhr zusammen. »Wer ist da?«

»Chop Suey für Doktor Finley.«

7

Washington Universität, St. Louis

Der Leiter des geologischen Instituts der Washington Universität, Professor Kevin Seidler, stürmte die Treppen hinunter, rannte in den Korridor und stieß die Tür zu Georginas Büro auf. »Wo ist George?«, rief er.

Nicky sah von ihrem Computerschirm auf. »Doktor Finley ist im Labor«, antwortete sie mit erhobenem Kopf.

»Zicke«, murmelte Seidler im Gehen.

Nicky hatte es gehört. Sie konnte den aalglatten Kerl mit den pomadigen Haaren auch nicht leiden. Aber das gesamte Budget des Instituts und die Stellenbesetzung gingen über seinen Schreibtisch. Nicky sah ihm naserümpfend hinterher.

Seidler stürmte in das Labor. An Camille, die am Refraktometer arbeitete, lief er vorbei. »George!«, brüllte er. »Ich weiß, Sie haben das Talent, jedem auf die Füße zu treten. Aber warum zum Teufel haben Sie ausgerechnet Jayden Turkov verärgert?«

Georginas Muskeln spannten sich. Seit sie aus New York zurück war, lag etwas in der Luft, das sie ganz kribbelig machte. Außerdem konnte sie nicht leiden, mit ›George‹ angesprochen zu werden. Das machte Seidler, seitdem sie ihm die Fehler in seiner These ausgebessert hatte. Statt den Beleidigten zu spielen, sollte er dankbar sein. Die Sponsoren hätten ihn ohne die Korrekturen auseinandergenommen. Georgina schritt auf ihren Chef zu. »Weil meine achtjährige Nichte mehr von Wissenschaft versteht als der!«

»Wenn Sie nächstes Mal nicht mit dem Schlauchboot zur Antarktis rudern wollen, müssen Sie mehr Diplomatie im Umgang mit den Mächtigen zeigen!«, fauchte er.

»Lügen werde ich nicht, nur um die Finanzen zu sichern!«, konterte sie. »Auch werde ich keine einseitigen Informationen verbreiten.«

Seidlers Gesicht arbeitete. »Das habe ich gar nicht verlangt! Aber wenn Sie ...«

Nicky erschien an der Tür und unterbrach ihn: »Telefon! Es ist Edward.«

Professor Edward Winslow, Georginas alter Mentor. Schade, dass er sie bei seiner Versetzung nicht hatte mitnehmen können. Jetzt steckte sie hier mit einem Vorgesetzten mit mangelhafter Kompetenz fest, auf dessen Unterstützung sie sich nicht verlassen konnte.

»Entschuldigung!«, rief sie ihrem Chef zu. »Das Gespräch ist wichtig. Macht es Ihnen etwas aus, wenn wir später weiterreden?« Sie eilte hinaus.

»Ich bin noch nicht fertig!« Seidler sah ihr und Camille hinterher. Die Respektlosigkeit der beiden war unbeschreiblich. Aber ohne Doktor Finley wäre er damals ins Messer gerannt. Ausgerechnet sie hatte den Fehler entdeckt. »George!«

Im Büro atmete Georgina dreimal tief durch. Sie setzte sich und nahm den Hörer. »Edward! Schön, dass du dich meldest! Wie geht es dir in Washington?«

»Ist ein bisschen anders als der Mittlere Westen. Aber hör zu, ich habe gerade den Bericht einer Radarauswertung auf dem Tisch. Die Zahl der Vulkankegel unter dem antarktischen Eis hat sich in den letzten Jahren drastisch erhöht – das unterstützt deine Theorie.«

Georgina blickte abwesend auf das Poster an der Wand, das eine Landschaft des Jura mit Dinosauriern zeigte, auf dem im Hintergrund Vulkane rauchten. Es kam ihr wie ein Omen vor. »Ed, wenn wir nicht die Treibhausgase in den Griff bekommen, sehe ich schwarz für den Planeten!«

Da trat Seidler zur Tür herein und musterte die drei Frauen. Er verengte seine Augen zu schmalen Schlitzen. »Das Xanthippen-Trio bleibt gefälligst bei ihren Vulkanen und überlässt das Wetter den Fachleuten!«, brüllte er. »Und wenn Ihnen das nicht passt, können Sie einpacken und gehen!«

8

Monterey, Kalifornien

Obwohl sie Urlaub hatte, checkte Georgina E-Mail und Nachrichten. Ihre Wachsamkeit schärfte sich. Als lauere eine Gefahr.

»Komm zurück ins Bett, Gina!« Ryan hob den Kopf. »Es ist unser letzter Tag.« In seinen Augen funkelte Verlangen. Das löste eine Wärmewallung in ihrem Bauch aus. Sie schaltete das Tablet aus und schlüpfte zu ihm unter die Decke. Er nahm sie fest in seine Arme. Als sie seine Erregung spürte, kuschelte sie sich enger an ihn und strich über seine festen Muskeln. Warum hatte sie sich ausgerechnet in ihn verliebt? Sie wusste wenig über ihn. Wer war er und warum gab er sich so geheimnisvoll und unnahbar?

Für den Bruchteil einer Sekunde zitterte der Boden.

Ryan schreckte hoch und sah mit aufgerissenen Augen um sich.

In Kalifornien waren solche Erschütterungen normal. Georgina musste grinsen. Er hatte offenbar Angst vor Erdbeben. Eine Schwäche an ihm entdeckt zu haben, fand sie süß. »Darling, hier rüttelt es immer ein bisschen«, flüsterte sie ihm ins Ohr.

Ryan setzte sich. »Warum Leute so nahe an der San-Andreas-Spalte leben wollen, wird mir nie in den Kopf gehen.«

»So gefährlich ist das gar nicht. Was du spürst, sind Entspannungsbeben, durch die sich der Druck zwischen den tektonischen Platten ausgleicht.«

»Eine Zeitbombe ist es! Da wür...«

Ein weiteres Beben ließ die Fensterscheiben klirren. Ryan krallte sich am Bettrahmen fest und starrte auf den pendelnden Kronleuchter.

Georgina strich ihm über den Rücken. »Stell dich nicht so an! Am besten gehst du duschen und dann frühstücken wir.« Sie sprang aus dem Bett und wandte sich an den elektronischen Voice Service: »Silvi, suche uns ein gemütliches Café am Strand.«

Ryan stieß ein Lachen hervor. Georgina sah ihn verwundert an. Er blickte zwar immer noch unruhig umher, aber da lag wieder der selbstsichere Ausdruck auf seinem Gesicht.

»Diese Wanze habe ich abgeschaltet.«

Dass das überhaupt ging, war Georgina neu. Selbst Stecker ziehen nutzte bei der neuen Generation dieser Geräte nichts. »Wie hast du das gemacht?«

Er grinste. »Technologie.«

Sie sah ihn auffordernd an. »Und?«

Ohne zu antworten, stand er auf und ging ins Badezimmer.

Er wollte es ihr nicht sagen. Sie betrachtete nachdenklich seinen muskulösen Rücken. Ryan war durchtrainiert. Er erzählte nie etwas über seinen Job und ließ sich lange Zeit nicht sehen. Er könnte Agent eines Geheimdienstes sein. Das war ein neuer Gedanke für sie. Am Anfang war es in Ordnung gewesen, dass er sie nur von Zeit zu Zeit besuchte. Sie wollte selbst keine enge Bindung, ab und zu zusammen zu sein genügte ihr. Inzwischen war das anders. Da war etwas Unerwartetes aufgetaucht: der Wunsch nach Nähe zu ihm. Wenn sie es ihm sagte, würde er sich dann bedrängt fühlen, sich noch mehr zurückziehen? Sie seufzte.

Agaven in kniehohen Tontöpfen rahmten die Terrasse des kleinen Cafés. Sie erinnerten Georgina an ihre Kakteen zuhause. Paare saßen unter ausladenden Sonnenschirmen an Korbtischen. Zum Glück waren wenige Gäste anwesend. Georgina erblickte einen freien Tisch in der hintersten Ecke. Der geflochtene Stuhl knarzte, als sie sich setzte.

Ryan nahm ihr gegenüber Platz. »Gefällt es dir hier?«

Normalerweise konnte sie sich an den Robben, die sich auf den Felsinseln der Monterey-Bay sonnten, und an den Masten der Boote im Yachthafen hinter der Palmenpromenade nicht sattsehen. Heute trafen sie nur auf ihre Netzhaut, waren ein Bild ohne Bedeutung. Abwesend bestellte sie einen Cappuccino und ein Croissant. Es nervte, dass sie sich schon wieder von Ryan trennen musste. Sie wusste nicht, wohin er flog, was er arbeitete, wo er wohnte, wie es dort aussah. Aber so war es abgemacht: keine Fragen – jedenfalls keine solchen. »Wie lange wirst du diesmal fort sein?«

Ryan stellte seine Espressotasse auf den Porzellanuntersetzer und legte seine Hand auf ihre.

Georgina suchte in seinen Augen nach einer Antwort und fand eine Traurigkeit darin, die ihr den Magen zusammenzog.

»Du willst mich doch nicht verlassen?«

Er streichelte ihre Hand. »Noch ist die Zeit nicht gekommen.«

Die Worte stachen wie Messer in ihrem Bauch. »Was? Warum?«, stammelte sie. Mein Gott, sie führte sich auf wie ein Teenager!

Er blickte auf seine Tasse und schob sie mit Daumen und Zeigefinger langsam hin und her. »Ich werde dir alles erklären. Alles. Wenn es so weit ist.«

»Wann, Ryan?«, fragte sie.

Er sah ihr lange in die Augen »Ich weiß. Was ich mit dir mache, ist unfair. Es war nie meine Absicht, dich zu binden.« Er holte tief Luft. »Es ist okay, wenn du einen anderen findest.«

Georginas Hand zitterte. »Liebst du mich denn nicht?«

Er versenkte seinen Blick in ihren Augen. »Doch. Und genau das ist das Problem.«

Ihr Herz begann zu klopfen. Machte er da ein Angebot? Ein kleines? Sie rückte näher an ihn heran. »Was steht zwischen uns, Ryan?«

»Du weißt, dass ich dir das nicht sagen kann.«

Georgina schnürte es die Brust zusammen. »Oder sagen *willst*!«

Ryan atmete schwer und sah sie gequält an. »Ich würde dich so gerne mitnehmen!«

Sie suchte in seinen Augen, als stünde die Antwort in der Tiefe seiner Pupillen. »Wohin, Ryan?«

Er presste die Lippen aufeinander und schüttelte den Kopf.

Panik stieg in ihr auf. Eines Tages würde er gehen und nicht wiederkommen. Aber nicht heute. Sie strich ihm mit dem Fingernagel sanft über den Unterarm. »Wenn wir statt des Shuttlebusses einen Flieger nach San Francisco nehmen?« Sie zog ihr Smartphone und checkte die Wettervorhersage. »Der nächste Wettersturz ist erst für den Abend angesagt. Dann bleibt uns noch Zeit.« Sie sah ihm in die Augen. Sie wusste, dass er sich dagegen nicht wehren konnte.

Am Nachmittag bestellte Georgina ein Taxi für sich und Ryan. Ein autonom gesteuertes fuhr vor. Sie vermisste den Fahrer. Meist waren es Mexikaner gewesen. Ihr Lachen war ansteckend und immer wussten sie etwas Lustiges zu erzählen. Aber das Fehlen eines stumm beobachtenden Taxifahrers hatte auch einen Vorteil. Sie schmiegte sich an Ryan und schob ihre Hände unter sein Hemd. Zu schnell erreichten sie den Flughafen.

Weil die großen Fluggesellschaften Monterey nicht mehr anflogen, war die ehemalige Abfertigungshalle zu einem Shopping-Center umgebaut worden. Statt Reisenden mit Koffern eilten Leute mit Einkaufstaschen umher. Wo sich früher die Schalter reihten, luden Boutiquen zum Shoppen ein. Georgina suchte vergeblich nach Logos oder Namenszügen von Fluggesellschaften. Erst im hinteren Teil des Gebäudes fand sie eine Ladeneinheit, in dessen Schaufenster ein Schild mit der verblassten Aufschrift ›Sunshine Travels‹ hing. Vergilbte Plakate warben für spektakuläre Rundflüge. Daneben klebte eine handgeschriebene Liste mit Flugpreisen nach San Francisco, Los Angeles und ein paar anderen Städten. Das war also der klägliche Rest Flugverkehr, den Monterey noch bieten konnte.

Ryan öffnete die Glastür. Georgina trat in einen neonbeleuchteten Raum, doppelt so groß wie ihr Wohnzimmer. In der Mitte stand ein Schreibtisch. Auf einem abgewetzten Bürosessel dahinter lümmelte ein Mann in ausgebleichten Jeans. Graue Schläfen, Falten um die Augen, er hatte das mittlere Lebensalter längst überschritten, wirkte aber sprungbereit und voller Spannkraft. Der gelangweilte Gesichtsausdruck verschwand aus seinem runden Gesicht. Er legte einen Wurfpfeil aus der Hand. An der Seitenwand sah Georgina zwischen Postern von Robben, Palmenstränden und weißgetünchten Häusern eine gelb-schwarze Dart-Scheibe, in der ein Dutzend grüne und rote Pfeile steckten. Er blickte kurz auf ihr Reisegepäck, dann nahm er die Füße vom Schreibtisch. »Ryan und Georgina?«

»War bestimmt nicht schwer zu erraten«, entgegnete Ryan.

Georgina stieß ihm in die Seite. So unhöflich musste er nicht antworten, auch wenn sich der Mann wie ein Flegel benahm.

Der Mann grinste. Dann verzog er das Gesicht. »Sie haben recht. Heute sind Sie meine einzigen Fluggäste. Das Geschäft könnte besser sein. Scheiß-Turbulenzen! Achterbahn können sie fahren, die Flachwichser, aber wenn's im Flieger ein bisschen wackelt, machen sie sich die Hosen voll. Die meisten fahren lieber Shuttle-Bus und ich sitze hier und bohre in der Nase. Ich bin übrigens Jim.« Er schaltete den Monitor vor sich ein, der ein Relikt aus den Neunzigern zu sein schien, und notierte eine Reihe Zahlen. »San Francisco?«

Ryan nickte.

Jim legte die Stirn in Falten. »Da kommt 'ne Scheißfront.«

»Ich dachte, das Wetter schlägt erst später um«, sagte Georgina.

Jim kratzte sich am Kopf. »Hin könnte ich es noch schaffen.«

»Ich bezahle Ihnen die Übernachtung«, bot Ryan an.

Jim grinste. »Wenn Sie noch was für die Abendunterhaltung drauflegen.« Er machte suggestive Hüftbewegungen.

Georgina rollte die Augen.

Ryan schüttelte den Kopf. »Sie haben bestimmt 'ne Puppe, die's Ihnen umsonst besorgt.«

Jim lachte. »Treffer. Aber irgendwie muss ich sie warm bekommen.«

Ryan zuckte die Achseln. »Das ist Ihr Problem. Also, wie ist es? Ich kann immer noch den Shuttleservice nehmen.«

»Okay, okay! Habe sowieso gerade nichts Besseres zu tun.« Jim stand auf, schaltete das Licht aus und verschloss die Eingangstür. »Hier entlang«, sagte er und schritt auf die Hintertür zu.

Sie liefen durch einen kurzen Korridor. Die Farbe war schon lange nicht mehr weiß, schwarze Stoßspuren überzogen den unteren Teil der Wände. Jim zog eine Fahne Rasierwassergeruchs hinter sich her. Eine billige Sorte aus dem Supermarkt.

Auf dem Rollfeld blies ein heißer Wind Staub über den Asphalt. Jim hielt auf einen Hangar zu. Er ließ das linke Tor mithilfe einer Fernsteuerung auffahren. Dahinter erschien ein zweimotoriges Flugzeug, der Lack war an vielen Stellen stumpf.

»Wusste gar nicht, dass die De Havilland DHC-6 noch fliegen«, sagte Ryan.

Jim nickte anerkennend. »Sie kennen sich aus! Ist das beste Zubringerflugzeug.« Er blickte auf seine Maschine und lächelte, als träte er seiner Braut am Traualtar gegenüber. »Ist nicht kaputt zu kriegen.« Er öffnete die Einstiegsluke und klappte die Treppe aus. »Sie können sich schon mal reinsetzen. Wollen Sie das Gepäck in die Kabine nehmen, oder soll ich's verstauen?«

Georgina sah Roststellen an Stufen und Rahmen. Sie suchte Ryans Ohr. »Sollen wir nicht doch mit dem Shuttle fahren?«

Ryan lachte und reichte ihr die Hand.

Als Feigling wollte sie nicht dastehen, außerdem war sie schon mit ähnlichen Flugzeugen das letzte Stück zur Antarktis geflogen – doch nicht alle Erinnerungen daran waren angenehm. Sie stieg ein.

Durchs Fenster sah sie Jim um die Maschine gehen. Er trat an die Reifen, rüttelte am Höhenruder und zog sich an den Tragflächen hoch. Georgina warf Ryan einen verwunderten Blick zu.

»Preflight Check«, erklärte er Jims merkwürdiges Verhalten. »Alte Schule.«

Das sollte wohl beruhigend sein. Jedenfalls schien sich Ryan auf den Flug zu freuen. Interessiert verfolgte er jeden von Jims Handgriffen: das Hochziehen der Treppe, das Verriegeln der Tür, das Hantieren im Cockpit.

Jim legte Schalter um und drehte an Knöpfen. Die Maschinen starteten, das Flugzeug setzte sich in Bewegung. Es holperte über die Rollbahn. Jim schob die Hebel auf der Mittelkonsole nach vorne, Georgina wurde in den Sitz gedrückt. Draußen rasten die Bahnmarkierungen vorbei. Schneller und immer schneller. Irgendwo klapperte es. Georgina kam es vor, als ob das ganze Flugzeug vibrierte. Hoffentlich fiel es nicht auseinander. Sie sah zu Ryan. Den schien es nicht zu beunruhigen. Plötzlich hob sich die Flugzeugnase so weit, als wollte Jim kerzengerade in den Himmel fliegen. Instinktiv hielt Georgina die Luft an.

»Sie sind wohl Kriegsmaschinen geflogen«, rief Ryan.

»Irak«, antwortete Jim. »Das waren Zeiten! Und andere Maschinen. Dagegen fliegt die hier wie ein nasser Schwamm.«

Georgina mochte sich nicht vorstellen, wie Jim fliegen würde, wenn sie jetzt in einem Düsenjäger säßen.

Auf der ganzen Breite des Horizonts türmten sich Wolken über dem Meer. Wie eine Armee verärgerter Dschinns sahen sie aus, die ihren Flaschen entwichen waren. Die Wolken rückten langsam näher, wurden immer dunkler. Der Himmel nahm eine blutrote Farbe an, durchzogen von schwarzen Linien. Das sah nicht gut aus. Georgina blickte auf ihre Armbanduhr. Bis San Francisco müssten sie es schaffen, bevor das Unwetter sie erreichte.

Die erste Turbulenz ließ Georginas Magen kitzeln. Sie presste sich in den Sitz. Fliegen bei unruhigem Wetter in dieser Kiste war so anders als in den großen Flugzeugen. Es schüttelte, es rüttelte, dann sackte sie ab, als wollte sie auf den Boden schlagen, nur um danach wieder in die Höhe gerissen zu werden. Georgina krallte sich an der Armlehne fest.

Auch die Landung war ruppig. Georgina zitterte, als sie endlich festen Boden unter den Füßen spürte. Aber es steckte ihr nicht nur der Flug in den Knochen. Der Abschied von Ryan nahte.

Jim wand sich aus dem Cockpit. »Ich hoffe, Sie hatten eine angenehme Reise.« Er schob die Hände in seine Taschen. »Die Dame sieht etwas blass um die Nase aus.«

»Das liegt an der Bordküche«, konterte Georgina.

Jim lachte. »Jedenfalls sind Sie schlagfertig.«

Georgina hörte Bewunderung heraus. Wofür? Dass sie sich nicht übergeben hatte? Dass sie nicht panisch geschrien hatte?

»Im Namen von Sunshine Travels bedanke ich mich ganz herzlich für die Gelegenheit, Ihnen zu Diensten gewesen zu sein.« Jim grinste und verbeugte sich. Er öffnete die Tür. Draußen fuhr ein Flughafenbus vor.

Georgina und Ryan nahmen ihr Gepäck und stiegen aus. Wind zerrte an Georginas Haaren, die ersten Tropfen klatschten auf den Asphalt des Rollfelds.

Im Bus brannte die Innenbeleuchtung. Zwei Männer in Business Jacketts telefonierten. Ryan hielt Georginas Hand. Der Bus hätte endlos weiterfahren können. Nur zu bald erreichte er das Charter-Terminal. Aussteigen. Wartehalle. »Wann sehen wir uns das nächste Mal?«

Ryan lächelte. »Am Wochenende könnte ich zu dir kommen.«

So schnell hatte sie nicht damit gerechnet. Georgina gab ihm einen Kuss. Sie rief ihren Kalender auf. »Freitagabend wird's bei mir spät, ansonsten stehen keine Termine an.«

Ryan machte ein schelmisches Gesicht. »Dann erwarte mich zur Geisterstunde.«

»Du möchtest wohl bei mir herumspuken?«

Ryan grinste. »Das und noch anderes!« Er küsste sie leidenschaftlich.

Georgina wurde sich der Menschen um sie herum bewusst. Sie löste sich aus Ryans Umarmung. »Wann geht dein Anschlussflug?«

»Bin ich dir peinlich?«

»Du nicht«, antwortete sie.

»Die Leute können dir egal sein. Ich wette, du wirst keinen von ihnen jemals wiedertreffen.« Er studierte die Abflugtafel. »Ein bisschen Zeit bleibt.«

»Diesmal muss ich nicht vor dir weg. Wollen wir noch einen Kaffee trinken?«

»Okay. Aber lass mich vorher einchecken.«

»Klar!« Georgina witterte ihre Chance, etwas über ihn zu erfahren und folgte ihm durch die Abfertigungshalle. Menschen eilten umher, aus den Lautsprechern drangen Ansagen. Ryan blickte zur Anzeigetafel. Welchen Flug checkte er? Georgina musste nicht lange rätseln. Er stellte sich am Schalter nach Grand Forkes an. North Dakota. Sie fragte sich, ob er dort lebte, zu einem Job fuhr oder noch einmal umstieg. Keine Fragen. Sie beobachtete ihn, während er sein

Gepäck aufgab und das Ticket einsteckte.

Das Flughafencafé war voll. An der Bar gab es zwei freie Hocker vor einem breiten Fernsehschirm über einem Glasregal mit Schnapsflaschen. Baseball. Der Ton übertönte alle Gespräche. Kein Wunder, dass hier niemand sitzen wollte. Der Barmann konnte bestimmt von den Lippen lesen. Einen Espresso und einen Cappuccino. Ryan zahlte. Er hielt ihre Hand. Die Zeiger der Uhr schienen zu springen, wenn Georgina kurz nicht hinsah. Sie brachte Ryan zum Gate.

»Vergiss, wohin ich fliege«, flüsterte er ihr ins Ohr. »Du weißt schon viel zu viel.« Er wandte sich ab und verschwand im Korridor.

9

San Francisco, Kalifornien

Das selbststeuernde Taxi schlängelte sich durch die Straßenschluchten von San Francisco. Auf das Dach trommelten Regentropfen, die Scheibenwischer fegten über die Frontscheibe. Draußen konnte Georgina nur verwaschene Konturen und unscharfe Lichter erkennen. Müsste sie selbst fahren, hätte sie angehalten und abgewartet. Der Bordrechner hatte andere Orientierungshilfen. Funksteuerung und Sensoren, die das Auto auch bei schlechter Sicht zuverlässig steuerten. Georgina lehnte sich zurück. Die Kälte des Kunstledersitzes kroch in ihren Körper. Eine Sturmbö schüttelte das Auto. Gut, dass Jim mit seinem Flugzeug nicht wieder gestartet war. Selbst ein alter Haudegen wie er würde bei so einem Sauwetter seine Maschine nicht in der Luft halten können. Bestimmt hing er jetzt in einer schummerigen Bar ab und versenkte seine Blicke im Ausschnitt der Bedienung. Georgina beobachtete die Rinnsale an der Seitenscheibe, in denen das Licht der Neonreklamen wie in einem Kaleidoskop immer neue Muster formte. Allmählich verloren sich die Farben darin. Das Taxi verließ die Innenstadt. Nur das Gelb der Straßenlaternen pulsierte in den Tropfen. Dahinter Dunkelheit. Georgina blickte zum Bildschirm des Steuersystems in der Mittelkonsole. Ein roter Pfeil im Zentrum zeigte den Standort des Taxis. Das Straßennetz zog darunter hindurch, schwenkte in Kurven herum und justierte sich neu. San Francisco. Elias hatte erst nach dem Tod der Eltern den

Heimatort im Mittleren Westen verlassen und war hierher gezogen. Gott hätte ihn gerufen. Georgina schüttelte den Kopf. Das machte er sich selbst vor. Vielleicht wollte er der Vergangenheit entfliehen. Das war ihm nicht gelungen. Im Gegenteil. Er war ganz nach dem Vater geraten. Ein religiöser Eiferer. Erinnerungen stiegen in Georginas Bewusstsein, die sie gerne vergessen hätte: Der Hackstock hatte in den Hüften gedrückt, das Holz kratzte auf ihrer weichen Bauchhaut wie Sandpapier. Das Kleidchen hochgezogen. Kälte am entblößten Hintern, am Rücken. Der Gummizug der Unterhosen spannte um ihre Knie. Sie zitterte. Der Geruch von Kernseife und Zigarettenrauch umhüllte sie. Dann schoben sich die schwarzen Stiefelspitzen ihres Vaters in ihr Gesichtsfeld. Seine Gürtelschnalle klickte. Er zog den Gürtel aus seiner Hose.

Georgina schreckte auf, als ein grünes Kreuz am Rand des Navigationsbildschirms auftauchte. Das Ziel der Fahrt. In der Ferne glaubte sie, die Fistelstimme ihres Vaters zu hören. Ihr Magen zog sich zusammen. ›Wen der Herr liebt, den züchtigt er.‹ Klatschen. Beißender Schmerz quer über den Oberschenkel. Sie hasste den Herrn. Er war ein Tyrann. ›Ich bin die Güte und die Barmherzigkeit.‹ Klatsch. Der Schlag fühlte sich wie ein Messerschnitt über den Rücken an. Tränen besänftigten ihren Vater nicht, Bitten nützte nichts, Weinen ließ ihn kalt. Sie presste die Wange an die Kante des Hackstocks, hielt sich an der Borke fest. Klatsch, klatsch, klatsch.

Georgina zuckte zusammen, als ihr Smartphone klingelte. Wie in Trance zog sie es aus der Tasche. Auf dem Display erschien die Kennung des Anrufers. Alles kam ihr entrückt vor, unwirklich.

Sieben. Ihr Vater hatte immer nach sieben Schlägen aufgehört.

Klingeln. Georgina schob die Erinnerungen beiseite. Sie atmete einmal tief ein und wieder aus. Dann nahm sie das Gespräch an. »Edward?«

Was wollte er? An einem Sonntagabend? Selbst als er noch ihr Chef war, hatte es nicht zu seinen Gewohnheiten gehört, sie nach Feierabend anzurufen. Sicher, er war ein Workaholic und an so manchen Tagen, an denen sie das Büro betrat, überraschte sie ein Stapel neuer Arbeit, die er sich nach langer Nacht ausgedacht hatte. Aber ihre freie Zeit hatte er immer respektiert. Es musste etwas Wichtiges sein, sonst hätte er eine Mail geschickt oder bis morgen gewartet.

»Hallo Georgina. Entschuldige, wenn ich störe.« Er räusperte sich. »Ich dachte, du solltest es sofort wissen: Der Lavasee im Krater des Mount Erebus steigt.«

Georgina fuhr ruckartig auf. Das konnte nur eins bedeuten: Der Druck im Inneren des antarktischen Vulkans nahm zu. Was, wenn das kein Einzelfall war? Georginas Muskeln spannten sich. »Hast du Daten über die Vulkane unter dem Eis?«

»Das ist dein Spezialgebiet. Ich schicke dir, was ich habe.«

In Georgina breitete sich Unbehagen aus. »Vielen Dank, Ed.«

»Ich wünsche dir noch einen schönen Abend.«

»Du hast Humor!«

»Was ist?«

»Erkläre ich dir später. Bye.« Sie legte auf und steckte das Smartphone zurück in ihre Tasche.

Auf dem Navigationsdisplay des Taxis erreichte der rote Pfeil das grüne Kreuz. Das Taxi hielt an. Die sanfte Frauenstimme des Steuerautomaten meldete sich. »Ihr Ziel ist auf der rechten Seite.«

Georgina schaute durch das regennasse Fenster zu dem mit grauen Vinylpanelen verkleideten Reihenhaus. Es wirkte abweisend wie ihr Bruder. Noch konnte sie umkehren. Edwards Nachricht lag ihr wie ein Stein im Magen. Am liebsten würde sie sofort zu ihrem Labor in St. Louis fahren. Dort hatte sie die Programme und Geräte, um die vulkanischen Aktivitäten in der Antarktis zu analysieren. Aber wenn sie jetzt ins Labor fuhr, wann kam die nächste Gelegenheit, Isa wiederzusehen? Georgina sah die leuchtenden Augen vor sich, das fröhliche Lachen. Isa war quirlig und neugierig. So wie Georgina in diesem Alter gewesen war. Eigenschaften, die ihr Bruder nicht zu schätzen wusste. Sie entschied sich. Die Vulkane mussten warten. Sie fummelte den Schirm heraus und öffnete die Autotür. Den Rollkoffer hinter sich herziehend rannte sie über den Zementweg durch den Vorgarten. Bis sie den Schutz des kleinen Vordachs über dem Eingang erreichte, war ihr Kleid völlig durchnässt und klebte an ihren Beinen. Sie stieß einen leisen Fluch aus. Das fiel unter ›unordentliche Garderobe‹. Für Elias fast so schlimm wie Unglauben oder Faulheit. Das war sein Problem. Entschlossen schlug sie den Messingklopfer an die Tür. Im Haus ertönten Schritte. Fünf Sicherheitsschlösser klickten, dann öffnete sich die Tür einen Spalt und das blasse Gesicht ihres Bruders erschien. Fast auf gleicher Höhe mit ihrem. In ihrer Jugend, als sie einen halben Zentimeter über ihn hinausgewachsen war, hatte sich ihre Beziehung verändert. Anstatt ihr wie vorher gegen die Eltern zur Seite zu stehen, hatte er sie verpetzt und bei jeder Gelegenheit verhauen, bis sie einmal zurückgeschlagen hatte. Seine Lippe war aufgeplatzt und hatte geblutet. Danach war er auf Distanz gegangen.

»Hallo Elias«, begrüßte sie ihn.

Er rümpfte die Nase. »Magdalena.«

Mit ihrem ersten Vornamen angeredet zu werden, traf sie wie ein Schlag ins Gesicht. Zu viele Erinnerungen hingen daran. Dazu seine hohe Stimme. Wie der Vater.

»Komm rein«, brummte Elias und zog die Tür auf.

Hinter ihm erschien seine Frau Mary. Sie war einen halben Kopf kleiner als er, aber breiter, besonders in der Mitte. Dabei sah sie kräftig aus, so, als könne sie ordentlich zupacken. Sie trug eine geblümte Schürze über einem schlichten, dunkelblauen Kleid. Sie schaute Georgina von oben bis unten an. »Geh erst mal ins Bad und trockne dich ab. Handtücher findest du auf der Kommode.« Ihr eher gutmütiges Gesicht wirkte etwas verkniffen.

Bevor Georgina Worte fand, tönte eine Mädchenstimme durch den Korridor. »Tante Magda!« Isa rannte freudestrahlend herbei. Georgina vergaß alles um sich herum. Sie sah nur noch die leuchtend blauen Augen, die blonden Locken, die bei jedem Schritt wippten. Wenn sie einmal Kinder oder auch nur ein Kind haben sollte, dann stellte sie es sich wie Isa vor.

Isa war seit dem letzten Besuch gewachsen und reichte Georgina bis zur Schulter. Sie nahm Isa in die Arme, sog den Geruch ihrer Haare ein, drückte den kleinen, warmen Körper an sich, ein bisschen zu knochig, sie sollte mehr essen.

Elias verzog das Gesicht zu einer Grimasse. »Du machst sie ja ganz nass!«

»Ist doch egal, Papa«, antwortete Isa fröhlich. »Ist doch nur Wasser!«

Georgina gab ihr einen Kuss auf die Stirn und ließ sie los, denn Markus schlich die Stufen herunter. Er war zweieinhalb Jahre älter als Isa. Am Treppenansatz blieb er stehen. Er war die jüngere Ausgabe seines Vaters und hatte seinen mürrischen Zug um die Nase. Georgina zog zwei Tafeln Schokolade aus dem Seitenfach ihres Koffers. Eine gab sie Isa, die andere hielt sie Markus entgegen.

Der verzog das Gesicht und wandte sich an seine Mutter. »Kann ich jetzt zu Jess gehen?«

»Aber um acht bist du wieder zuhause!«, gebot Elias.

Markus nickte, schnappte sich einen Regenmantel von der Garderobe und verschwand in der Küche.

Georgina spürte einen Stich im Herzen, als die Hintertür zuschlug. Noch nicht einmal die Schokolade hatte er genommen.

»Markus ist doof«, sagte Isa und bekam eine Ohrfeige von ihrem Vater.

»Nein!« Georgina schob sich vor Isa und sah Elias in die Augen. Er gab genau das an seine Kinder weiter, was er selbst erlebt hatte, die Demütigungen, die Gewalt. Aus einem Opfer war er zu einem Monster geworden, das Kraft aus den Erniedrigungen seiner Kinder zog. Das war erbärmlich und traurig zugleich. »Wo sind eigentlich Paulus und Johanna?«, fragte sie, um ihn von Isa abzulenken.

Er hob den Kopf. »Die haben Kirchendienst.«

Das konnte nur heißen, dass sie von Haus zu Haus zogen und Traktate verteilten, um für das ›Reich Gottes‹ zu werben. Georgina schüttelte unmerklich den Kopf. Nun waren die beiden unterwegs, wie einst sie und Elias. Bei diesem Sauwetter! Sie fragte sich, ob sich der Fanatismus des Vaters in ihnen auszubreiten begann oder ob sie dem Druck der Kirche nachgaben.

Mary sah sie scharf an, als hätte sie ihre Gedanken gelesen. »Trockne dich ab und zieh dich um«, sagte sie. »Ich bereite inzwischen das Nachtmahl.«

Wenig später trat Georgina geföhnt und mit trockenen Kleidern ins Wohnzimmer.

»Wann musst du wieder los?«, fragte Elias.

Diese Ablehnung war für sie nicht neu. Nur weil sie Wissenschaftlerin war und seine verschrobene Weltanschauung nicht teilte! Manchmal stellte sie sich vor, sie hätte eine richtige Familie, eine, die zusammenhielt, die sich gegenseitig den Rücken stärkte und Geborgenheit gab. Sie dachte an Ryan, wäre ihm gerne näher, aber oft schien er emotional noch weiter von ihr entfernt zu sein als Elias. »Das Flugzeug geht um zwanzig Uhr fünfzehn«, antwortete sie.

»Fliegen!«, brummte ihr Bruder und wandte sich ab.

Georgina starrte auf den Rücken seiner abgetragenen Strickjacke. Die Zeit hatte ihn schon lange überholt. Er wehrte sich in der einzigen Art, die er von den Eltern gelernt hatte: Er klammerte sich an das Alte.

Elias drehte sich um und ein Tick zuckte um sein Auge. »Wenn der Herr gewollt hätte, dass wir fliegen, hätte er uns Flügel wachsen lassen!«, zischte er. »Die Menschen maßen sich an, größer als Gott zu sein.« Er warf die Arme in die Luft. »Sie wollen hoch hinaus, die Frevler – ja, bis zum Mars lockt sie der Satan! Baut da nicht so ein verrückter Milliardär ein Raumschiff im Orbit?« Er sah sie über die Nase hinweg an. »Größenwahnsinnig sind sie geworden. Sie folgen den Einflüsterungen des Bösen!«

Wenn er so anfing, war nicht mit ihm zu reden. Sie wartete, denn gewöhnlich endete so ein Anfall nach ein paar Minuten. Elias deutete mit gestrecktem Finger auf sie. »Der Herr wird die Gottlosen mit Feuer vertilgen!« Er hob den Blick und streckte mit verklärtem Gesicht die Arme zum Himmel. »Die Gerechten aber wird er läutern und erretten!«

Die Worte schleuderten Georgina durch die Zeit. Sie glaubte, ihren Vater zu hören. Sie erinnerte sich, wie klein, hilflos und unverstanden sie sich damals gefühlt hatte. Ihr Blick fiel auf Isa, die mit großen Augen still auf dem geblümten Ohrensessel neben dem Kaminfeuer saß. In Georgina wallte unendliches Mitleid für das Mädchen auf – und für Elias. Verbohrt und hart war er geworden. Hatte er all die hellen Stunden vergessen, die Freuden? Hatten sie als Kinder nicht gelacht und vor Vergnügen geschrien, wenn die Schaukel sie zu immer größerer Höhe trug, wenn der Moment des Schwebens kam, bevor es wieder abwärts ging? Sie musste an den Tag denken, an dem sie den kleinen Welpen gefunden hatten, und dann war da noch das Weihnachtsfest im Blizzard. »Lass Dampf ab, Elias«, sagte sie sanft. »Ich bin nicht gekommen, um zu streiten.«

»Das Mahl ist bereitet«, rief Mary aus dem Esszimmer.

Georgina strich ihrem Bruder mit der Hand leicht über die Schulter und wandte sich zur Tür. Im Korridor entnahm sie ihrem Koffer das Geschenk für Isa und überreichte es dem Mädchen bei Tisch. »Alles Gute, Isabella!«

Isas Augen leuchteten. »Darf ich's auspacken?«

Elias schüttelte den Kopf. »Dein Geburtstag ist erst am Dienstag.«

Mary legte ihm eine Hand auf den Arm.

Er musterte Georgina. Es kam einem Wunder gleich, als sich sein Gesicht etwas entspannte. »Na gut. Dieses Mal machen wir eine Ausnahme.«

Isa wippte vor Freude auf und ab.

»Nach der Mahlzeit«, gebot er in strengem Ton.

Isa presste die Lippen zusammen und senkte den Kopf. Georgina nahm die kleine Hand und das Mädchen lächelte still.

An diesem Abend sprach Elias ein besonders langes Tischgebet. Isa zappelte und wurde verwarnt. Auch mit dem Essen ließ er sich Zeit. Er löffelte die sämige Tomatensuppe bedächtig und kaute jeden Bissen der undefinierbaren Einlage mit Hingabe. Schließlich wischte er den Teller mit einem Stück Brot aus, steckte es sich in den Mund und sah Isa auffordernd an.

Ihr Gesicht hellte sich auf, sie wollte am Papier reißen, doch Mary schob ihr stumm eine kleine Schere hin.

Georgina verdrehte die Augen. Für alles schien es eine pedantische Routine zu geben. Konnten die beiden dem Kind nicht einfach einmal den Spaß lassen?

Isa verzog den Mund und schnitt Schleife und Klebstreifen mit minimalem Schaden an der Verpackung entzwei. Endlich wurde der Inhalt sichtbar. Isa bekam große Augen. »Ein Smartphone!«, rief sie entzückt.

Georgina schmunzelte, aber Elias zuckte zusammen. Seine Missbilligung kam nicht unerwartet, daher hatte sich Georgina einige Dinge einfallen lassen. Sie fragte sich nur, ob sich Elias besänftigen ließ. »Schalt es ein«, forderte sie Isa auf. Als Hintergrundbild erschien der Isenheimer Altar und eine App blendete erbauliche Sprüche des Herrn ein.

Elias ergriff das Smartphone und sah es sich stirnrunzelnd von allen Seiten an. Während er auf das Display starrte und leise murmelnd die frommen Worte las, kämpften in seinem Gesicht die widersprüchlichsten Gefühle. »Dass es sowas gibt«, stieß er schließlich hervor.

Georgina grinste in sich hinein. Natürlich hatte sie noch andere Apps installiert. Isa würde sie schon finden.

Das Mädchen sprang auf und schlang die Arme um Georgina. »Danke, Tante Magda! Das ist das schönste Geschenk!«

Georgina drückte sie fest an sich. »Und deine Freude ist mein schönstes Geschenk.«

Elias sah Isa scharf an. »Du darfst jetzt spielen gehen.«

Isa streckte die Hand nach dem Smartphone aus.

Elias schüttelte den Kopf. »Das muss ich mir erst genau anschauen.«

Isa ließ die Schultern sinken und verließ das Esszimmer.

Georgina sah ihr bedrückt hinterher. So konnte das nicht weitergehen. Am liebsten hätte sie das Mädchen zu sich genommen. Sie nahm einen tiefen Atemzug. »Elias, ich habe überlegt, ob Isa in den Ferien ein paar Tage zu mir kommen könn...«

»Kommt überhaupt nicht in Frage«, schnitt er ihr das Wort ab.

So schnell gab sie nicht auf. »Aber ich bin ihre Patentante!«

»Wenn ich damals gewusst hätte, was aus dir wird.«

Mit Mühe unterdrückte Georgina ihren aufwallenden Ärger. Sie richtete sich auf. »Du bist ein Fossil, Elias! Das Mädchen braucht Kontakt mit der Welt da draußen! Sie ist intelligent, wissbegierig.«

»Das werde ich ihr schon noch austreiben!«, grollte Elias. »Sie gehört Gott und der wird sie vor der Teufelsbrut beschützen.«

»Du meinst, deine Sekte nimmt sie in Besitz?«, brauste Georgina auf.

»Ich habe Cherry-Pie zum Nachtisch«, flötete Mary.

»Schweig, Weib!«, erwiderte Elias mit eisiger Stimme. »Magdalena wird jetzt gehen. Ruf ihr ein Taxi!«

Es ärgerte Georgina, dass sie so emotional und unüberlegt reagiert hatte. Sie wandte sich an ihren Bruder. »Ich habe es nicht so gemeint. Ich bitte dich, lass Isa für ein paar Tage zu mir kommen. Sie wird sich so sehr darüber freuen.«

Elias öffnete die Haustür. »Geh!«

Als sie über die Schwelle trat, ging ein Zittern durch das Haus.

10

Hilo, Hawaii

Im Labor des Instituts für tektonische Forschung saß Natascha an ihrem Schreibtisch in der Ecke. Über ihren Bildschirm liefen Zahlenreihen. Solange der Computer rechnete, gab es nichts für sie zu tun. Im Sitzen prüfte sie die Reihe Monitore auf dem langen Labortisch links von ihr. Zahlen. Alle grün. Auf Regalen, auf Tischen, überall standen Monitore. Es war Mikes Aufgabe, sie zu überwachen. Er hatte seinen Arbeitsplatz schräg hinter ihr. ›Damit er sie, die Doktorandin, im Auge behalten konnte, dass sie fleißig arbeitete.‹ Er selbst war ein fauler Sack. Und so einer nannte sich großspurig Gruppenleiter. Dabei bestand seine Gruppe einzig und allein aus ihr. Wahrscheinlich schaute er ihr wieder auf den Hintern. Heute war sie mit dem Motorrad gekommen und trug eine enganliegende Lederhose. Die zog immer die Blicke der Männer an. Sie wandte sich um. Mike hörte Radio. Natascha verdrehte die Augen. Das war der einzige Beitrag, den er an diesem Tag zum Fortschritt der Wissenschaft leistete. Sie hätte schwören können, dass er sich in der letzten halben Stunde überhaupt nicht bewegt hatte.

Als Professor Lippman eintrat, blätterte Mike mechanisch eine Seite des Journals um, das schon den ganzen Nachmittag vor ihm auf dem Schreibtisch lag. Das war wohl als Demonstration seiner Geschäftigkeit gedacht.

Natascha unterdrückte ein Grinsen, als ihm der Professor über die Schulter schaute.

Mike zog den Kopf ein. »Finley und Mitarbeiter berichten über zunehmende vulkanische Aktivität unter dem Eis der Antarktis«, sagte er. Seine Stimme klang, als sei er gerade aus dem Schlaf gerissen worden.

Lippman schmunzelte. »Das stand doch schon in der letzten Ausgabe.«

»Mike ist nicht der Schnellste«, stichelte Natascha.

Paffenholz bekam einen hochroten Kopf. »Dafür bist *du* hyperaktiv!«

»Wollt ihr das nicht nach Feierabend klären?«, schlug der Professor lächelnd vor.

»*Ich* fahre zum Kilauea und werde Messungen vornehmen.« Natascha packte Messgeräte in ihren Rucksack.

»Etwa mit dem Motorrad?« Mike gab einen Grunzlaut von sich, dann machte er ein nachdenkliches Gesicht. »So heftig hat er noch nie gespuckt. Ich sollte auch hinfahren. Wenn du willst, kann ich dich ...«

»Danke!«, schnitt sie ihm das Wort ab.

Der Professor trat zwischen die beiden. »Haben wir schon seismologische Daten?« Er ließ den Blick über die Monitore schweifen. Er blieb an einem Blinksignal hängen. Lippman ging zu dem Bildschirm. Er legte die Stirn in Falten. »Da meldet ein Seismograph ungewöhnliche Schwingungen.«

Mike schwang sich mit seinem Bürostuhl herum. »Ach so. Ja. Der funktioniert nicht richtig. Natascha hat bereits das argentinische Team informiert.«

Lippman beugte sich zu dem Monitor hinunter und knetete sein Kinnbärtchen mit Daumen und Zeigefinger. »Der ist nicht in Argentinien – er steht in Neuseeland. Und sehen Sie sich das Muster an!«

Paffenholz mühte sich aus seinem Stuhl. »Fehlfunktion«, sagte er.

Lippman richtete sich auf. »Zeigen Sie mir die Daten von dem Seismographen in Argentinien!«

Mike griff nach der Maus und scrollte, bis er ihn fand.

Der Professor betrachtete das Signal einen Augenblick. »Dasselbe Muster wie der andere!«, stellte er fest. Er wandte sich an Mike. »Sie hätten mich gleich darauf aufmerksam machen sollen!«

Paffenholz druckste herum. »Ich kann Sie doch nicht wegen jeder Funktionsstörung belästigen.«

Der Professor sah ihn scharf an. »Wie lange arbeiten Sie eigentlich schon für mich?«

Paffenholz senkte den Blick.

»Geben Sie mir einmal den ganzen Bereich um die Antarktis«, forderte der Professor.

Natascha sprang hinzu und nahm die Einstellung vor.

Alle drei starrten auf die ungewöhnlichen Ausschläge eines dritten Seismographen.

»Auf der Insel Süd-Georgien«, flüsterte Natascha.

»Rund um die antarktische Platte.« Der Professor fuhr sich mit der Hand über den Kopf. »Was zum Teufel geht da vor?«

11

Lambert International Airport, St. Louis

Georgina nahm ihren Koffer vom Gepäckkarussell, zog den Griff heraus und lief zum Ausgang. Was für ein Tag! Am Morgen war sie mit Ryan in Monterey gewesen, am Abend in San Francisco. Auf Elias war sie wütend, zugleich tat er ihr leid. Den ganzen Flug über hatte sie an Isa gedacht. Wie konnte sie das Kind vor ihrem Vater schützen? Mit Vernunft und Reden ging es nicht. Könnte sie das Sorgerecht bekommen? Sie musste mit einem Anwalt sprechen. Noch diese Woche. Ihr Smartphone klingelte. Sie dachte an Ryan, aber auf dem Display erschien eine unbekannte Nummer. »Ja?«, meldete sie sich.

»Hier spricht William Lippman. Entschuldigen Sie bitte die späte Störung, Frau Doktor Finley. Bei Ihnen ist es bereits mitten in der Nacht.«

»Das ist schon in Ordnung, Professor. Was ist der Grund Ihres Anrufs?« Die Rollen von Georginas Koffer surrten über den spiegelnden Boden.

»Wir haben etwas Außergewöhnliches gefunden. Außergewöhnlich und bestürzend. Sie haben auf dem Kongress in New York die Vermutung geäußert, dass sich der Gewichtsverlust auf der Antarktis auf das Erdinnere auswirken könnte.«

»Ich erinnere mich.«

»Ich glaube, dass genau das bereits passiert«, sagte Lippman. »Unsere Seismographen registrieren ungewöhnliche Schwingungen rund um die antarktische Platte.«

Georgina blieb wie angewurzelt stehen. Es war noch keine sechs Stunden her, dass Edward sie auf den Druckanstieg im Mount Erebus hingewiesen hatte. Etwas Seltsames ging unter der Antarktis vor. Georgina hielt sich am Griff ihres Koffers fest. Sie befiel eine Ahnung, dass ihre Theorie schneller als berechnet zur katastrophalen Wirklichkeit werden könnte. »Schicken Sie mir rüber, was Sie haben, Professor. Ich werde es mir ansehen.«

An Heimfahren war nicht mehr zu denken. Georgina rief ein Taxi und ließ sich zur Universität fahren.

Feiner Nebel lag über dem Campus. Die scharfen Lichtkegel der Straßenlaternen durchbrachen die Dunkelheit. Vier gelbe Rechtecke leuchteten in der schwarzen Silhouette des Institutsgebäudes vor ihr. Georgina fragte sich, wer jetzt noch im Haus war. Sie bezahlte den Fahrer und stieg aus. Im Mittleren Westen gab es keine selbststeuernden Taxis. Für Leute wie Turkov ein Beweis für unterentwickelte Regionen und Bewohner. Georgina schob den Gedanken beiseite. Sie lief die Treppe zur Doppeltür des Eingangs hinauf. Ihre Füße kannten Steigung und Länge der sechs Steinstufen. Sie fingerte die Schlüsselkarte aus ihrer Handtasche und zog sie durch den Reader. Das Schloss klickte. Georgina zog gegen den Widerstand des Schließmechanismus die rechte Flügeltür auf. Das Licht der Deckenlampen spiegelte sich auf dem Boden des Foyers. Der Geruch von Reinigungsmitteln und Wachs drang ihr in die Nase. Sie lief zum Lift. Hinter ihr schloss sich die Tür. Das Klicken des Riegels hallte durch den Korridor. Mit einem ›Pling‹ meldete sich der Aufzug. Die Tür fuhr beiseite. Georgina trat ein. Das Rattern beim Fahren schien besonders laut. Georgina knetete den Schlüsselbund. Dritter Stock. Im Gang lief sie nach rechts. Die zweite Tür auf der linken Seite. Zimmer 318. Weißes Namensschild: Dr. Georgina Finley, darunter Camille McFarland, Nicky Friday. Georgina schloss die Tür auf. Zwei Drehungen. Im Büro hing noch ein Hauch von Parfüm in der Luft. Ein bisschen süßlich mit einem exotischen Unterton. Typisch Nicky. Unwillkürlich schaute sie zu deren Schreibtisch links der Tür. Stapel von Papieren, Lippenstift, Deo. Zumindest hatte sie den Computer ausgeschaltet. Camilles Arbeitsbereich daneben sah wie ein Exerzierplatz aus.

Georginas Schreibtisch stand nahe am Fenster, gegenüber der Tür zum Nebenraum, in dem es Regale mit Unterlagen, Ordnern und Fachzeitschriften gab. Georgina zog die Tür zu.

Unter dem Poster mit den Dinosauriern an der Seitenwand stand das Tischchen mit der Kaffeemaschine. Camille hatte sie, wie jeden Abend, mit Wasser und Kaffeepulver gefüllt. Georgina schaltete die Maschine ein. Das Gluckern füllte die Stille des Büros. Das alles war ihr so vertraut wie ihr Wohnzimmer - wenn da nicht die drängende Unruhe wäre. Georgina fuhr ihren Computer hoch. Sie zog sich bequeme Klamotten an. Den Koffer verstaute sie neben ihrem Schreibtisch, dann startete sie die Downloads von Edwards und Lippmans Daten.

12

Washington Universität, St. Louis

Eine Tür schlug ins Schloss. Georgina erwachte. Ihre Nackenmuskeln schmerzten, der linke Arm fühlte sich taub an. Sie öffnete die Augen. Ihr Kopf lag auf der Schreibtischplatte. Halb benommen richtete sie sich auf. Camille stand neben ihr. Sie musste das Büro im geologischen Institut gerade betreten haben. »Guten Morgen«, begrüßte Georgina ihre Assistentin. Ihre Stimme war belegt, ihr Arm kribbelte. Sie erinnerte sich an den Datentransfer. In einem Fenster auf dem Computerschirm blinkte ›Download beendet‹. Sie massierte ihre Muskeln. »Ist noch Kaffee in der Kanne?«

In Camilles Gesicht zeichnete sich eine Mischung aus Verblüffung und mütterlicher Sorge ab. »Ich dachte, du hättest Urlaub?«

Georgina gähnte. »Edwards und Lippmans Beobachtungen unterstützen unsere Theorie.«

Camille zog die Brauen hoch. »Den Untergang der Welt?«

Georgina setzte ihr Schulmeistergesicht auf. »Besorgniserregende Auswirkungen des Klimawandels auf die gesamte antarktische Platte.« Sie sah ihrer Mitarbeiterin in die Augen. »Ich befürchte, wir werden die Folgen bald zu spüren bekommen.«

Nicky stürmte zur Tür herein. »Schnell, schnell, den Nachrichtenkanal!«

»Was ist los?« Georgina rief den Stream am Computer auf: »... schweres Erdbeben in Neuseeland ... Christchurch fast zerstört ...« Sie starrte entsetzt auf die eingeblendeten Szenen des Unglücks: eingestürzte Gebäude, weinende Menschen, hektisch herumeilende Einsatzkräfte, Rauchsäulen im Hintergrund. Blitzschnell verband sie die Ereignisse mit ihren Vermutungen, mit ihrer Hypothese. Wenn das mit der antarktischen Platte zusammenhing, dann bedeutete das nichts Gutes. Sie brauchte Gewissheit! Mit einem Ruck richtete sie sich auf und wandte sich an Nicky. »Ich brauche unbedingt das Simulationsmodell von Plattenbewegung und Kontinentaldrift!«

»Wir sind doch schon dran.« Nicky kritzelte Zahlen auf ein Stück Papier. Sie hob den Kopf. »Mit unseren Computern dauert das Monate, vielleicht ein ganzes Jahr!«

Georgina presste die Lippen zusammen. »Und wenn wir diese Zeit nicht haben?«

Nicky zuckte die Achseln. »Mehr als Überstunden schieben kann ich nicht.« Sie sah nicht sehr glücklich darüber aus.

Georgina ging das Projekt in Gedanken durch. Algorithmen erstellen, Daten screenen, auswerten, zusammenfügen. Graphische Darstellungen für die Ergebnisse programmieren. Okay. Das war machbar. Aber es waren komplexe Berechnungen nötig, Unmengen von Daten mussten verarbeitet werden. Der begrenzende Faktor war der Arbeitsspeicher des Institutscomputers. Der war zu klein, zu langsam. Georgina fuhr sich mit der Hand durchs Haar. Dann kam ihr eine Idee. »Ich weiß, wie wir die Sache beschleunigen können!« Sie sprang auf. »Ist Seidler schon im Haus?«

»Der interviewt Studentinnen«, antwortete Nicky.

Camille schnaubte.

Georgina stürmte an ihren Assistentinnen vorbei, zur Tür hinaus und die Treppen empor. Ihr Gefühl sagte ihr, dass Eile nötig war. Ihr Chef konnte helfen! Er musste helfen. Ihre Schritte hallten im Stakkato von den Wänden wider.

Nicky folgte ihr mit verwirrtem Gesichtsausdruck, Camille schloss wenig später auf. »Ich habe ihn telefonisch vorgewarnt«, keuchte sie.

Georgina erreichte den Korridor. Ein Mädchen mit brünetten Haaren verließ Seidlers Büro. Sie errötete, als sie die drei Frauen sah und eilte in die entgegengesetzte Richtung davon.

Ihn um Hilfe zu bitten, widerte Georgina an. Aber hatte sie eine andere Wahl? Sie öffnete die Tür heftiger als beabsichtigt.

»Was ist denn in Sie gefahren?«, schnaubte Seidler. »Aber wenn Sie schon mal hier sind ...«

Georgina ignorierte Seidlers gerötetes Gesicht. »Ich brauche Zugang zum Computer der NOAA in Washington.«

Seidler sprang auf. »Sie haben wohl den Verstand verloren! Wissen Sie, wie schwierig es ist, Rechenzeit bei der National Oceanic and Atmospheric Administration zu bekommen? Was das kostet?« Seidler deutete mit dem Finger auf sie. »Und da sind wir beim Thema ...«

»Sir«, warf sie ein. Wenn er anfing, sich in Ausführungen über ihre Unzulänglichkeiten hineinzusteigern, würde sie heute überhaupt nicht mehr zu Wort kommen. »Das Überleben Tausender von Menschen hängt davon ab!«

»Sie sind ja größenwahnsinnig geworden!« Seidler sah sie an, als wäre sie übergeschnappt.

So schnell hatte sie ihn noch nie aus der Spur bringen können. Jetzt musste sie ihn von der Gefahr überzeugen, bevor er wieder Worte fand. »Nicky!«

Die begriff sofort und legte ihr Smartphone mit dem laufenden Nachrichtensender auf den Schreibtisch. »... zusammengefallene Gebäude, ein zwanzig Meter breiter Riss klafft quer durch die Stadt ...«, tönte die Stimme eines Reporters aus dem Lautsprecher.

Georgina sah Nicky stolz an. Das Mädel war fix im Kopf. Das Zusammenspiel mit ihr funktionierte immer besser.

Seidler starrte auf das Display.

Georgina beobachtete ihn. Jetzt würde er ihr zuhören. »Neuseeland, Sir. Die antarktische Platte bewegt sich und stößt die pazifische und australische Platte an.«

Seidlers Mund öffnete sich. Für einen Augenblick sah er fassungslos aus. Dann lief sein Kopf puterrot an. »Was Sie da faseln, ist der größte Unsinn, den ich je gehört habe!«, brüllte er los. »Sie wollen mich manipulieren! Aber so blöd bin ich nicht! Neuseeland! Da rumpelt es immer wieder einmal.«

Georgina zwang sich zu einem ruhigen Ton. »Sir, Lippman hat einen guten Datensatz. Er hat mich gebeten, die Daten zu analysieren, um die Auswirkung der antarktischen auf die anderen Platten zu bestimmen und gegebenenfalls die nächste Serie von Beben vorauszuberechnen.«

»Halt, George! Wollen Sie damit behaupten, dass es weitergehen wird?«

Georgina nickte knapp. »Nicht nur das, Sir. Es wird schlimmer werden. Ich brauche das Modell, um Vorhersagen zu machen, damit die Leute in den betroffenen Gebieten gewarnt werden können: in Südamerika und Neuseeland, Sir. Am kompliziertesten sind die Berechnungen für den Feuerring rund um die pazifische Platte.«

Seidlers Nasenlöcher weiteten sich. »Diese Möglichkeit haben Sie sich ein für alle Mal verbockt, George! Turkov hat uns die Gelder gestrichen!« Er trat dicht an sie heran. »Mussten Sie ausgerechnet ihn mit Ihren blödsinnigen Forderungen belästigen? Jetzt muss das ganze Institut Ihr ungeschicktes Vorgehen ausbaden!«

»Wie ich sehe, ist er nicht die einzige *Führungskraft*, die nicht begreifen kann, was auf dem Spiel steht!«, fauchte sie.

Nicky schnappte ihr Smartphone. Auf dem Display erschien die Ansagerin: »Gerade kommt eine neue Meldung herein: Schwere Erdstöße erschüttern den Süden Chiles, mehrere Städte sind betroffen ...«

Georgina nahm Nicky das Gerät aus der Hand und hielt es ihrem Chef vor die Augen. »Es weitet sich aus, Sir, und selbst Turkov wird das nicht fortlügen können. Was dort unten passiert, ist nur der Anfang!«

Seidler verzog das Gesicht. »Sie überbewerten das! Auch in Chile bebt es ständig. Dass das jetzt gleichzeitig geschieht, ist reiner Zufall. Sie werden sehen, es wird zu keinen weiteren Beben kommen! Schon gar nicht auf der Nordhalbkugel. Und nun gehen Sie zurück an Ihre Arbeit. Sofort!«

13

Ofena, Italien

Adriano Belucci wischte sich den Schweiß von der Stirn. Jedes Jahr schien es heißer zu werden. Das verdammte Wetter. Aber dem Wein tat es gut. Die Reben hingen schwer am Stock. Er pflückte eine sonnenwarme Traube. Sie war dunkelblau, fest und prall. Er steckte sie in den Mund. Noch dominierte die Säure den Geschmack, aber das feine Aroma der Frucht war schon auf der Zunge zu spüren. Es würde eine gute Ernte geben.

Der schwarze Hund an Adrianos Seite schaute auf und winselte leise.

»Vino«, sagte er zu dem Tier. »Dieses Jahr werde ich endlich meine Schulden bezahlen können.«

Der Hund wedelte erwartungsvoll mit dem Schwanz, dann schlug er an.

Adriano ließ seinen Blick über den Weinberg wandern und richtete ihn dann zum Dorf im Norden, über dem die Luft vor Hitze flimmerte. Der steinerne Kirchturm hob sich friedlich über die fleckigen Dächer. Auch auf der Via Savoia, die wie ein staubiges Band durchs Tal lief, bewegte sich nichts. Aber in der Ferne zog eine der berüchtigten Wolkenwalzen auf. Unter ihnen nahm der Himmel einen lila Farbton an.

Adriano zauste liebevoll das Fell des Hundes. »Ah! Das willst du mir also sagen! Da kommt wieder ein Temperatursturz. Siehst du, wie gut es war, den Moltepulciano mit dem robusteren Trollinger zu kreuzen? Meine Reben haben all die Kälte- und Hitzeeinbrüche des Sommers gut überstanden. Noch so einer macht da auch nichts mehr aus.«

In Gedanken füllte Adriano bereits die Fässer ab, kaufte seiner Frau Marizia ein neues Kleid und die roten Schuhe mit dem Besatz glitzernder Steine, die sie sich so sehr wünschte. Beim Erntefest würde er mit ihr die ganze Nacht durchtanzen.

Vino winselte erneut und klemmte den Schwanz ein.

»Was hast du denn?« Adriano blickte sich um. Dann spürte er ein Zittern unter seinen Füßen. Sein Puls schoss hoch. »Madonna mia!«, entfuhr es ihm. Instinktiv machte er das Kreuzzeichen. Der Boden beruhigte sich.

»Mille Grazie«, bedankte sich Adriano beim Himmel. Aber seine Knie fühlten sich weich an. »Lass uns nach Hause gehen«, sagte er.

Der Hund stand zitternd da.

Adriano beugte sich zu dem Tier hinab und streichelte ihm den Rücken. »Ist doch wieder gut. Schau, alles vorbei.«

Vino sah ihn mit ängstlichen Augen an.

»Komm schon, mein Alter«, lockte Adriano. »Zuhause bekommst du einen Wurstzipfel.«

Vino jaulte auf und rannte wie vom Teufel gejagt den Weinberg hinunter.

Adriano sah kopfschüttelnd hinterher. Das Vieh sollte einer verstehen! Dann riss ihn ein Erdstoß von den Beinen. Adriano mühte sich auf, aber der Boden rüttelte wie die Pritsche seines Lieferwagens bei der Fahrt über die Schlaglöcher auf der Straße nach L'Aquilla. Hitze schoss in seinen Körper. Marizia! Er dachte an seine Kinder Carlo und Angelo. Hoffentlich waren sie geistesgegenwärtig genug, das Haus zu verlassen. Adriano rannte über den wankenden Boden talwärts. Vom Dorf drang das Alarmgeläut der Kirchenglocken herüber. Mit explosionsartigem Knall lief ein Schlag durch den Untergrund. Der Kirchturm kippte, die Dächer des Dorfes stürzten in sich zusammen.

»Nein!«, schrie Adriano und rannte noch schneller. Er erreichte die Straße. Jemand schien sie unter seinen Füßen wegziehen zu wollen. Er lief auf den Ort zu, wo die Gebäude wie Kartenhäuser in sich zusammenfielen. Schwarzer Rauch stieg auf, als hätten sich die Tore zur Hölle geöffnet. Tränen schossen in Adrianos Augen und verschleierten seine Sicht. »Marizia! Carlo! Angelo!«, schrie er verzweifelt. Er spürte nicht mehr, wie seine Füße auf die Straße hämmerten, er merkte nicht, wie er brüllte, er registrierte nicht das Grollen der Erde, und als sich mit Donnern ein Schlund vor ihm öffnete, bemerkte er nicht, wie er stürzte, wie ihn dunkle Tiefe verschlang.

14

Washington Universität, St. Louis

Georgina starrte entsetzt auf die Nachrichtenbilder. Das konnte kein Zufall sein. Aber wie sollte sie prüfen, dass das Erdbeben in Italien mit der Bewegung der antarktische Platte in Zusammenhang stand? Auf der ganzen Welt hatten Messstationen die Erdstöße registriert. Aber um diese Daten zur Untermauerung ihrer Theorie verwerten zu können, brauchte sie das Simulationsmodell und um das zu erstellen, benötigte sie Rechenkapazität – und an die entsprechenden Rechenzentren kam sie nicht heran. Georgina fühlte sich leer und kraftlos.

Nicky blickte von ihren Unterlagen auf. »Kann ich irgendwie helfen?«

Georgina schüttelte den Kopf. »Da ist nichts, was du tun kannst. Turkov hat uns die Gelder gestrichen. Seidler will das Simulationsmodell nicht finanzieren.«

Nicky verzog das Gesicht. »Aber irgendwie müssen wir doch an Geld kommen können!«

»Lass sie nachdenken«, sagte Camille.

Da lag Zuversicht in ihrer Stimme. Dabei fühlte sich Georgina wie im Nebel. Sie sah keinen Ausweg. Mit Turkov als Gegner würde niemand wagen, ihr zu helfen. Gab es denn keinen Wissenschaftler, der nicht am Tropf der Industrie hing und sich von ihnen unter Druck setzen ließ? Spontan fiel ihr Edward ein. Er würde sicher helfen, aber war sein Budget ausreichend? Sie griff zum Telefon.

Nickys Gesicht hellte sich auf. »Ist dir was eingefallen?«

»Vielleicht.« Georgina tippte Edwards Nummer. Sie zählte die Sekunden, bis er abhob. »Professor Winslow«, meldete er sich.

»Hi, Ed. Hier spricht Georgina. Du, ich habe ein Problem.« Sie erklärte ihm die Situation.

Nicky und Camille hörten zu. Hoffen und Bangen spiegelten sich in ihren Mienen.

»Seidler wird dich feuern, wenn er herausbekommt, dass du hinter seinem Rücken arbeitest«, warnte Edward.

Hatte sie nicht schon genug Ärger mit ihrem Chef? Aber wenn sie mit ihrer Theorie recht hatte, wären Millionen von Menschen in Gefahr. »Ed, die antarktische Platte bewegt sich. Ich muss wissen, welche Auswirkungen das auf die anderen Platten hat. Ich befürchte, dass ein Dominoeffekt einsetzt. Das Beben in Italien ist der erste Hinweis. Ich muss mehr wissen.«

Edward schwieg.

Georgina rutschte auf ihrem Stuhl bis an die Kante vor. Camille und Nicky drängten näher an den Schreibtisch heran.

»Gut«, sagte Edward schließlich. »Ich werde dein Projekt finanzieren. Und damit du keinen Ärger mit Seidler bekommst, stelle ich für dich den Antrag beim Rechenzentrum.«

»Tausend Dank, Ed! Ohne dich hätte ich nicht weitergewusst.«

»Keine Ursache. Wir ziehen beide an einem Strang.« Er legte auf.

Georgina schaute ihre beiden Mitarbeiterinnen an.

Camille nickte. Sie sah zufrieden aus. Nicky stieß triumphierend die Faust in die Höhe. »Es geht auch ohne Seidler!«

15

Washington, D.C.

Der Hubschrauber ging in den Landeanflug. Aus der Vogelperspektive sah das Weiße Haus wie ein Spielzeug aus. Jayden Turkov wandte den Blick ab und vertiefte sich in die Teilnehmerliste des Balls, der anlässlich des Geburtstags der First Lady stattfand. Er hatte einige Beziehungen nutzen müssen, um die Namen der Gäste zu bekommen. Unter den Geladenen waren Innen- und Umweltminister nebst Ehefrauen. Der eine war bestechlich, der andere hatte eine Schwäche für schöne Frauen. ›Makel‹ herauszufinden hatte sich Turkov zur obersten Aufgabe gemacht. Solches Wissen half, seine Geschäfte trotz Widerständen durchzusetzen. Aber seit einem Monat stellte der Umweltminister Forderungen. Klimaschutz. Der wollte doch nur bei den Alternativen und Öko-Freaks punkten, um wiedergewählt zu werden. Dieser Unsinn kostete Geld und schmälerte die Profite. Turkov plante, den Minister in eine Affäre zu verwickeln, mit der er ihn zum Schweigen bringen konnte. Das war ein Job für Belinda. Letztes Jahr hatte er sie bei einer Escort-Service-Agentur gefunden. Top Figur, verführerisch. Sie studierte politische Wissenschaften in Harvard. Sie brauchte Geld. Jayden sah ihr Potential. Er hatte sie abgeworben. Für besondere Aufträge.

Belinda saß auf dem Sitz gegenüber und sah zum Fenster hinaus. In ihrer Aufregung merkte sie nicht, dass sie die Beine nicht mehr geschlossen hielt und tiefe Einblicke gewährte.

Turkov spürte einen Druck in der Hose und bedauerte, keine Zeit für einen Quickie zu haben – das würde er später nachholen, in aller Ruhe. Jedenfalls bewies sein körperliches Verlangen, dass er mit ihr die richtige Begleitung gewählt hatte. Ihr tief geschnittenes Valentino Abendkleid betonte ihre Figur auf das Vorteilhafteste. Durch Wissen und kultiviertes Auftreten wusste sie ihre Gesprächspartner auch intellektuell für sich einzunehmen. Wenn sie den Innenminister nicht heute Nacht verführte, dann an einem anderen Abend. Sie würde Fotos machen. Vier Aufträge hatte er ihr bisher gegeben. Alle erfolgreich. Turkov grinste zufrieden.

Das Smartphone klingelte. »Turkov«, meldete er sich mit energiegeladener Stimme.

»Hier spricht Humm, Sir. Ich habe Ihren Auftrag erledigt und dieser Finley alle Hähne zugedreht.«

Turkov nickte anerkennend. Niemand kam ihm in die Quere und schon gar keine Landpomeranze aus dem Mittleren Westen.

16

Washington Universität, St. Louis

Der Anruf von Edward traf Georgina wie ein Tritt in den Magen: »Wegen des Vorrangs wichtiger Forschungsprojekte kann im Moment keine Rechnerzeit zur Verfügung gestellt werden«, zitierte er aus dem Antwortschreiben auf den Antrag.

Georgina hielt das Smartphone vor sich und starrte fassungslos auf das Display. Sie schaltete auf laut. Camille und Nicky sollten auch hören, was Ed zu sagen hatte.

»Es tut mir leid.« Sympathie und ein gewisses Maß an Ärger schwangen in Edwards Stimme. »Ich habe bereits fünf Mal versucht, den Leiter des Rechenzentrums zu erreichen, bin aber jedes Mal von seiner Sekretärin abgewimmelt worden. ›Er ist in einer wichtigen Sitzung.‹ ›Er wird Sie später zurückrufen.‹ Auf meine Mails antwortete er nicht.«

Camille starrte von ihrem Schreibtisch herüber.

»Das stinkt zum Himmel«, schimpfte Nicky.

Georgina ließ sich in die Lehne ihres Stuhls zurücksinken und sah zu den geriffelten Deckenpanelen hinauf. Jemand boykottierte sie, das war offensichtlich. Aber aufgeben kam nicht in Frage. Zu viel stand auf dem Spiel. Nur wie sollte sie vorgehen? Welche Möglichkeiten blieben ihr noch?

Wie sie es auch drehte und wendete, sie fand keinen Weg. Sie atmete tief, stützte das Kinn auf eine Hand und dachte nach. Anträge, Kooperationen, private Sponsoren. Das brauchte Zeit, der Erfolg war ungewiss. Wer hatte einen Rechner mit genügend Kapazität, der ihr helfen könnte? Der musste obendrein noch mit den richtigen Programmen ausgestattet sein – wie der NOAA-Computer. Und an den kam sie nicht heran! Dann kam ihr eine Idee – eine wahnwitzige Idee. Sie wiegte nachdenklich den Kopf. Unwillkürlich legte sich ein verschmitztes Lächeln auf ihr Gesicht.

»Was hast du vor?«, fragte Camille.

Georgina atmete tief ein und wieder aus. Was sie zu tun gedachte, würde die Grenzen der Legalität überschreiten. Mit welcher Strafe hatte sie zu rechnen, wenn es herauskam? Gefängnis? Am besten, ihre Mitarbeiterinnen wussten erst gar nichts davon – dann konnten sie auch nicht belangt werden, wenn es schiefging. Sie schob ihre Unterlagen zusammen und zwang sich zu einem Lächeln. »Wisst ihr was, ich gebe euch den Rest des Tages frei.«

Nicky zog die Brauen hoch. »Du hast doch was vor!«

Georgina schüttelte den Kopf. »Ich brauche nur Ruhe und Abstand.«

Camille stellte sich neben Nicky und verengte ihre grauen Augen. »Du verheimlichst uns etwas – und es stinkt! Ich kann es förmlich riechen.«

Georgina sah die beiden an. Nicky hatte eine gute Intuition, einen scharfen Verstand und kombinierte schnell. Auch Camille ließ sich nicht so leicht täuschen. Sie war loyal und trotz ihrer Distanz anhänglich.

Camille stemmte die Fäuste in die Hüften. »Inzwischen solltest du kapiert haben, dass wir merken, wenn etwas nicht stimmt!« Sie gab Nicky einen Wink. Die schloss die Tür.

Camille beugte sich zu Georgina herab. »Und jetzt spuck's aus!«

Georgina erwiderte den Blick. Erklärungen würden die zwei nur noch mehr anstacheln. So leid es ihr tat, sie musste den Boss raushängen. »Habt ihr nicht verstanden?«, grollte sie. »Ich brauche euch nicht mehr. Geht nach Hause!«

Nicky und Camille sahen sie beleidigt an, dann rafften sie ihre Sachen zusammen und gingen. Georgina verschloss die

Tür hinter ihnen. Sie ließ den Atem gehen. Es tat ihr von Herzen leid, die beiden so angeschnauzt zu haben. Aber sie würden verstehen.

Die Sonne ging unter. Im Westen leuchtete ein blutrotes Wolkenband am Himmel. Georgina schaute versonnen aus dem Fenster ihres Büros. Vielleicht hast du dich geirrt? Vielleicht kommt es nicht so schlimm, wie du dir das vorstellst?, argumentierte eine leise Stimme in ihrem Inneren. Noch konnte sie sich anders entscheiden, noch konnte sie ihre alltäglichen Arbeiten wiederaufnehmen, bei Turkov Abbitte tun und das Projekt fallen lassen.

Aber wenn die Beben Städte zerstörten und Tsunamis die Küsten verwüsteten, wie viele Menschen mussten dann sterben? Georgina ließ den Blick über die weitläufigen Grasflächen des Universitätscampus schweifen. Sie schaute zur Bank, auf der Matt sie zum ersten Mal geküsst hatte. Kugelförmig geschnittene Büsche verdeckten sie fast vollständig. Matt war Captain des Footballteams gewesen. Die erste große Liebe. Noch heute spürte sie die Schmetterlinge im Bauch, wenn sie an ihn dachte. Was war aus ihm geworden? Der Kontakt war schon seit Jahren abgerissen. Georgina bemerkte eine einsame Figur, die sich auf dem Platz im Zentrum bewegte, wo die Wege sternförmig zusammenliefen. Wie oft war sie darüber geeilt? Zu einer Vorlesung, zum Sport, zu einem Rendezvous. Georgina seufzte. Von hier oben sahen die Laternen wie geometrisch ausgerichtete Glühwürmchen aus. Auf der anderen Seite des Campus zeichnete sich das Studentenwohnheim gegen den Abendhimmel ab. Die meisten Fenster standen offen und hin und wieder drangen Stimmen heraus. Georgina hatte ein Zimmer im zweiten Stock gehabt. Zusammen mit Lucy Miller. Englisch und Geschichte. Das war vor Ewigkeiten gewesen. Jedenfalls fühlte es sich so an. Und noch etwas anderes breitete sich in Georgina aus. Sie bekam das Gefühl, als ob sie nie wieder von ihrem Bürofenster auf den Campus hinuntersehen würde. Sie fröstelte, schlang die Arme um sich und ging zurück zu ihrem Schreibtisch. Es gab keinen Grund, sich in dunklen Befürchtungen zu verlieren. Sie hatte Wissen, das die Katastrophe verhindern könnte. Es war noch nicht zu spät – vielleicht. Zumindest könnte sie die Menschen warnen, sie vorbereiten, die Behörden überzeugen, Evakuierungen einzuleiten. Sie musste es tun. Auch wenn der Weg dahin illegal war. Georgina setzte sich an den Computer. Das schwindende Licht des Abends ließ die Dunkelheit aus den Ecken des Büros kriechen. Sie fuhr zusammen, als es in der Tiefe des Gebäudes knackte. Sie hielt den Atem an.

Als sie keine weiteren Geräusche vernahm, ließ sie die Luft aus den Lungen und startete ihren Rechner. Das feine Sirren verdrängte die Stille. Ungeduldig wartete sie, bis die Maschine hochfuhr und das Log-in Bild zeigte. Sie tippte ihr Kennwort und wählte sich ins Internet ein. Sie würde Dutzende von Gesetzen brechen. Sollte sie es wirklich tun? Sie wischte die letzten Zweifel beiseite und schrieb ›noaa.gov‹ in die Suchzeile ihres Browsers. Die NOAA-Startseite erschien. Sie suchte den Mitarbeiterbereich. Kennwortgeschützt. Georgina öffnete ein neues Browserfenster und ging die Liste der Mitarbeiter durch. Wer käme in Frage? Winslow definitiv nicht – das würde sofort auf sie zurückfallen. Sie ließ den Blick über die vielen Namen gleiten. Noch nie hatte sie so etwas getan. Worauf sollte sie achten? Ein sympathisches Männergesicht weckte ihre Aufmerksamkeit. Es wirkte schlicht und ehrlich. Und schon stellte sich die erste Frage: Hatte er seinen Namen oder seine E-Mail für den Zugang hinterlegt? Georgina probierte es mit dem Namen. Zunächst zusammengeschrieben. Was könnte sein Kennwort sein? Sie suchte seine Seite nach Hinweisen ab. Viele Menschen leiteten ihr Passwort aus dem privaten Sektor ab. Georgina öffnete noch ein weiteres Browserfenster und stöberte in den sozialen Netzwerken nach Information über ihn: Hobby, Kinder, Haustiere, Geburtsdaten.

Sie notierte sich mögliche Passwörter und probierte sie aus. Der Hund hieß Stringer, die Tochter Claire, seine Frau Doris, er fuhr einen Geländewagen ...

Zugang verweigert. Zugang verweigert. Zugang verweigert.

Georgina versuchte andere Kombinationen seines Namens und seiner E-Mail-Adresse.

Zugang verweigert. Zugang verweigert. Zugang verweigert.

Verdammt! Andere schafften es doch auch!

Zugang verweigert.

Draußen verschwand das letzte Tageslicht. Georgina starrte auf das Flimmern des Monitors. Die Zeit lief ihr wie Sand durch die Finger und sie kam keinen Schritt weiter. Sie hatte alles vorbereitet, das Datenpaket wartete, sie brauchte nur noch den Zugang zum Rechner – und den konnte sie sich ums Verrecken nicht beschaffen. Noch nicht einmal illegal! Sie knüllte den Zettel mit Ideen und Einfällen zusammen und warf ihn in den Papierkorb. Es blieb ihr nur noch eine einzige Möglichkeit: Sie musste Edwards Identität stehlen.

»Verzeih mir, alter Freund«, wisperte sie.

Als ihre Fingerspitzen die Tasten berührten, klackte das Schloss. Die Bürotür wurde aufgestoßen und zwei schwarze Silhouetten zeichneten sich im Türrahmen gegen das grelle Licht im Korridor ab.

Georgina blieb das Herz fast stehen.

»Was?«, stotterte sie.

»Hab ich mir's doch gedacht!« Das war Camilles Stimme. Neben ihr trat Nicky ins Büro und schloss die Tür. Im Halbdunkel des vom Bildschirm beleuchteten Raumes grinsten die beiden Georgina an. »Wenn du glaubst, uns so schnell loswerden zu können ...«

Georgina verschlug es die Sprache. Sie wusste nicht, was sie antworten sollte.

Camille zog einen Stuhl heran und setzte sich. »So, Chef! Vielleicht erzählst du uns, warum du uns vorhin rausgeschmissen hast?«

Georgina registrierte die Herausforderung in Camilles Stimme – aber auch die Sorge. Sie wollte die beiden nicht noch einmal davonschicken. Wozu auch? Ihr Vorhaben war gescheitert, ihr Plan ging nicht auf. Sie hatte sich nicht strafbar gemacht, sie hatte versagt. Sie ließ die Hände in den Schoß sinken. »Ich wollte mich in den NOAA-Computer hacken und ...«

»*Du?*«, stieß Nicky erstaunt hervor. »Weißt du überhaupt, wie das geht?«

»Naja, ich habe gedacht ...«

»Lass mal sehen!« Nicky rollte mit ihrem Stuhl heran. Sie warf einen Blick auf Georginas Bildschirm und verdrehte die Augen. »*So* geht das nicht!«

Camille hob kampflustig ihre scharfe Adlernase. »Dann lass es uns gemeinsam probieren.«

Nicky deutete auf Georginas Computer. »Darf ich?«

Georgina nickte verdattert und rutschte zu Seite.

»Also, los geht's!« Nicky rieb sich die Hände. »Und jetzt sieh her, wie man's macht.« Sie klapperte auf den Tasten herum. »Zuerst schließt du alle unnötigen Applikationen, dann öffnest du die Eingabe.«

Der Bildschirm wurde schwarz, dafür erschienen Zeilen mit Programmiercode.

»Dann unterdrückst du deine IP-Adresse, gehst ins Darknet und lenkst über externe Verteiler ... Kaiman, China, Russland, Panama, Togo ... hast du einen speziellen Wunsch?«

Georgina schüttelte verwirrt den Kopf.

»Na gut, dann piekse ich jetzt den NOAA-Server an. Ich habe da ein kleines Programm.« Nicky zog einen Speicher-Stick aus einer der vielen Taschen ihrer Hose und schob ihn in einen Port an Georginas Computer. Sie startete die Anwendung und lehnte sich zurück, während Zahlen und

Buchstabenkombinationen so schnell über den Bildschirm liefen, dass sie nur als Flimmern erschienen.

»Sowas trägst du mit dir herum?«, wunderte sich Georgina.

Nicky lächelte verschmitzt. »Als Kind hatte ich immer einen Bund Dietriche dabei, naja, die Zeiten ändern sich. Bin drin!«, rief Nicky und grinste. »Den kann jeder Anfänger knacken! Was jetzt?«

Georgina schaute sie verblüfft an. »Das Modell.«

Nickys Finger flogen über die Tasten. »NOAA hat schon eine ganz brauchbare Simulation der urzeitlichen Plattenbewegungen mit Extrapolation bis einhundert Millionen Jahre in die Zukunft. Um es für unseren Bedarf in ein Vorhersagemodell umzuwandeln, muss ich es etwas modifizieren. Gib mir eine halbe Stunde, dann können wir die Daten hochladen – und dann lassen wir das Baby arbeiten!«

»Ich bin beeindruckt«, gestand Georgina.

Nicky schmunzelte. »Wenn ich einen Vorschlag machen dürfte: Nachher kümmert ihr zwei euch um die Auswertung und Berechnungen. Ich werde sehen, dass uns technisch nichts dazwischenkommt.«

Georgina schenkte ihr ein warmes Lächeln. »Ich wüsste nicht, was ich ohne euch getan hätte!«

Nicky zwinkerte ihr zu. »Als Xanthippen-Trio sind wir eben unschlagbar!«

17

NOAA Science Center, Silver Spring, Maryland

An der National Oceanic and Atmospheric Administration döste der wachhabende Programmierer vor seinen Bildschirmen. Er fuhr hoch, als ein Warnton ertönte. Sein Mund war trocken und seine Nasenschleimhäute spannten. Auch meldete ein Stechen hinter seinen Schläfen, dass die Kopfschmerzen bald wieder einsetzten. Die Luft in dem verdammten Computerraum trocknete seine gesamten Atemwege aus. Etwas desorientiert rieb er sich die Müdigkeit aus den Augen und kontrollierte die Anzeigen der Grundfunktionen. Er bemerkte die eingeschränkte Rechenkapazität und verlangsamte Prozessgeschwindigkeit. Routinemäßig checkte er die Prozessoren. Sie liefen auf Hochtouren. Temperatur, Kühlung, freier Speicher – alles im grünen Bereich. Ausgefallene Einheiten? Keine.

Hitze breitete sich in ihm aus. Was zum Teufel war los? Er ließ sich die Leistung der einzelnen Prozesse anzeigen. Das Ergebnis ließ nur einen Schluss zu: Hackerangriff! Er löste Alarm aus.

Eine viertel Stunde später erschienen die ersten Mitarbeiter der IT-Special-Force. »Sind die Hacker noch drin?«

Der Wachhabende nickte.

Die Spezialisten verteilten sich an den Arbeitsplätzen. »Lasst sie weiterarbeiten, als ob nichts ist. Das gibt uns Zeit, sie zu tracken.«

Gegen Morgen hatte das Team die IP-Adresse des Eindringlings mit aufwendiger Technologie zurückverfolgt und identifiziert. Ein Anruf genügte, um die Beamten vor Ort in ihre Einsatzfahrzeuge springen zu lassen.

18

Washington Universität, St. Louis

Die Daten waren übermittelt, der NOAA-Computer rechnete. Zahlenreihen liefen in hypnotisierender Eintönigkeit über Georginas Bildschirm am geologischen Institut der Washington Universität. Nur mit Mühe hielt Georgina die Augen offen. Sie hatte nur drei Stunden geschlafen, wie in der Nacht davor.

Camille schob ihr einen zweiten Bürostuhl hin. »Wir wecken dich, wenn die Ergebnisse kommen.«

Georgina kippte die Lehne zurück und legte die Füße auf den angebotenen Stuhl. Camille reichte ihr ein Kissen. Georgina schob es sich unter den Kopf und schloss die Augen. Trotz Müdigkeit konnte sie nicht einschlafen. Der Computer summte, Nickys Tastatur klapperte und gelegentlich murmelte Camille vor sich hin. Georgina spürte, wie ihr Körper immer schwerer wurde.

Sie fuhr auf, als jemand ihren Arm berührte.

»Wach auf«, flüsterte Camille. »Die Ergebnisse kommen rein.« Georgina mühte sich hoch und rastete die Rückenlehne in der Sitzposition ein. »Wie sieht es aus?«

»Moment«, antwortete Nicky. »Ich kopiere alles auf meinen Speicher-Stick.«

Dann startete sie die Simulation.

Alle drei starrten auf den Bildschirm. Eisige Kälte erfasste Georgina. Sie konnte nicht glauben, was sie sah. »Die Bewegung der antarktischen Platte wird eine weltweite Kettenreaktion auslösen!«, stöhnte sie. »Erdbeben, Tsunamis, Vulkanausbrüche.«

Camille erblasste. »Wann?«

»Wenn der Kohlendioxidausstoß zunimmt wie bisher, in vier, vielleicht sechs Wochen«, antwortete Georgina mit Grabesstimme.

Nicky starrte mit weit aufgerissenen Augen auf das Ergebnis. »Kann man denn gar nichts dagegen tun?«

Georgina änderte einige Parameter und startete die Simulation erneut. Sie schüttelte den Kopf. Dann fixierte sie die Kohlendioxidkonzentration auf den Ist-Wert und wartete auf die Ergebnisse. »Wenn der Ausstoß von Treibhausgasen gestoppt wird, gewinnen wir ein bis zwei Jahre. Aber wir müssen sofort handeln!« Sie wandte sich an Camille. »Schicke Kopien ans Weiße Haus. Und auch an Edward und Professor Lippman. Ich möchte ihre ...«

»Geht nicht«, unterbrach Nicky mit weit aufgerissenen Augen. Sie hämmerte wie verrückt auf der Tastatur herum. »Verdammt!«, presste sie hervor. »Jemand hackt unseren Computer und blockiert alle Ausgänge!« Sie tauchte blitzschnell unter den Schreibtisch und zog den Stecker. Mit dem erlöschenden Bildschirm wurde es dunkel im Büro. Nur das graue Licht der Morgendämmerung drang durch die Jalousien. Camille verengte die Augen. »Das bedeutet, jemand hat uns entdeckt!« Mit einem Ruck stand sie auf und lief zum Fenster. Vorsichtig drückte sie die Lamellen einen Spalt auseinander. »Scheiße! Der ganze Campus wimmelt von Polizei!«

Georgina schoss das Blut in den Kopf. Ihre Gedanken überschlugen sich. Aufspringen! Davonlaufen! Wohin? Sie atmete ein paar Mal tief durch und sah Nicky an. »Hast du die Kopien?«

Nicky klopfte mit der Hand auf eine ihrer Hosentaschen.

Georgina nickte. Wie schnell Nicky mitdachte und handelte. »Dann verschwindet!«, flüsterte sie.

»Und du?« In Nickys Gesicht stand das blanke Entsetzen.

»Ich bleibe hier und verschaffe euch einen Vorsprung.«

Camille lauschte an der Tür. »Quatsch. Du kommst mit uns!«

»Ist sinnlos«, erwiderte Georgina. »Wenn sie wissen, dass über meinen Computer den NOAA-Rechner gehackt wurde, werden sie auch an meiner Wohnungstür warten.«

Nicky machte ein trotziges Gesicht. »Dann verstecken wir dich!«

Georgina sah ihr fest in die Augen. »Sieh zu, dass du die Ergebnisse und das Simulationsmodel in Sicherheit bringst!«

»Nicht ohne dich!«

Im Korridor wurden Schritte laut.

Georgina verschloss die Tür. »Haut ab!«, drängte sie mit heißerer Stimme. »Durchs Fenster im Nebenraum!«

Camille presste die Lippen aufeinander, nickte knapp und rannte los. »Komm, Kid!«, flüsterte sie Nicky zu. »Über die Feuerleiter!«

Georginas Herz blieb fast stehen, als sich der Türknopf der Bürotür drehte. Dann klopfte es hart. »Aufmachen! FBI!«, rief ein Mann mit tiefer Stimme.

Georgina zitterte. Sie wartete, bis die beiden Frauen im Nebenraum verschwunden waren.

»Ich komme«, antwortete sie, verharrte noch ein paar Herzschläge, dann entriegelte sie die Tür. »Was kann ich für Sie tun?«

Der Lauf einer Pistole erschien im Türspalt, ein Mann in den Mittvierzigern mit dunkelblauer Jacke, auf der in gelben Buchstaben FBI stand, zeigte seine Dienstmarke. »Lassen Sie uns rein!«

Im Korridor näherten sich ein Dutzend Uniformierter mit Schutzwesten und Sturmgewehren im Anschlag.

»Durchsuchen und Computer sicherstellen«, befahl der FBI-Beamte.

»Sir!« Georgina trat vor den Mann. Mit seinem kantigen Kinn und den dunklen Augenbrauen wirkte er hart und unnachgiebig. »Die Erdbeben werden Amerika erreichen. Ich muss die Regierung warnen!«

»Sie sind festgenommen, Ma'am«, erwiderte er und legte ihr Handschellen an. »Sie haben das Recht zu schweigen ...«

Sie hörte nicht zu. Sie dachte an Camille und Nicky. Hoffentlich konnten sie an den vielen Polizisten vorbeischlüpfen.

Als Georgina mit auf dem Rücken gebundenen Händen aus der Tür des Gebäudes gestoßen wurde, drang bereits graues Morgenlicht durch die dichte Wolkendecke. Sturmwind heulte über den Campus und peitschte ihr Regen ins Gesicht. Sie versuchte, dem Uniformierten die Lage zu erklären, aber er schaute mit stoischem Gesichtsausdruck an ihr vorbei.

»Sir, Sie müssen mir zuhören!«

»Gehen Sie weiter!«

Er hörte noch nicht einmal zu. Verzweifelt sah sie sich um. Am Fuß der Freitreppe standen Polizeifahrzeuge. Die zwei schwarzen Geländewagen zwischen ihnen waren nicht zu übersehen. Der Beamte führte sie darauf zu. Georginas Magen zog sich zusammen. Sie blickte zu den Schaulustigen. Die hielten ihre Kapuzen fest und reckten die Köpfe. Georgina hoffte, ein bekanntes Gesicht zu sehen, jemanden, der ihr zuhören würde. Da sah sie Bewegung in der Meute und erkannte Professor Seidler. Sie atmete auf. Er war ihre Chance. »Professor!«, rief sie.

»Was ist hier los?« Seidler nahm mit jedem Schritt zwei Stufen. Vor Georgina blieb er keuchend stehen. Er warf einen Blick auf ihre Handschellen. Ärger und Genugtuung kämpften in seinem Gesicht. »Was hat sie verbrochen?«, fragte er.

»Gehen Sie aus dem Weg, Sir«, knurrte der Beamte und schob Georgina unerschütterlich weiter.

Sie stemmte die Füße ein. »Professor, ich habe das Simulationsmodell! Wir stehen am Rande einer Katastrophe!«

Seidler sah sie mit geistlosem Blick an und Georgina wusste, dass er ihr immer noch nicht glaubte. »Sir, warnen Sie die Behörden!«

Seidler öffnete und schloss den Mund wie ein Fisch. »Sie ... Sie ...« Die Ader an seiner Schläfe trat hervor. »Sie und Ihre karrieristische Sensationsgeilheit! Erst werden wegen Ihnen die Forschungsgelder gestrichen und jetzt ...« Er holte tief Luft. »Aber das war Ihr letzter Streich! Sie sind gefeuert!«

Georgina riss sich vom Griff des Uniformierten los. »Sie müssen mir glauben, Sir! Bitte!«, rief sie Seidler hinterher. Der drehte sich nicht um. Georgina wollte ihm nachrennen, aber der Beamte packte sie am Arm, schob sie die Treppe hinunter und stieß sie in den Geländewagen, der schräg auf dem Bürgersteig stand. Der FBI-Beamte schlug die Autotür zu. Der Lärm draußen wurde zum dumpfen Summen. Georgina presste das Gesicht an die Scheibe und versuchte, ein Zeichen von Nicky und Camille zwischen den Gebäuden und den Schaulustigen zu erkennen. Nichts. Sie hoffte, die beiden waren entkommen.

Der Beamte nahm auf dem Beifahrersitz Platz. Breite Schultern, rasierter Nacken. Abweisend, wie eine Betonmauer. Er beachtete sie nicht. Den Plastikbeutel, in den er ihre Schlüssel und ihr Smartphone aufbewahrte, legte er neben sich auf den Sitz. Durch die vergitterte Abtrennung sah Georgina, wie er dem Fahrer ein Zeichen gab. Der Wagen setzte sich in Bewegung, fast geräuschlos, wie es schien.

»Wo bringen Sie mich hin?«, fragte sie klopfenden Herzens.

Der Beamte schwieg.

19

NOAA Science Center, Silver Spring, Maryland

Die Lage spitzte sich zu. Professor Edward Winslow schaute durch die Fensterwand seines Büros im NOAA-Gebäude auf die schwarze Wolkenfront, die von Osten heran rollte. Es war nicht nur Hurrikan Hektor, der ihm Sorge bereitete. Nach den neuesten Messungen hatte sich das Magnetfeld der Erde weiter abgeschwächt und die Pole waren um mehrere hundert Kilometer gesprungen. Der Dynamo im Inneren der Erde wandelte sich, und da sich der Eisenkern nicht veränderte, konnte es nur der Magmafluss sein. Ein beunruhigender Gedanke. Der Professor fuhr sich mit der Hand über sein welliges Haar. Auf dem Magma trieben die Kontinentalplatten. Sie änderten ihre Geschwindigkeit. Erst vor zwei Tagen hatte ihm Doktor Magan von der Rochester-Universität einen Bericht über die Zunahme der Kontinentaldrift zwischen Europa und Amerika zugeschickt. Keiner hatte eine Erklärung dafür. Bis jetzt. Ein unerwarteter Anruf am Morgen hatte dem Professor eine gute Idee gegeben, was diese Veränderung antrieb – aber ihm waren die Hände gebunden. Fast.

Edward wandte sich um. Er ließ den Blick über die meterbreiten Flachbildschirme an den Wänden schweifen. Organisationsdiagramme, Wetterdaten, eine Darstellung der Ostküste, auf die Hurrikan Hektor zustrebte. In wenigen Stunden würde der Sturm auf Land treffen. Die Warnungen waren herausgegeben.

Edward ging zu seinem Arbeitstisch im Zentrum des Raums und schob den schwarzen Ledersessel zur Seite. Er stützte sich mit der linken Hand auf die schwere Glasplatte. Mit der anderen wählte er am Kommunikator die Verbindung zu seiner Sekretärin. »Mrs. Linnly, wurde das Dreizehn-Uhr-Treffen bestätigt?«

»Ich bin noch dran.«

»Danke, Mrs. Linnly. Sagen Sie ihm, ich brauche nur fünf Minuten. Und bitte halten Sie mich auf dem Laufenden. Sie können mich übers Handy erreichen.«

»Wollen Sie fort? Ich sehe für heute keine Termine in Ihrem Kalender.«

»Unvorhergesehene Ereignisse.«

»Sie nehmen sich immer viel zu viel vor, Professor. Schicken Sie einen der jüngeren Mitarbeiter.«

Um Edwards Finger herum bildete sich feiner Beschlag auf der Glasplatte. »Ich befürchte, das muss ich selbst erledigen.« Er unterbrach die Verbindung, richtete sich auf und straffte die Schultern. Als Institutsleiter stand er nicht hoch genug in der Hierarchie der Behörde. Er musste sich vorsehen, denn sein direkter Vorgesetzter, Dekan Mulber, und Doktor Sigal, Leiter der Finanzen, trafen in letzter Zeit Entscheidungen, die der Industrie Vorteile auf Kosten der Umwelt verschafften. Edward hatte auch eine Idee, wer dahintersteckte. Aber ohne stichhaltige Beweise konnte er nichts tun. Professor Winslow ergriff seine Aktentasche und den Mantel und verließ das Büro.

20

Forest Parkway, St. Louis

Das FBI-Fahrzeug steckte im morgendlichen Berufsverkehr von St. Louis fest. Nur mit Schrittgeschwindigkeit ging es vorwärts. Dass das Auto ohne Sirene fuhr, deutete Georgina als gutes Zeichen. Vielleicht irrte sie sich auch. Die Routinen der Polizei kannte sie nicht. Sie fragte sich, wo die Fahrt enden würde. Am Hauptkommissariat der Polizei? Beim FBI? Hatte das FBI überhaupt ein Büro in St. Louis? Sie hoffte, der Vorgesetzte dieses Büffels, der sie festgenommen hatte, würde ihr zuhören. Er musste ihr zuhören. Und doch kamen ihr Zweifel.

Das Fahrzeug wurde über Funk angerufen. Der Beamte nahm ab, gleichzeitig schob sich eine Scheibe hoch und trennte das Führerhaus vom Fahrgastraum. Georgina fühlte sich in dem nun schalltoten Raum isoliert. Ihr Magen krampfte, als der Fahrer die Sirene einschaltete. Das Fahrzeug änderte die Richtung und beschleunigte. Sie klopfte an die Scheibe. »Was ist los?«

Keiner der beiden Männer beachtete sie. Hitze durchflutete sie. Der Anrufer hatte den Beamten ein neues Ziel angewiesen. Die Fahrt ging mit Sicherheit nicht mehr zum Kommissariat. Georgina zog am Türgriff. Verriegelt. Ihr Herz klopfte wild, als sich das Fahrzeug unter Sirenengeheul auf einen Highway einfädelte. Wo zum Teufel brachten die Kerle sie hin? Das Auto raste an Gebäuden vorbei. Georgina kannte sie. Sie befanden sich am Highway 70 West – auf dem Weg zum Flughafen. Die Beamten würden sie doch nicht etwa zum Airport bringen?

Ihr Verdacht bestätigte sich, als der Fahrer ein Tor zum Frachtbereich ansteuerte. Bewaffnete Männer ließen das Fahrzeug passieren. Dann ging es in einen Tunnel. Am Ende warteten Männer in schwarzen Anzügen. Einer öffnete die Wagentür. »Ab hier übernehmen wir.«

»Was wollen Sie von mir?«

»Kommen Sie mit!«

»Wohin?«

Wieder keine Antwort.

Sie sah sich nach einem Fluchtweg um.

»Machen Sie keine Zicken! Hier entlang!« Einer der Männer deutete auf eine Tür. Georgina konnte ihr Spiegelbild in den Gläsern seiner Brille sehen. Er wandte sich ab und ging voraus, drei andere folgten. Georgina sah keine Waffen. Sie wusste, dass das nichts bedeutete. Ein schlauchförmiger Gang führte zur geöffneten Tür eines Flugzeugs. Es sah niedrig aus, schmal, glatt, silbrig glänzend. Georgina erinnerte es an eine Rakete. Sie erstarrte. »Da gehe ich nicht rein!«

»Nehmen Sie Platz und schnallen Sie sich an«, sagte einer der schwarz gekleideten Männer ungerührt. Er war bestimmt ein Agent. Die anderen auch. Sie wirkten gefährlicher als die Beamten in Uniform. Unberechenbarer. Georgina kam sich vor wie in einem Hollywood-Thriller. Nur dass sie nicht von einem Fernsehsessel aus zusah, sondern mittendrin steckte.

Der Mann nahm ihr die Handschellen ab. Sie schüttelte die Verspannung aus ihren Armmuskeln.

»Ma'am.« Er ergriff ihre Hand und kettete sie an die Armlehne ihres Sitzes. Dann setzte er sich in die Reihe hinter ihr. Die drei anderen verteilten sich auf Plätzen um sie herum.

Nirgends Fenster. Georginas Magen zog sich zu einem schmerzenden Knoten zusammen. Was wollten die Kerle von ihr? Wegen des Hackens eines Staatscomputers wurde doch nicht so ein Aufwand betrieben. Es sei denn, sie war über etwas gestolpert, das sie nicht wissen durfte. Verdammt! Was war los?

Das Flugzeug startete die Triebwerke und bewegte sich, erst langsam, dann schneller. Georgina spürte, wie es über die Rollbahn holperte und um Kurven fuhr. Die Düsen heulten auf. Sie wurde in den Sitz gepresst, die Nase hob sich und die Maschine schoss in die Höhe.

Wo würde sie aussteigen? In den USA? Oder brachten sie die Männer in ein fremdes Land? Wenn sie doch wenigstens reden würden, aber sie saßen da, als wären sie verdammte Roboter.

Georgina verlor jedes Zeitgefühl. Keine Uhr, keine Fenster. War eine Stunde vergangen? Oder waren es zwei? Sie starrte in die schmale Röhre des Gastraumes: Mittelgang mit grauem Teppich, fünf Reihen, rechts und links je ein Sitz. Sie rutschte auf ihrem Platz hin und her. Die Gesichter der Agenten in ihrem Blickfeld schienen aus Holz geschnitzt. Der kahlgeschorene Hinterkopf eines Agenten ragte über die Sitzlehne wie der Mond über den Horizont – bewegungslos, als ob die Zeit stehengeblieben wäre. Georgina lauschte auf das Dröhnen der Düsen. Das Flugzeug flog bestimmt mit Überschall. Es könnte bereits über Kanada sein – oder Mexiko. Plötzlich wurde es still. Der Schub endete. Sie bekam das Gefühl des Fallens und wurde fast aus dem Sitz gehoben, ihr Magen kribbelte. Solche Manöver machten nur Stratosphärenflugzeuge. Camille hatte davon erzählt. Langsam kehrte Georginas Gewicht zurück. Sie wurde stärker und stärker in die Polster gedrückt. Das war die Abfangphase vor der Landung. Wo?

Aufsetzen, Ruckeln beim Rollen, endlich der Stopp.

Der Agent hinter Georgina stand auf. Er befreite sie von der Fesselung an den Sitz. Er legte ihr die Handschellen wieder an. Diesmal band er ihr die Hände nicht auf dem Rücken. Georgina sah ihn dankbar an. Warum gönnte er ihr mehr Bewegungsfreiheit? War er sich so sicher, dass sie nicht flüchten konnte? Die Tür wurde geöffnet. »Ma'am.«

Konnte er noch etwas anderes sagen?

Seine drei Kollegen erhoben sich und gingen voran. Georgina folgte ihnen durch fensterlose Gänge zu einem kleinen Parkdeck mit schwarzen Geländewagen. Einer sah aus wie der andere. Alle hatten Regierungsnummernschilder der USA. Georgina zitterte. »Wo bringen Sie mich hin?« Sie erwartete keine Antwort. Sie bekam auch keine. Die Agenten führten sie zu einem Wagen mit dunkel getönten Scheiben. Zögernd stieg sie ein. Die Tür schloss sich mit einem satten ›Tuck‹. Dunkle Abtrennung nach vorne, dunkle Fenster. Sie konnte nicht nach draußen sehen. Sie war blind. Das Fahrzeug setzte sich in Bewegung.

Als es endlich anhielt, wusste Georgina instinktiv, dass sie am Ziel war. Sie atmete tief durch und bereitete sich innerlich auf eine Begegnung vor. Mit wem?

Die Tür öffnete sich. Feuchtwarme Luft strömte in die klimatisierte Kabine. Wieder eine Tiefgarage. Jemand kam auf das Auto zu.

Georgina glaubte nicht richtig zu sehen. »Edward?« Sie ließ den Atem aus den Lungen. Es war tatsächlich ihr alter Professor und Mentor. Wenn es Ryan gewesen wäre, hätte sie sich weniger gewundert. Sie musterte Ed. In seinem Gesicht lag Nervosität, die er zu überspielen versuchte. Er half ihr beim Aussteigen. »Wie geht es dir, Mädchen?« Er lächelte. Höflich, zuvorkommend, als lade er sie zu einem Sektfrühstück ein. Und doch wirkte er angespannt.

»Ich verstehe überhaupt nichts mehr!«

Edward fixierte sie und schüttelte kaum merklich den Kopf.

Sie verstand. Er wollte vor den Agenten keine Fragen beantworten.

Der Professor wandte sich an den nächststehenden Beamten. »Können Sie ihr die Handschellen abnehmen?«, fragte er in freundlichem Tonfall.

»Wir haben unsere Vorschriften, Sir.«

Edward lächelte. »Dann lassen Sie sie bei der Hitze wenigstens ihr Sweatshirt ausziehen!«

Georgina nahm kein Auge von ihrem alten Mentor. Was für eine Rolle spielte er in ihrer Entführung? Und was hatte er vor?

Während ein Agent ihre linke Hand befreite, gab ihr Ed ein warnendes Handzeichen.

Sicher war ihr der Gedanke gekommen, die Gelegenheit zur Flucht zu nutzen. Aber mit vier bewaffneten Männern im Nacken würde sie nicht weit kommen. Georgina streifte das Sweatshirt ab und ließ sich die Handschellen wieder anlegen.

Edward legte ihr das Kleidungsstück so über die Hände, dass es die Fessel verdeckte. »Die braucht nicht jeder zu sehen.«

Sie sah ihn fragend an. Er deutete zum Aufzug. »Gehen wir.«

Die harten Schuhsohlen der Agenten hallten durch das Parkdeck. Am Lift drückte Edward die Ruftaste. Sekunden später schoben sich die Türen auf. Mit den fünf Männern wurde es eng in der Kabine. Georgina presste sich an die kalte Rückwand. Sie blickte nervös zu den Armaturen an der silberglänzenden Wand. Der Professor wählte den obersten Knopf, achter Stock. Auf der Anzeige erschienen die Etagennummern, der Lift hielt an, die Türen öffneten sich.

Draußen spiegelte sich das Licht der Deckenlampen auf dem hochglanzpolierten Boden. Gerade Korridore, ein gutes Dutzend Menschen hastete entlang. Businessanzüge, gestylte Frisuren, gepflegte Kleider, High Heels und dezente Parfüms. Georgina fühlte sich mit ihren Jeans und Turnschuhen fehl am Platz. Und jeder schien trotz der Kaschierung durch das Sweatshirt ihre Handschellen zu sehen.

Edward führte sie nach rechts. Türen in regelmäßigen Abständen ließ sie ein Büro- oder Verwaltungsgebäude vermuten. Georgina las im Vorbeigehen die Schilder mit Zimmernummer und Namen. War das das Hauptquartier des FBI?

Edward öffnete die Tür zu einem kleinen holzvertäfelten Raum. In der Mitte erblickte sie einen runden Tisch, um ihn herum standen acht Stühle. Mit den Verhörräumen, die sie aus Fernsehserien kannte, hatte er keine Ähnlichkeit. Sie entspannte sich.

Während sie Edward in den Raum folgte, postierten sich die Agenten im Korridor. Professor Winslow zog die Tür zu. »Es ist besser, wir warten im Stehen«, raunte er. Er wirkte nervös.

Durch das Fenster sah Georgina das Washington Monument aus einer Parkanlage in den bleifarbenen Himmel ragen. Endlich wusste sie, in welcher Stadt sie war. Aber warum war sie hierhergebracht worden?

Edward öffnete seine Aktentasche und entnahm einen wassergefüllten Ballon aus einer Schutzhülle. »Vielleicht wirst du den zur Veranschaulichung brauchen.«

Georgina sah ihn verständnislos an.

»Es geht um dein Modell«, erläuterte er.

Auf einmal fügte sich alles zu einem Bild zusammen: Der Aufwand galt ihrer Theorie und nicht dem Hackerangriff. Sie bekam weiche Knie. »Darf ich wissen ...«

Edward schaute sich demonstrativ um.

Georgina schluckte den Rest ihrer Frage herunter. Sie wurden beobachtet – und der Professor traute den Lauschern nicht.

Die Tür öffnete sich und ein Herr in silbergrauem Anzug, mit silbergrauen Schläfen und silbergrauer Krawatte trat ein. Er gab sich würdevoll und strahlte Macht aus.

»Einen schönen guten Tag, Herr Staatssekretär Hayes!«, grüßte Edward höflich. »Darf ich Ihnen Frau Doktor Finley vorstellen.«

Der Staatssekretär verengte die Augen. »Ich habe bereits von ihr gehört.«

Georgina fragte sich, von wem.

Edward räusperte sich. »Doktor Finley hat Informationen, die Sie sich anhören sollten.«

Hayes schaute auf seine Armbanduhr, dann wandte er sich Georgina zu. »Ich gebe Ihnen eine Minute. Ich habe gleich ein wichtiges Treffen.«

Sie atmete tief durch. Wie sollte sie ihm die bevorstehende Katastrophe erklären? Ursache und Wirkung? Harte Fakten? Er war kein Wissenschaftler. Er könnte sich die Auswirkungen nicht vorstellen. »Vielen Dank, Herr Staatssekretär. Die Erdbeben, die letzte Woche aus Neuseeland, Chile und Italien berichtet wurden, sind die Folge einer globalen Veränderung. Es wird zu weiteren Beben kommen.«

Hayes zog die Brauen hoch. »Und diese Vermutung ließ Sie die Gesetze des Landes vergessen?«

Georgina sah ihm in die Augen. »Sir, ich habe es als meine Pflicht betrachtet, mir Klarheit zu verschaffen. Die Lage ist ernst. Wenn nicht sofort gehandelt wird, werden die Beben in wenigen Wochen Amerika erreichen. Kalifornien wird ins Meer gerissen, Millionen Menschen sterben.« Und das waren nur die Wehen. Würde der Staatssekretär sie für verrückt halten, wenn sie ihm die volle Tragweite der Katastrophe offenbarte? Für die meisten Menschen war es schwer genug, sich vorzustellen, dass ein ganzer Bundesstaat zerstört werden konnte.

Er sah sie durchdringend an.

War er ratlos? Glaubte er ihr? »Gegen die Kräfte im Inneren der Erde ist eine Atombombe wie ein Knallfrosch«, erläuterte sie.

Er nickte.

Georgina atmete aus. Endlich jemand, der zuhörte! Sie straffte die Schultern. »Im Erdmantel hat ein Prozess eingesetzt. Den müssen wir stoppen, sonst explodieren die antarktischen Vulkane und danach die Supervulkane aller Kontinente. Als Folge dieser Ausbrüche würden die Meere sintflutartig ansteigen, die Atmosphäre durch schwefelige Vulkanasche vergiftet.«

Hayes legte die Stirn in Falten. »Und was soll ich Ihrer Meinung nach tun?«

»Sir, bitte veranlassen Sie sofortige Sondersitzungen mit Vertretern aller Regierungen und den wichtigsten Experten. Drängen Sie auf Entscheidungen und setzten Sie sie um.«

Der Staatssekretär verzog den Mund. Spöttisch? Überheblich? Georgina trat einen Schritt näher an Hayes heran. »Es klingt für Sie vielleicht banal, Umweltgruppen haben die Forderung bereits seit Jahrzehnten gestellt: Stoppen Sie den Ausstoß von Treibhausgasen. Nicht erst in dreißig Jahren, sondern sofort.«

Hayes schnaubte. »Wissen Sie überhaupt, was Sie da fordern?«

Georgina nickte. »Wenn noch mehr Eis schmilzt, wird es kein Zurück mehr geben.« Wie sollte sie ihm die Masse von zweihunderttausend Kubikkilometern Eis veranschaulichen? Für ihn wäre es eine unvorstellbar große Menge. Dabei entsprach das nur einem einzigen Prozent der antarktischen Gletscher. »In etwa vier bis sechs Wochen wird der kritische Punkt überschritten.« Georgina hoffte, dass ihr Modell korrekt war, dass überhaupt noch so viel Zeit blieb. »Warnen Sie die Nationen, warnen Sie die Küstenregionen vor Tsunamis, besonders am Pazifik und Atlantik, machen Sie Evakuierungspläne.«

Er schüttelte den Kopf. »Ich sehe keinerlei Zusammenhang zwischen Treibhausgasen, der antarktischen Platte, Erdbeben und Vulkanausbrüchen.«

Georgina unterdrückte ein Stöhnen. Konnte er wirklich nicht begreifen, was mit der Erde vor sich ging? »Sehen Sie, Sir.« Sie hielt den wassergefüllten Ballon vor sich. »Wenn sich der Druck an einer Stelle der Erdoberfläche drastisch ändert«, Georgina stieß einen Finger in den Ballon, »wird sich das auf die gesamte Erde auswirken.«

Der Staatssekretär beobachtete die Wellen, die über die Oberfläche des Ballons liefen. Er lächelte. »Eine nette Demonstration. Aber ich habe Gutachten, die belegen, dass dieser Prozess so langsam vonstattengeht, dass wir davon überhaupt nichts bemerken werden.«

Georgina beugte sich vor und starrte Hayes an. Wer behauptete so einen Stuss? Von Großkonzernen bezahlte Wissenschaftler vielleicht. »Ein Untersuchungsausschuss kann offenlegen, welche Fakten und Motivationen diesen Gutachten zugrunde liegen.«

Im Gesicht des Staatssekretärs zuckte ein Muskel und Georgina wusste, dass er mit drinsteckte.

Hayes' Augen bewegten sich hin und her, als ob er zwischen seinen Optionen abwägte. Als er unvermittelt den Rücken straffte, zog sich Georginas Magen zusammen.

Hayes sah sie an. Er lächelte. Es sollte wohlwollend wirken. »Ich sehe, Sie sind eine kluge Frau mit viel Potenzial. Ich mache Ihnen einen Vorschlag: Sie vernichten ihre illegal erworbenen Daten und ich lasse im Gegenzug die Akten mit Ihren Vergehen verschwinden. Außerdem besorge ich Ihnen eine Position bei der NOAA.«

Georgina sah den Politiker fassungslos an. Glaubte er wirklich, sie mit so einem Angebot kaufen zu können! Sie trat einen Schritt auf ihn zu. »Wenn Sie nichts unternehmen, Sir, ist die Katastrophe nicht mehr aufzuhalten!« Sie ließ den Ballon fallen und er zerplatzte auf dem Boden.

»Unsinn!«, sagte Hayes mit eisiger Stimme und wandte sich an Edward. »Winslow, ich war Ihnen einen Gefallen schuldig. Hiermit ist er abgeleistet!«

Der Staatssekretär stieß die Tür auf. »Nehmt ihr die Handschellen ab und gebt ihr ihre Sachen zurück«, rief er den Agenten zu. »Sie hat drei Tage, um ihre Daten zu vernichten!«

21

Pennsylvania Avenue, Washington, D.C.

Edward steuerte seinen Kleinwagen durch den Verkehr von Washington. Georgina kannte das Fahrzeug aus ihrer Studentenzeit, denn er hatte es schon gefahren, als er noch Dozent an der Uni in St. Louis war. Er hätte sich so daran gewöhnt, betonte er immer wieder, und der Benzinverbrauch sei unschlagbar. »Meine Gurke hat einen deutlich besseren CO_2-Fußabdruck als jedes Elektroauto, wenn man Produktion, Stromerzeugung und Akkuentsorgung einrechnet.« Eins seiner Lieblingsthemen. Georgina sah zum Fenster hinaus. Widersprüchliche Gefühle tobten in ihr. Ihre Daten zu vernichten kam überhaupt nicht in Frage. Sie musste diese korrupten Säcke irgendwie überzeugen – oder besser, einen Politiker in noch höherer Position für sich gewinnen. Ob Edward ihr dabei helfen konnte? Sie nagte an ihrer Unterlippe. Hatte er nicht schon genug für sie getan? Immerhin hatte er sie herausgepaukt. Er hätte das nicht tun müssen und bestimmt hatte er einiges aufs Spiel gesetzt. »Ed, es tut mir leid, dich hineingezogen zu haben.« Sie wandte sich ihm zu. »Wie hast du überhaupt von meiner Verhaftung erfahren?« In dem alten Auto redete sie offen, denn es besaß keinen elektronischen Firlefanz, der gehackt und zum Abhören benutzt werden konnte.

Er sah in den Rückspiegel. »Camille hat mich verständigt.«

Wieder blickte er in den Spiegel. Er wirkte nervös. Georgina sah sich um. »Werden wir verfolgt?«

»Ich bin mir sicher, sie überwachen uns.« Er schob seinen Krawattenknoten zurecht. Ein untrügliches Zeichen, dass er sich in seiner Haut nicht wohl fühlte. »Hast du dein Smartphone ausgeschaltet?«

Georgina schlug sich mit der Hand vor die Stirn. Sie hatte nicht an das Signal gedacht, das leicht zu orten war. Sie fuhr ihr Smartphone herunter und nahm den Akku heraus.

Edward nickte zufrieden. »Ich habe eine falsche Spur gelegt und dir ein Flugticket nach St. Louis gebucht, aber das wird Hayes und das FBI nicht lange täuschen.«

Georgina erschrak. »Verdammt, Ed, das wird sie zu Nicky und Camille führen – und zu den Daten. Ich muss die beiden warnen!«

Edward lächelte. »Um die habe ich mich bereits gekümmert.« Er bog scharf in eine Seitenstraße ein, die Reifen quietschten. Vor ihnen lag ein Industriegebiet mit flachen Backsteingebäuden und breiten Laderampen. Georgina fiel ein Wegweiser auf. Er war nicht größer als ein Straßenschild: ›Airport‹ stand in schwarzen Buchstaben auf weißem Grund. Der Pfeil wies in Fahrtrichtung.

Sie stutzte. »Wo bringst du mich hin?«

»Gaithersburg«, antwortete er.

Das sagte ihr überhaupt nichts. Sie fühlte sich verloren, gestrandet, irgendwo in einer fremden Stadt. »Willst du mich loswerden?«

»Ganz im Gegenteil. Ich werde dir einen sicheren Unterschlupf besorgen.«

»Auf einem Flugplatz?«

Unterdrückte er nicht ein Grinsen? Sie sah ihn von der Seite an. Seit er sie in der Tiefgarage abgeholt hatte, erinnerte sein Verhalten mehr und mehr an Ryan. Diese Geheimnistuerei gefiel ihr nicht – aber ohne ihn säße sie im Gefängnis. Durch seine Hilfe war sie frei. Für drei Tage. In dieser Zeit durfte sie noch nicht einmal nach Hause – und Ryan wollte sie am Abend in St. Louis besuchen. Er würde dem FBI in die Hände laufen. Sie musste ihn warnen. Ihr Smartphone konnte sie nicht benutzen, auch das von Ed nicht. Sie wandte sich an den Professor. »Weißt du, ob es in der Nähe ein Münztelefon gibt?«

Er nickte. »Noch hat die Telefongesellschaft nicht alle abgebaut.« Er bog ab. Am Ende der Straße wurde ein Maschendrahtzaun sichtbar, dahinter ein Rollfeld mit einem kleinen Tower. Vor den Hangars standen einmotorige Flugzeuge, winzige Maschinen.

Georgina sah Ed fragend an.

Er schmunzelte. »Du wolltest telefonieren.« Er hielt in einer Parkbucht am Tor.

Sein Gesichtsausdruck gefiel Georgina nicht. Hinter seinem Lächeln verbarg er etwas. Sie stieg aus. Ein kalter Wind fuhr ihr ins Gesicht und ließ die Haare wie eine Fahne flattern. Sie schlang die Arme um sich und sah sich um. »Wo ist das Telefon?«

Edward blickte zu den grauen Wolken. »Hektor dürfte jetzt die Küste von South Carolina erreicht haben.«

Was war so wichtig an dem Hurrikan? Bis South Carolina waren es Hunderte von Meilen. Wollte Ed ihre Aufmerksamkeit ablenken? Wovon? Mit langen Schritten ging er voran. Georgina hatte Mühe, mit ihm mitzuhalten. So unhöflich war er sonst nicht. Sie betrat hinter ihm den Warteraum. Matte Flecken auf der Scheibe des Panoramafensters trübten die Sicht auf die Startbahn. Ein Dutzend abgewetzte Plastikstühle stand herum. Zwei Frauen sprangen auf. Georgina blieb wie vom Blitz getroffen stehen: Nicky und Camille. »Was macht ihr denn hier?«

Edward ging zu den beiden. Er verbeugte sich vor Camille. »Wir kennen uns noch aus St. Louis.« Dann reichte er Nicky die Hand. »Und das wird Mrs. Friday sein.«

»Miss«, korrigierte Nicky und ließ ihre Mandelaugen strahlen.

Camille verdrehte die Augen.

Edward lächelte. »Sie haben bestimmt noch nichts gegessen. Hier im Restaurant gibt es die besten Hamburger. Richtiges Rindfleisch. Wenn ich die Damen einladen dürfte?«

»Sonst hast du keine Sorgen?« Georgina blickte sich im Warteraum um. Ein Mann mittleren Alters wischte an seinem Smartphone herum. Sie suchte Nickys Ohr. »Hast du das Modell und die Daten dabei?«

»Klar! Und ein paar Klamotten zum Wechseln haben wir dir auch mitgebracht.«

Georgina nickte zufrieden. »Jetzt muss ich nur noch Ryan erwischen.«

Dreimal rief sie vom Münztelefon an. Beim vierten Mal hinterließ sie die Nachricht, dass er sie heute nicht besuchen konnte. Sie überlegte, ob sie noch eine Erklärung hinzufügen sollte, verzichtete aber wegen des Abhörrisikos darauf. »Mir geht es gut. Ich liebe dich«, sagte sie abschließend und legte auf.

Mit vier Erwachsenen und den Koffern war Edwards Auto hoffnungslos überfüllt. Er bekam den Kofferraumdeckel nicht zu und musste ihn mit einem Strick zubinden. Endlich fuhren sie los.

Georgina drehte sich zu den beiden Frauen um. »Wie habt ihr es geschafft, fortzukommen? Haben sie euch verfolgt? Habt ihr euch verstecken müssen?«

Camille hob die Hände. »Langsam! Immer der Reihe nach. Nicky hat mich in so eine Absteige ...«

»Club!«, betonte Nicky.

Camille verzog das Gesicht. »Also gut. In ihren *Club* geschleppt. Komische Leute, aber Nicky hat uns in Nullkommanix Alibis besorgt.«

Nicky grinste Georgina an. »Echte Freunde! Aber du hättest sehen sollen, wie Camille den kleinen Privatjet von Richard flog!«

Georgina sah Camille erstaunt an. »Du kannst fliegen?«

Camilles Mundwinkel sanken. Sie blickte in die Ferne. »Nach dem Tod von meinem William wollte ich seine Citation nicht verkaufen. Er hat das Flugzeug so geliebt. Also habe ich den Pilotenschein gemacht. Aber dann konnte ich die Fliegerei nicht mehr finanzieren.« Sie seufzte. »Für Richards Hawker habe ich zwar keine Musterberechtigung, aber als wir in der Luft waren, kamen so viele Erinnerungen zurück.«

So gefühlvoll hatte Georgina ihre Mitarbeiterin noch nie gesehen. Sie legte Camille die Hand auf den Unterarm. »Es tut mir leid.«

Camille straffte die Schultern und hob den Kopf. Ihre Gefühlsaufwallung war ihr offensichtlich peinlich. »Ist vorbei«, sagte sie mit fester Stimme. »Es war sehr nett von Richard, dass er mich ans Steuer gelassen hat.«

Nicky grinste. »Ich hätte nicht gedacht, dass du ihn so weit einwickeln kannst!«

»Du traust mir wohl gar nichts zu?«

Da war wieder die alte Schärfe in Camilles Stimme.

Nicky zuckte die Achseln. »Diesbezüglich eigentlich nicht.«

Georgina sah, dass die beiden Frauen in ihr übliches Hickhack abdrifteten, aber ihre Fragen waren noch nicht beantwortet. »Ihr habt mir noch nicht erzählt, wer dieser Richard ist.«

Nicky zuckte die Achseln. »Richard Baldwin ist ein Freund von Edward. Geschniegelter Business-Typ, aber ganz nett.«

Georgina wandte sich an ihren alten Mentor. »Du hast auch das eingefädelt? Ich weiß gar nicht, wie ich dir danken soll. Und deinem Freund. Richte ihm meinen besten Dank aus, wenn du ihn das nächste Mal siehst. Es war sehr nett, dass er die beiden mitgenommen hat.«

Edward zwinkerte ihr zu. »Richard Baldwin hält obendrein auch noch dicht. Von ihm wird keiner etwas über seine außerplanmäßigen Fluggäste erfahren.«

Camilles Smartphone meldete einen Anruf. Auf dem Display erschienen unverständliche Zeichen. »Was ist denn das für ein Blödsinn?«

Georgina betrachtete die Symbole. Sinnfreies Gekrakel, so schien es. »Ich würde nicht rangehen!«

»Jetzt macht es mich gerade neugierig«, Camille nahm den Anruf an und drückte das Smartphone an ihr Ohr. Sie machte ein verblüfftes Gesicht, lauschte, nickte. Dann reichte sie Georgina das Smartphone.

Georgina erschrak. »Sag bloß, der Anruf ist für mich?« Hatten Hayes oder die Behörden sie bereits aufgespürt? Ihre Hand zitterte, als sie nach dem Smartphone griff.

»Hallo, Gina, was ist los?« Ryans Stimme. Eine Last schien sich von Georginas Schultern zu heben. Ihr Herz schlug schneller. Sie streichelte das Display sanft mit dem Daumen. So etwas Verrücktes wie diese Symbole konnte nur Ryan einfallen. »Wie hast du mich gefunden?«

»Ein bisschen raten und das Internet.«

Georgina erschrak. »Ist das so einfach?«

»Wenn man dich kennt.«

Georgina seufzte. »Danke, dass du anrufst, Darling, aber ich kann dir am Smartphone nichts mitteilen.«

»Okay. Verstehe. Kannst du mich über eine sichere Leitung zurückrufen?«

Georgina wandte sich an Edward. »Kannst du noch einmal ein Münztelefon ansteuern?«

»Lässt sich machen«, antwortete Ed.

Georgina lächelte. »Bis später«, verabschiedete sie sich von Ryan und gab Camille das Smartphone zurück.

»Schalte es ab«, forderte Edward. »Und das von Nicky auch.«

»Es weiß doch keiner, dass wir hier sind«, erwiderte Camille.

»Nur solange niemand sucht«, sagte Nicky und nahm den Akku aus ihrem Gerät. »Ryan hat dich auch gefunden.«

Camille wurde blass. Sie schaltete ihr Smartphone aus. Sie blickte nervös um sich. »Ich glaube, da folgt uns ein Auto. Schwarzer Geländewagen. Hält Abstand.«

Georgina fuhr in ihrem Sitz herum. »Scheiße!«

Nicky schaute zum Rückfenster hinaus. »Ist vielleicht Zufall.«

»Das werden wir gleich wissen.« Edward trat aufs Gaspedal. Er bog abrupt ab. Der Gurt schnitt in Georginas Brüste. Professor Winslow raste eine schmale Straße entlang.

»Der Geländewagen kommt hinterher«, rief Nicky. »Er holt auf.«

Camille sank in sich zusammen. »Hat uns mein Smartphone verraten?«

»Nicht unbedingt«, antwortete der Professor. »Die Elektroautos auf der Straße kommunizieren. Im Moment fahre ich weit und breit den einzigen Benziner. Wahrscheinlich hat mich der Verkehrsrechner verraten.«

»Wie willst du den Geländewagen mit deiner Krücke abhängen?«, rief Georgina entsetzt.

Edward traten Schweißperlen auf die Stirn. Er bog wieder ab und fuhr dabei fast eine Mülltonne um.

Georgina deutete auf die Häuser. »Mein Gott! Wo sind wir denn hier?«

»Slums«, presste Edward hervor.

Georgina warf einen Blick aus dem Rückfenster. Der Geländewagen hing direkt an ihrer Stoßstange.

Der Professor bog in eine Gasse ein. Links und rechts lagen zerfetzte Müllbeutel herum, an den graffitibeschmierten Wänden zickzackte ein Gewirr von Feuerleitern in die Höhe.

Etwas zerplatzte an der Windschutzscheibe des Verfolgers und eine zähe, dunkle Flüssigkeit verbreitete sich darauf. Der Fahrer brachte das Gefährt mit quietschenden Reifen zum Stehen.

»Nichts wie weg, sonst bekommen wir den nächsten Ölbeutel ab«, rief Edward und bog in eine breitere Straße.

Ärmliche Häuser reihten sich zu beiden Seiten. Autos mit Rostflecken und stumpfem Lack fuhren vorbei. Benzingetriebene. Von denen konnte sie der Verkehrsrechner nicht auseinanderhalten.

Der Professor atmete auf. »Das hätte ins Auge gehen können!«

»Die finden uns wieder!«, prophezeite Camille.

Georgina zog den Kopf zwischen die Schultern. »Ed, du hast gesagt, du kennst einen sicheren Ort?«

»Ich habe ein paar Freunde, bei denen ihr unterschlüpfen könnt«, antwortete er.

Sie nickte. Die Abhängigkeit von anderen behagte ihr nicht, aber sie war in einer fremden Stadt, Edward ihr einziger Bekannter.

Der Professor hielt an einer Tankstelle. Ein Pappschild mit den Worten ›Erst zahlen, dann tanken‹ hing an der Zapfsäule. Aus zwei Werkstatttoren drangen das Brummen eines Kompressors und das Klicken von Schraubenschlüsseln. Neben der Tür zum Verkaufsraum stand ein Münztelefon. Der Hörer fühlte sich klebrig an und roch nach Motoröl. Georgina warf einige Münzen in den Schlitz und wählte Ryans Nummer. Sie hielt die Hörmuschel etwas von ihrem Ohr weg, sodass Edward, Camille und Nicky mithören konnten.

»Du steckst in Schwierigkeiten?«, fragte Ryan.

»Ist das hier wirklich sicher?«

»Ich lasse das Gespräch durch einen Zerhacker laufen.«

Ryans Technologie. Er wusste, was er tat. Georgina blickte sich um. Keine fremden Zuhörer. Sie atmete tief durch und entschloss sich, Ryan alles zu erzählen.

Er schwieg für lange Zeit. »Ich komme«, sagte er schließlich. »Gibt es einen unauffälligen Ort, wo wir uns treffen können?«

Georgina sah Edward fragend an.

Der nickte. »Das Clover Leaf in Georgetown. Wenn er uns dort nicht findet, soll er nach Rover O'Dougall fragen.«

»Uns?«, fragte Ryan.

»Ich befürchte, wir hängen auch mit drin«, antwortete Edward.

Ryan besann sich einen Moment. »Gut. Ich denke, ich werde gegen halb neun dort sein. Bis dann, Gina.«

In Georginas Innerem breitete sich Wärme aus. Zum ersten Mal signalisierte Ryan Bereitschaft, sich in ihrem sozialen Umfeld zu zeigen. »Du bist der Beste!«

Nicky und Camille grinsten sich an.

»Einsteigen, meine Damen!« Edward startete sein Auto. Er fädelte sich in den Verkehr ein und begann eine Zickzackfahrt durch die Stadt. Mehrspurige Straßen, Gassen, Wohngebiete, Reihenhäuser, Shopping-Center. Abbiegen. Rechts, links. Georgina verlor jeglichen Sinn für Richtung. Norden, Süden, Osten, Westen, ohne Sonne am Himmel konnte sie es nicht sagen. Edward bog in eine Gasse, kaum breiter als sein Auto. Fensterlose Wände links und rechts. Es ging abwärts, drei, vier Meter unter das Straßenniveau. Am Ende ein Tor aus grauen horizontalen Lamellen. Es hob sich langsam. Edward wartete, bis der Spalt hoch genug war, dann fuhr er in die Garage. »Bitte aussteigen. Die Koffer könnt ihr hierlassen.«

Das war offensichtlich noch nicht das Ziel. Georgina wunderte sich, welche Manöver dem Professor scheinbar spontan einfielen, um die Verfolger abzuschütteln. Aber sein Vorgehen hatte Methode. Und wieder sah sie eine Parallele zwischen ihm und Ryan. Hinter Ed steckte mehr, als das Auge sah.

Zu Fuß liefen sie eine schmale Einbahnstraße hinunter. Links und rechts sah Georgina verputzte oder verklinkerte Reihenhäuser mit kleinen, aber gepflegten Vorgärten. Autos schlichen auf der Suche nach freien Parkplätzen ums Karree. Auf den Bürgersteigen drängten sich mehr und mehr Menschen, denen die Freitagabendpartylaune im Gesicht stand. Die Röcke der Frauen waren kurz, die Blusen knapp.

Weiter unten sah Georgina Restaurants, Bars, kleine Tische und Stühle auf dem Gehweg. Aus Türen und Fenstern drangen die verschiedensten Klänge und mischten sich mit dem

Autolärm zu einer bizarren Kakophonie. Das war also das berühmte Georgetown, die Amüsiermeile von Washington, D.C. Auf der Hauptstraße fuhr im Strom der Autos hupend eine Stretchlimousine, aus deren Rückfenster jemand seinen entblößten Hintern streckte. In St. Louis würde sich das keiner trauen.

Vor einer Eckbar blieb der Professor stehen. Über dem Eingang leuchtete in grünem Neonlicht ein Schild in Form eines vierblättrigen Kleeblatts, das Clover Leaf. Hier wollte Edward sie verstecken?

Professor Winslow drückte die schweren Holztüren auf. Laute Stimmen und Musik drangen aus dem Inneren der Bar. Den schnellen Takt einer Trommel umwob rasantes Fidelspiel. Die Triller einer Flöte durchschnitten das Stimmengewirr wie durch die Luft wirbelnde Messer. Georgina folgte ihrem Mentor in den Schankraum. Die Gäste versuchten, sich zu unterhalten. Mehr als sich Schlagworte zuzubrüllen war nicht drin. Im Halbdunkel an der Bar drängten sich Männer aus allen sozialen Schichten: Businessanzüge neben Lederjacken und Sweatshirts. Als Nicky eintrat, wandten sich Köpfe.

Sie strahlte.

Camille rümpfte die Nase.

Professor Winslow kämpfte sich zu einem Seitenraum durch: Dartscheiben an der Wand, Gläser mit dunklem Guinness auf den Tischen.

Eine Tür am anderen Ende führte zu einem ruhigeren Zimmer. Die Männer in den schweren Polstersesseln hoben ihre kahlgeschorenen Köpfe. Sie wirkten gefährlich und gewaltbereit. Georgina wunderte sich, in welchem Verhältnis sie zu ihrem kultivierten Professor standen.

Edward schloss die Tür, der Lärm blieb draußen. »Ist Rover hier?«, fragte er.

Ein Mann, tätowiert bis zur Glatze, einen Ring mit glitzerndem Stein im Ohrläppchen, nickte.

Edward machte eine Kopfbewegung Richtung Schankraum. »Ich glaube, ich habe ein paar von Baldinis Leuten gesehen.«

Die Hälfte der Männer sprang auf und verließ das Zimmer.

Georgina sah den Professor fragend an.

»Rivalität«, antwortete er knapp.

Georgina spürte Bewunderung in sich aufsteigen: Ihr alter Mentor steckte seine Finger in weit mehr als nur die Wissenschaft. Das beeindruckte sie.

Edward schritt auf eine schmale Tür in der Rückwand zu. Die Männer machten keine Anstalten, ihn aufzuhalten, obwohl es offensichtlich war, dass sie hier Wache hielten.

Georginas Neugier bekam einen Dämpfer, denn hinter der Tür sah sie nur einen kurzen Gang. Sie hatte mehr erwartet als zwei in vielen Lagen lackierte Türen. Die Luft vor der ersten roch nach Toilette. An der zweiten klebte ein verbleichtes Plastikschild: Putzraum. Edward ging ohne zu zögern hinein und machte ein Handzeichen, ihm zu folgen. Camille sah sich misstrauisch um, Nicky grinste erwartungsvoll. Sie schloss die Tür hinter sich. Auf einen unsichtbaren Befehl schob sich die Rückwand zur Seite und gab den Weg in ein schummriges Treppenhaus frei. Das war das Verrückteste, was Georgina seit langem erlebt hatte, schien aber ein sicheres Versteck zu sein. Wer um alles in der Welt machte sich so eine Mühe? Kriminelle? Sie blickte ihren alten Professor misstrauisch an. Wie kam er zu solchen Bekannten?

Im ersten Stock führte Edward die Frauen in ein Wohnzimmer. Den Platz unter den zwei Fenstern an der gegenüberliegenden Wand nahm eine mit rotem Samt bezogene Couch ein. Geschwungene Beine, hellbeige lackiert mit vergoldeten Kanten. Davor ein kniehoher Tisch, um den vier Stühle standen. Alles im gleichen Stil. An der Stirnwand sah sie eine Anrichte mit verschnörkelten Verzierungen, darüber ein Gemälde im Goldrahmen. Teuer sah die Einrichtung aus, aber solche Möbel hätte Georgina niemals in ihre Wohnung gestellt. Die Bodendielen knarrten, als ihnen ein Herr entgegentrat. Er war etwas älter als Camille. »Rover O'Dougall«, stellte er sich vor. »Eds Freunde sind auch meine Freunde.« Er reichte ihr und Nicky die Hand. Camilles Hand hielt er länger. Er lächelte. »Ich habe Ihnen Zimmer im Obergeschoss herrichten lassen. Ihr Gepäck wird in wenigen Minuten gebracht werden.«

Georgina sah den Mann prüfend an. Er trug ein Sakko mit kleinen schwarzen und dunkelgrünen Karos. Sein Gesicht war rund, etwas gerötet und wirkte rauer als Edwards, aber seine Manieren standen denen ihres Mentors in Nichts nach. Sie wusste nicht, wie sie ihn einschätzen sollte. »Vielen Dank, Sir. Ich weiß gar nicht, wie ich mich Ihnen erkenntlich zeigen soll«, sagte sie höflich.

»Nennen Sie mich Rover. Sie sind auf der Flucht?«

Georgina wusste nicht, wie viel sie ihm anvertrauen sollte. Edward nahm ihr die Entscheidung ab. »Staatssekretär Hayes«, erläuterte er. »Der scheint von der Industrie geschmiert zu sein.«

Rover rieb sich die Hände. »Denen haben wir schon das eine oder andere Mal in die Suppe gespuckt!«

Georgina konnte sich keinen Reim darauf machen. »Ich verstehe nicht?«

Rovers Gesicht wurde ernst. »Verzeihen Sie, Ma'am. Ich werde es Ihnen erklären: Sie sind hier im Headquarter von Busterrnet.«

Camille sah ihn überrascht an. »Die Whistleblower?«

Er verbeugte sich vor ihr. »Sie haben von uns gehört?«

Camille lächelte.

Er sah ihr in die Augen. Dann wandte er sich Georgina zu. »Wir informieren die Welt.«

Georgina war beeindruckt. Das Netzwerk hatte schon viel Korruption aufgedeckt. »Es freut mich riesig, Sie kennenzulernen! Der Pub dort unten ist Ihre Tarnung?«

»Sehr gut, Ma'am!«

Georgina glaubte es kaum. »Dann sind Sie genau die richtige Adresse, um meine Botschaft zu verbreiten!«

Er schüttelte den Kopf. »Egal, was es ist, es wird nicht gehen. Unsere Mitglieder müssen auf alle Fälle unerkannt bleiben. Informationen, die so eindeutig auf eine einzige Person zurückzuführen sind, in diesem Fall auf Sie, würde unser gesamtes Netzwerk, unsere ganze Arbeit gefährden.«

Georgina nahm auf einem der Stühle Platz. Während sie überlegte, wie sie diese Leute auf ihre Seite bringen könnte, steckte einer der kahlgeschorenen Männer den Kopf zur Tür herein.

»Das Gepäck der Damen ist angekommen«, erläuterte Rover. »Wenn Sie sich in ihren Zimmern einrichten und etwas frisch machen wollen? Darf ich Sie dann zum Supper erwarten?«

»Und danach gehen wir an die Bar!«, rief Nicky und strahlte übers ganze Gesicht.

Georgina saß an dem schwarzen Monstrum von Bartheke. Sie nippte an ihrem Guinness. Alle zwei Minuten schaute sie zur Uhr. »Er wird schon kommen«, brüllte Camille über den Lärm hinweg.

Georgina plagten Gewissensbisse. Vielleicht wäre es besser, Ryan würde zuhause bleiben. Wie sollte er ihr auch helfen? Emotionale Unterstützung? Mit der Situation musste sie allein fertig werden. Sie war schließlich kein Kind mehr. Sie beobachtete Nicky auf der Tanzfläche. Ein rothaariger Kerl brachte ihr den Reel bei. Nicky tanzte so unbeschwert und vergnügt. Sie schien sich keine Gedanken über ihre Lage zu machen. Georgina überkam ein Grauen, wenn sie an die Agenten und die schwarzen Geländewagen dachte. Hier war es gefährlich. Aber gab es woanders mehr Sicherheit? Und wie wollte sich Edward aus der Schlinge ziehen? Er war schon am späten Nachmittag nach Hause gefahren, in ›sein biederes Leben‹, wie er es nannte.

Die Zeit rückte vor. Georgina ließ die Eingangstür, die sie im Spiegel an der Wand hinter der Bar sehen konnte, nicht mehr aus den Augen. Mit jeder Minute wurde sie kribbeliger. Als Ryan endlich den Pub betrat, sprang sie auf, ihr Barhocker kippte. »Ryan!«, brüllte sie über den Lärm hinweg und winkte ihm zu.

Er erblickte sie. Ein Lächeln legte sich auf seine Lippen. Während er sich durch die Menge arbeitete, tauchte Nicky wie aus dem Nichts neben Georgina auf und reckte den Kopf.

In Ryans Augen spiegelten sich Sorge und Freude. Georgina gab ihm einen Kuss. Nicky und Camille beäugten ihn neugierig.

»Das ist wohl das berühmte Xanthippen-Trio?«, fragte er.

»Was?«, schrie Camille.

Georgina ergriff Ryans Hand und führte ihn zum Hinterzimmer.

Die Wache ließ sie passieren.

Oben im Wohnzimmer nahmen sie auf der Couch Platz.

»Schön, Sie einmal kennenzulernen«, sagte Camille. Sie und Nicky saßen auf Stühlen am fernen Ende des Tisches. Von dort konnten sie den ganzen Raum überblicken.

Ryan grinste. »Ich weiß, es ist nicht leicht für die weibliche Seele, die Beziehungen seiner nahen Mitmenschen nicht ergründen zu können.«

Georgina stieß ihm den Ellenbogen in die Seite. Wo hatte er seine Manieren gelassen? Aber als sie sah, dass Nicky und Camille schmunzelten, entspannte sie sich.

Rover erschien an der Tür. »Störe ich?«

»Nein. Überhaupt nicht«, sagte Camille. Sie presste die Lippen zusammen, als seien ihr die Worte herausgeplatzt, bevor sie sie zurückhalten konnte. Sie wirkte verlegen.

Georgina zog die Brauen hoch. So hatte sie Camille noch nie gesehen.

Rover trat ein. Er musterte Ryan. Dann streckte er ihm die Hand entgegen. »Herzlich willkommen, Mister ...«

Ryan stand auf und schüttelte die Hand. »Nennen Sie mich Ryan.«

Rover räusperte sich. »Es ist für mich jedes Mal ein Risiko, Fremde einzulassen.«

Ryan nickte. »Es wird viel zu viel weitererzählt.«

Rover lächelte. »Bei uns nicht.«

»Vielen Dank, Mister O'Dougall. Mein Name ist Mortimer Ryan James Allister.«

»Sehr angenehm, Ryan. Ich bin Rover. Bitte nehmen Sie doch wieder Platz.«

Georgina legte den Kopf schief. Das Gespräch zwischen Ryan und Rover hörte sich an, als ob sie in einer Art Code gesprochen, als ob sie eine Absprache getroffen hatten. So selbstsicher, wie Ryan sich verhielt, waren ihm solche Situationen bestimmt nicht fremd. Ein Agent müsste so etwas können. Georgina hatte das Gefühl, Rover wusste jetzt mehr über Ryan als sie. »Ich wusste gar nicht, dass du so viele Vornamen hast«, bemerkte sie spitz.

»Die bleiben unter uns«, antwortete Ryan mit fester Stimme. Er sah Nicky und Camille scharf an. Die schauten ihn verständnislos an, nickten aber fast gleichzeitig.

»Fantastisch«, sagte Rover. »Wie wäre es mit einem Whisky? Für die Damen vielleicht etwas Leichteres?«

Georgina ließ sich einen Whisky on the rocks geben.

Ryan prostete ihr zu. Dann wurde er ernst. »Soweit ich es verstanden habe, hast du Daten, die den Weltuntergang voraussagen, und du hast deswegen Ärger mit Regierungsmitgliedern bekommen.«

Georgina nickte. »Das ist die Kurzfassung.«

»Wie wahrscheinlich ist deine Prognose?«

»Statistisch ist das schwer in Zahlen auszudrücken, aber ich bin mir hundertprozentig sicher. Wenn wir nichts tun, wird das Leben, wie wir es kennen, von diesem Planeten verschwinden – genau so wie damals die Dinosaurier.«

»Das siehst du zu schwarz!«

Georgina zog den Speicher-Stick aus der Tasche und wandte sich an Rover. »Können wir die Simulation irgendwo ansehen?«

»Läuft die auf einem Laptop?«

Nicky bejahte.

Rover stand auf und holte sein Gerät. Gemeinsam starrten sie auf den Bildschirm.

»Wie lange haben wir noch?«, fragte Rover erschüttert.

»Ein paar Wochen, vielleicht Monate.«

»Und wenn du dich irrst?« Ryan sah ihr fest in die Augen. »Ich mache dir einen Vorschlag: Gib das verdammte Ding diesem Hayes und komm mit mir!«

Georgina blieb das Herz fast stehen. Aus Ryans Mund war das so gut wie ein Antrag. Liebend gerne ginge sie mit ihm. Egal, wohin. Aber es würde auf der ganzen Welt keinen sicheren Ort geben.

Sie ließ die Schultern sinken. »Ryan, es geht nicht.«

»Natürlich geht es. Es ist ganz simpel: Steh auf und geh mit mir zur Tür hinaus!«

Georgina lachte auf, dann schüttelte sie den Kopf. »Ohne Nicky und Camille gehe ich nicht. Außerdem – ich kann die Menschen nicht einfach dem Untergang preisgeben. Wenn die Regierung schon nichts tut, so kann ich wenigstens die Öffentlichkeit informieren.«

»Es wird Panik ausbrechen«, warnte Ryan. »Die Behörden werden dich dafür verantwortlich machen.«

Georgina erwiderte seinen Blick. »Ich habe mich entschieden. Ich werde die Medien informieren. Das ist das einzig Richtige.«

Ryan warf die Arme in die Luft. »Du bist verrückt!«, rief er und verließ das Zimmer.

22

NBC4 Studio, Washington, D.C.

So nervös war Georgina noch nie in ihrem Leben gewesen. Sie stieg die Treppe zum Nachrichtenstudio des Fernsehsenders empor. Wie viel Zeit hatte sie, bevor Hayes' Leute hier waren? Rover hatte versucht, alles so geheim wie möglich zu halten. Aber sobald sie vor der Kamera stand ... Die Stufen unter ihren Füßen spürte sie vor Aufregung überhaupt nicht mehr. Helles Neonlicht gab allem ein künstliches, unnatürliches Aussehen, sie selbst kam sich in ihrem Körper fremd vor. Die Mädels von der Maske puderten ihr das Gesicht und stylten ihre Haare. Die neuen Schuhe drückten etwas. Rover hatte ihr Bargeld gegeben und dann war sie mit Nicky und Camille am Nachmittag in einer kleinen Boutique in einer Nebenstraße shoppen gewesen, während Rovers Jungs ein Auge auf die Umgebung hatten. Georgina hatte sich nach langem Überlegen für ein elegantes Businesskostüm entschieden. Sie wollte seriös wirken, die Leute sollten ihr glauben und sie wusste, wie sehr das Aussehen dabei eine Rolle spielte. Auch hatte sie sich eine Brille mit Fensterglas besorgt. Die gab ihr einen intellektuellen Touch und unterstrich die Glaubwürdigkeit ihrer Botschaft, so hoffte sie.

Der Aufnahmeassistent erwartete sie an der Tür zum Studio. »Einen Moment noch, Doktor Finley.«

Durch die Tür drang die Stimme des Nachrichtensprechers: »... Hurrikan Hektor hat mit noch nie dagewesener

Stärke Charleston verwüstet. Die Stadt ist in Trümmern und weite Teile stehen unter Wasser ... Hunderte von Toten ...«

Georgina hob den Kopf. Wenn die Industrie und die Regierungen das Treibhausgas sofort reduzierten, würden auch die Stürme schwächer und das Klima stabiler werden. Ihre Botschaft und ein Aufbegehren der Bevölkerung – Georgina sah eine Möglichkeit.

»Machen Sie sich bereit!«

Georgina straffte die Schultern. Ja, sie war bereit. Sie würde eine flammende Rede halten, sie würde die Menschen aus ihrer Lethargie reißen.

Der Assistent griff abwesend an seinen Ohrlautsprecher. Sein Blick rückte für einen Moment in die Ferne, dann richtete er ihn auf Georgina. »Siebzehn Uhr fünfundvierzig. Es ist so weit!« Er öffnete die Studiotür.

Sie trat ein, dabei hämmerte ihr Herz gegen ihren Brustkorb. Scheinwerfer blendeten, Kameras schwenkten auf sie ein. Der Moderator erhob sich von seinem Sessel. Taylor Jackson mit der schnellen Schnauze. So klein hatte sie ihn sich nicht vorgestellt. Trotz seines Lächelns wirkte er fern, emotional unbeteiligt.

»Sehr verehrte Damen und Herren. Ich habe die Ehre, Ihnen den heutigen Gast vorzustellen.« Mit theatralischer Armbewegung wies er auf Georgina. »Begrüßen Sie mit mir Frau Doktor Finley!«

Unter eingespieltem Applaus nahm sie auf dem ihr zugewiesenen weißgepolsterten Sessel Platz. Georgina fühlte sich in seltsamer Weise von ihrem Körper getrennt. Als ob er nicht richtig zu ihr gehörte, als ob alles um sie herum nicht wirklich war: die Lichter, die Geräusche, der Stoff auf ihrer Haut. Die eine Kamera fuhr mehr nach links, die andere näher heran. Im Hintergrund blickte Camille aufgeregt herüber. Nicky hob beide Daumen und nickte aufmunternd.

Taylor setzte sich Georgina leicht versetzt gegenüber und richtete den Blick auf Kamera eins. »Doktor Georgina Finley ist Geologin. Sie ist von St. Louis , Missouri, zu uns ins NBC4 Studio nach Washington gekommen, um uns vor einer großen Gefahr zu warnen.«

Sie beobachtete das Mienenspiel des Moderators. Seine aufgesetzte Liebenswürdigkeit verriet weder Gedanken noch Gefühle.

Er wandte sich ihr zu. »Was, Frau Doktor Finley, haben Sie uns zu berichten?«

Der Ablauf des Interviews war vorher durchgesprochen worden, die Illustrationen ausgesucht.

Georgina erklärte ihre Theorie in einfachen Worten. Dann ließ sie die Simulation abspielen.

»Das ist sehr beeindruckend«, kommentierte Taylor. »Hollywood könnte keine bessere Animation produzieren.« Er wandte sich an Georgina. »Frau Doktor, wie sollten sich die Zuschauer zuhause, besonders die in Kalifornien, auf die Erdbeben und Vulkanausbrüche vorbereiten? Wie viele Konserven, Wasser und Lebensmittel raten Sie ihnen einzulagern?«

Die Frage war lächerlich. Taylor schien das Ausmaß der kommenden Katastrophe nicht zu begreifen. »Was Sie in der Animation gesehen haben, ist nur der Anfang. Nach den Erdbeben und Vulkanausbrüchen werden Wolken aus Asche den Himmel verdunkeln. Es wird eine Eiszeit einsetzen. Pflanzen und Tiere werden sterben, die Menschen verhungern.«

»Vielen Dank für Ihre weiteren Ausführungen, Frau Doktor Finley.« Taylor nickte ihr lächelnd zu, dann wandte er sich zur Kamera. »Viele Wissenschaftler und Propheten hatten in der Vergangenheit unzählige Male den Untergang der Welt angekündigt. Und doch stehen wir hier und senden live aus unserem Studio in Washington. Erdbeben hat es schon immer gegeben. Genau wie Hurrikans.« Taylor setzte einen leidvollen Gesichtsausdruck auf. »An dieser Stelle möchte ich noch einmal mein innigstes Mitgefühl für die Angehörigen der Opfer in Charleston ausdrücken. Aber wir Amerikaner, wir, eine Nation geeint durch Freiheit und Durchsetzungswillen, wir werden fortbestehen!«

Dieser Schwachsinn! Georgina zwang sich zu einem kühlen Lächeln und blickte in die Fernsehkamera. »Mr. Jackson Jackson scheint nicht zu verstehen, dass die bevorstehende Katastrophe keine Reality Show sein wird. Was da auf uns zukommt, ist bitterer Ernst!« Sie musterte den Moderator. Ihr wurde klar, dass er die Aufmerksamkeit der Zuschauer von ihrer Botschaft ablenkte, um sie auf Gefahren zu richten, die die Menschen kannten, die sie verstanden, mit denen sie sich manipulieren ließen. Es war naiv zu glauben, dass Industrie und Regierung in der kurzen noch verbleibenden Zeit Lösungen finden und handeln würden. Nicht ohne Druck. Es gab nur einen Weg, die Industrie lahmzulegen und sie so zum Handeln zu zwingen.

Georgina holte Luft. »Bürgerinnen und Bürger! Wir haben nur noch vier bis sechs Wochen Zeit und in dieser Zeit müssen wir den Ausstoß der Treibhausgase stoppen, sonst wird die Vorhersage des Simulationsmodells Realität werden: Alles Leben wird vernichtet. Was tun Industrie und Politiker? Gar nichts! Rettet wenigstens ihr den Planeten. Zeigt eure Macht: Verzichtet auf euren Konsum! Kauft nur noch das, was ihr unbedingt braucht.« Georgina hob beide Fäuste. »Ich rufe euch zu einer Revolution auf! Einer Revolution ums Überleben. Jetzt!«

Taylor sprang auf. Die Kameras schwenkten auf ihn ein. »Wir danken Doktor Finley aus St. Louis für das Interview.« Er machte eine schneidende Handbewegung, die Lichter an den Aufnahmegeräten erloschen. Er wandte sich an Georgina. »Ich würde vorschlagen, Sie verlassen jetzt das Studio«, sagte er mit harter Stimme.

Georgina erhob sich und schritt langsam auf Taylor Jackson zu. »Haben Sie wirklich nichts kapiert?«

Der Assistent eilte herbei und packte Georgina am Arm. Sofort war Camille zur Stelle. »Unterstehen Sie sich!«, fauchte sie und schlug dem Mann die Hand weg.

Georgina sah Taylor in die Augen. »Ich hatte gehofft, Sie würden uns helfen.«

Im Korridor erschienen Männer in schwarzen Anzügen und Sonnenbrillen.

Camille packte Georgina bei der Hand und zog sie zur Hintertür hinaus.

23

Manhattan, New York

Turkov schlug mit der flachen Hand so fest auf den Tisch, dass das Whiskyglas zu Boden fiel. »Diese verdammte Schlampe hätte ich gleich auf dem Boot ficken sollen!«

Edgar T. Humm zog den Kopf zwischen die Schultern und schaltete die Übertragung des NBC4-Interviews ab.

»Das nennen Sie ›die letzten Hähne zugedreht‹?«, brüllte Turkov. Er winkte seine Bodyguards herbei. Die packten Humm.

»Ich, ich werde es wieder gutmachen«, stotterte der erschrocken.

»Versager brauche ich nicht!«, sagte Turkov kalt. »Schneidet ihm die Eier ab und dann werft ihn in den Hudson!«

Einer der Gorillas hielt Humm fest, der andere riss ihm die Hose herunter und zog ein Skinner-Messer.

»Nein!«, schrie Humm und versuchte sich aus dem Griff des Mannes zu winden. »Ich schwöre, ich mache es wieder gut!«

Turkov machte eine auffordernde Kopfbewegung. Der Bodyguard setzte die scharfe Klinge an Humms Weichteilen an.

Der erstarrte mit weit aufgerissenen Augen, sein Atem ging stoßweise.

Turkov lächelte. »Ich höre auf Vorschläge.«

»Alles ... was ... Sie wollen ... Sir. Ich ... ich ... werde sie finden und zu Ihnen bringen. Das schwöre ich! Ich locke sie aus ihrem Versteck!«

»So, so«, sagte Turkov und wandte sich ab.

»Sir! Bitte!«, schrie Humm.

Ruckartig drehte sich Turkov wieder um. »Sie wissen doch, dass ich auf Bitten nicht höre – nur auf Taten!«

»Die ... die sollen Sie bekommen!«, japste Humm.

»Ich möchte die Frau haben, bevor das FBI sie erwischt«, knurrte Turkov.

Humm nickte hektisch.

Turkov lächelte kalt. »Machen wir einen Vertrag: Ich bekomme Ihre Haut, wenn Sie versagen.«

Humms Augen traten fast aus ihren Höhlen. »Was?«

»Schneidet ihm meine Initialen in die Brust.«

Turkov holte sich ein neues Glas Whisky und steckte sich eine Zigarre an. Er setzte sich Kopfhörer auf und lauschte dem Eingangssatz von Bachs Messe in h-Moll, während Humm schrie.

Am Ende nahm Turkov dem Bodyguard das Messer mit der blutigen Klinge aus der Hand und reichte es dem zitternden Humm. Er deutete auf dessen weiche Bauchhaut. »Jetzt brauche ich noch Ihre Unterschrift.«

24

Georgetown, Washington, D.C.

Rovers Versteck über dem Clover Leaf war gut bewacht. Trotzdem hatte Georgina das Gefühl, als könnte jeden Moment etwas passieren. Es war fast still im Wohnzimmer. Dreifach verglaste Fenster hielten das Lachen und Grölen vergnügungssüchtiger Horden ab, die auf den Straßen von Bar zu Bar zogen. Samstagabend. Georgina rutschte bis zur Kante der Couch vor. Rover spielte die Aufzeichnung ihres Fernsehinterviews ab. Erst vor wenigen Stunden hatte sie es gegeben. Rovers Leute hatten ihr geholfen, die Agenten abzuschütteln, und sie dann auf Schleichwegen ins Clover Leaf gebracht. Es kam ihr vor, als lebte sie gerade in einer Art Parallelwelt, auf einer anderen Realitätsebene. Das hatte doch alles nichts mit ihr zu tun. Sie war Wissenschaftlerin, nicht James Bond.

Nicky schüttelte verdrossen den Kopf. »Diese blöden Medienfritzen sind nur an ihren Einschalt- und Beliebtheitsquoten interessiert. Die Wahrheit treten sie mit Füßen!«

Nicky regte sich auf. Aber was half es. Das Interview hatte die gewünschte Wirkung verfehlt. Nach Georgina war ein Regierungsvertreter bei NBC4 aufgetreten. Fake News und Geltungsbedürfnis hatte er ihr vorgeworfen. Er versprach den Zuschauern, solchen vermeintlichen Wissenschaftlern und Panikmachern das Handwerk zu legen.

Camille schlug mit der Faust auf den Tisch. »Dieses verdammte Schwein! Jetzt wird niemand mehr auf uns hören!«

Rover lächelte Camille an. »So negativ dürfen Sie das nicht sehen.«

Georgina nickte. In Washington und dem Rest des Landes lief das Leben seinen gewohnten Gang. Auch die Aufräumarbeiten nach Hurrikan Hektor interessierten nur noch wenige Menschen. Das war nicht zu ändern. Aber Millionen Zuschauer hatten die Botschaft gehört und einige ließen sich von dem Gesabber des Regierungssprechers sicherlich nicht einlullen. Es war ein Anfang.

»Deinen Deal mit dem Staatssekretär kannst du jetzt vergessen!«, stöhnte Camille.

»Der war schon hinfällig, als ich den gebuchten Rückflug nach St. Louis verfallen ließ«, antwortete Georgina. »Spätestens da hat Hayes gewusst, dass ich nicht vorhabe, meine Daten zu vernichten. Er war sowieso misstrauisch, sonst hätte er uns nicht seine Gorillas hinterhergeschickt. Dieser verdammte Ignorant! Aber es hilft nichts. Ich muss die Menschen wachrütteln! Fragt sich nur wie?«

An der Tür erschien einer der Glatzköpfe und flüsterte in Rovers Ohr. Der nickte und der Mann ging. Wenig später brachte er Ryan ins Zimmer. Georginas Herz begann wild zu klopfen. Sie hatte schon befürchtet, er wäre nach dem Streit letzte Nacht auf Nimmerwiedersehen verschwunden. Sie sprang auf und umarmte ihn. »Ich bin so froh, dass du wieder hier bist.«

Ryan erwiderte ihre Umarmung in einer Weise, dass ihr ganz warm wurde. »Ich habe das Interview gesehen und verstehe jetzt, worum es geht«, flüsterte er ihr ins Ohr.

Das Verständnis, das er mit diesen Worten signalisierte, löste ein Gefühl der Nähe zu ihm aus, so, wie sie es sich immer gewünscht hatte. »Oh Ryan, du weißt gar nicht, wie viel mir das bedeutet!«

Er lächelte sie an. »Ich möchte dir etwas geben.« Er griff in die Tasche seiner Lederjacke und zog eine kleine Schatulle hervor.

Georgina stockte der Atem. Das konnte doch nicht ...

Ryan öffnete die Schachtel und nahm einen silberglänzenden Ring mit blaufunkelndem Stein heraus. Ein spitzbübisches Lächeln legte sich über sein Gesicht. »Damit du mir nicht verlorengehst.«

Georgina traten Tränen in die Augen. Sie ließ sich den Ring an den Finger stecken, dann fiel sie ihm um den Hals. So glücklich hatte sie sich noch nie gefühlt! Sie vergaß, wo sie war, vergaß Nicky, Camille und Rover, vergaß den Weltuntergang und vergaß Hayes. Sie zog Ryan die Treppe hinauf in den zweiten Stock, in ihr Schlafzimmer.

Als sie erwachte, war er verschwunden, das Bett neben ihr kalt. »Ryan?«

Der Wecker zeigte null Uhr achtzehn. Georgina warf sich den Bademantel über und stieg ins Wohnzimmer hinunter. Alles dunkel. Ein leichter Duft von Whisky hing in der Luft. Wo mochte er hingegangen sein? Sie schaute ins Bad. Da war er auch nicht. Der Lärm aus der Bar drang wie aus weiter Ferne herauf. War er dort? Wo waren die anderen? Sie zog sich an und ging zur Bar hinunter. Rover, Camille und Nicky spielten Darts. Ihre Gesichter strahlten Fröhlichkeit aus. Gläser mit Guinness standen auf dem Tisch. Dass Camille nicht schon lange im Bett war und schlief, wunderte Georgina. »Wo ist Ryan?«

Rover packte sie am Arm und zog sie zurück ins Hinterzimmer. »Um Gottes Willen! Bleiben Sie in Ihrem Versteck! Wenn Sie jemand erkennt?«

Georgina fiel glühend heiß ein, dass ihr Gesicht nach dem Fernsehauftritt nicht mehr unbekannt war. »Sorry, aber Ryan ist verschwunden. Ich dachte, er wäre bei euch.«

Rover schüttelte den Kopf.

Georgina wusste nicht mehr, was sie denken sollte. Erst verlobte er sich praktisch mit ihr und dann verschwand er einfach.

»Er ist vor einer Stunde gegangen«, berichtete einer der Wächter.

»Wohin?«, fragte Georgina.

Der Mann zuckte die Achseln.

»Er wird wiederkommen«, sagte Nicky in beruhigendem Tonfall.

Georgina drehte nachdenklich den Ring an ihrem Finger. Vielleicht hatte er wieder einen Auftrag erhalten, den er vor ihr geheim hielt? Sie hasste das. All die Geheimnistuerei der letzten Jahre. Dann kam ihr ein Verdacht: Ihre neugewonnene Bekanntheit gefährdete seine Tarnung. Das musste die Erklärung für sein Verschwinden sein. Aber die Konsequenzen gefielen ihr nicht. War es ihm überhaupt möglich, sich wieder mit ihr zu treffen? Würde sie ihn je wiedersehen? Eisige Kälte erfasste sie.

Unsinn!, sagte eine zaghafte Stimme in ihrem Inneren. Er wird wiederkommen.

Sie atmete tief durch. Arbeit hatte immer geholfen, Gefühle zu betäuben und das Chaos in ihren Gedanken zu ordnen. Sie rief sich ihre Aufgabe ins Bewusstsein: die Menschen zu warnen. Um sie zu erreichen, hatte sie noch eine Möglichkeit: Rover und sein Busterrnet. Er musste helfen!

Rover schüttelte vehement den Kopf. »Wir haben schon einmal darüber gesprochen.«

Sie lächelte. »Es hat sich inzwischen einiges geändert: Mein Auftritt bei NBC4 hat die Information an die Öffentlichkeit gebracht. Busterrnet kann den Nachrichtensender als Quelle angeben und niemand wird Sie oder Ihre Organisation in direkte Verbindung mit Doktor Georgina Finley und ihrem Team bringen können«, argumentierte sie. »Außerdem wird es morgen früh in jeder Zeitung stehen. Auch werden die anderen Fernsehsender eigene Experten heranziehen.

Rover wiegte den Kopf. »Ein Risiko ist es allemal.«

Camille, die mit Nicky gefolgt war, baute sich vor ihm auf. Sie stützte die Fäuste in ihre Hüften. »Sind Sie ein Mann oder eine Maus?«

Georgina sah sie erstaunt an. Jemanden so herauszufordern war nicht Camilles Art.

Rover zuckte kaum merklich zusammen. Seine Gedanken schienen sich wie Räder hinter seinen Augen zu drehen. »Na gut«, sagte er schließlich. »Folgen Sie mir!« Er führte sie, Camille und Nicky durch den Putzraum und dann im Treppenhaus abwärts. Statt feuchter Kellerluft empfing sie trockene Wärme.

»Wie tief geht es noch?«, keuchte Camille.

Es mussten wohl über hundert Stufen sein. Am Fuß der Treppe versperrte eine Stahltür den Weg. Rover legte seine Hand auf einen Scanner und die Tür schob sich beiseite. Der enge Raum dahinter erinnerte an eine Aufzugskabine, aber es gab weder Knöpfe noch Armaturen, nur blanke Metallwände. Als sich die Tür hinter ihnen schloss, berührte Rover die Rückwand und sie fuhr zur Seite. Georgina blieb vor Staunen der Mund offen stehen: Vor ihr öffnete sich eine flache Halle, gefüllt mit unzähligen Computern und monitorbeladenen Tischen. Während sie eintrat, knisterten ihre Haare in der staubtrockenen Luft.

Rover breitete die Arme aus. »Das ist das Herz von Busterrnet! Es steht Ihnen zur Verfügung, Doktor Finley!«

Georgina war überwältigt.

Camille stellte sich neben ihn. »Das sieht ja aus wie der Kontrollraum der NASA auf Cape Canaveral!«

Rover schob die Brust vor. »Es ist keine Übertreibung, wenn ich sage, dass wir von hier weltweit eine Milliarde Menschen über die sozialen Netzwerke erreichen.«

Georgina schaute sich im Raum um. Zwei Dutzend Leute, für die ihr keine bessere Beschreibung als ›Supernerds‹ einfiel, hämmerten auf Tastaturen herum. Die meisten waren jung. Achtzehn bis Mitte zwanzig. Darunter zwei Frauen.

Georgina sah drei Männer in ihren späten Sechzigern. Einer kahl, einer mit kurzgeschorenen, weißen Haaren und einer sah wie das Abbild von Albert Einstein aus. Von den Jungen waren einige tätowiert. Die Garderobe – rosafarbene Latzhose, Crunch, zerrissene Jeans, Bundfaltenhose – war so vielfältig wie die Gesichter: Mandelaugen, platte Nasen, spitze Nasen, Segelohren. »Das ist phantastisch!« Georgina wandte sich an Rover. »Wir sollten nicht lange herumstehen. Es wartet eine Menge Arbeit. Eine Kopie der Simulation haben Sie bereits. Ich werde einen Text verfassen. In welche Sprachen können Sie den aussenden?«

»In allen.«

»Übersetzungsprogramme?«

»Die besten!«

»Exzellent! Rufen Sie in sämtlichen Ländern zu Demonstrationen auf! Und wenn Sie können, organisieren Sie eine vor dem Kapitol – nein – vor dem Weißen Haus! Ich werde selbst dort sprechen.«

Camille packte sie bei der Schulter. »Du bist verrückt! Das FBI wird dich sofort festnehmen.«

»Dazu werde ich den Kerlen keine Gelegenheit geben!«, rief Georgina begeistert. »An die Arbeit!«

Die sozialen Netzwerke überschlugen sich mit Nachrichten. Doktor Finleys Simulationsmodell wurde zwanzig Millionen Mal geklickt. Es zirkulierten Videos von Erdbeben und Vulkanausbrüchen. Bei genauer Betrachtung konnte man feststellen, dass viele der Aufnahmen von Katastrophen stammten, die sich schon vor Jahrzehnten ereignet hatten. Panikmacher schürten die Angst der Leute, verbreiteten Vorhersagen vom Ende der Welt. Es wurde zu Massendemonstrationen und Konsumverzicht aufgerufen.

Humm bekam davon nichts mit. Er sank mit einem Zementblock an den Füßen auf den Grund des Hudsons.

Turkov stand am Hafen. Die Umsatzzahlen brachen wegen der Massenhysterie ein, die Doktor Finley ausgelöst hatte. Unbegründet. Was war denn schon passiert? Erdbeben in Italien, Neuseeland und Chile waren nichts Außergewöhnliches. Finley bauschte alles auf. Sie musste gestoppt werden.

Turkov kontaktierte mit einem Einweg-Handy einen alten Freund. Für Geld tat der ehemalige Special Forces Offizier alles.

Nach dem Gespräch warf Turkov das Handy in weitem Bogen in den Fluss.

25

Washington Mall, Washinton, D.C.

Es war trocken, aber etwas windig, die Sonne verbarg sich hinter diffusem Grau. Mit knallrotgefärbtem Haar, das Nicky und Camille zu hunderten von Zöpfen zusammengeflochten hatte, erkannte sich Georgina im Spiegel selbst nicht wieder. Mit einer alten Jeansjacke, hautengen Nappalederhosen und Cowboystiefeln sah sie wie eine Rockerbraut aus. Wer sollte sie so erkennen? Nicky und Camille hielten sich dicht bei ihr, als sie sich durch die Menschen drängte. Etwa zehntausend, schätzte sie. Zu wenige, um einen nachhaltigen Eindruck bei den hohen Herren zu hinterlassen. Georgina schluckte ihre Enttäuschung hinunter. Zwar berichtete das Fernsehen von allgemeiner Hysterie, von Hamsterkäufen und endlosen Staus auf den Straßen, aber Georgina machte sich keine Illusionen. Das war die Fluchtreaktion der Ängstlichen. Die Mehrheit der Leute ging weiter ihren alltäglichen Geschäften nach. Sie warteten ab. Taylor Jackson hatte recht: Die Menschen hatten schon zu viele Weltuntergangsprophezeiungen gehört, als dass sie sie noch ernst nahmen. Nostradamus, der Maja-Kalender, der 21.12.2012. Woher sollten die Leute wissen, dass es diesmal anders war? Auf Fakten hörten sie nicht. Zu viele Fake News waren im Umlauf. Keiner wusste mehr, was real, was gelogen war. Es blieb nur ein kleiner Teil der Bevölkerung, der sich aktiv für das Wohl des Planeten einsetzte. Zumindest war das hier ein Anfang.

Georgina spürte Angst, Unsicherheit und Verzweiflung in der Menge der Demonstranten, aber auch Ärger und Verbitterung. Da brodelte ein explosives Potential. Georginas Nackenhaare stellten sich auf. Sie eilte auf ein kleines Podest in Sichtweite des Weißen Hauses zu. Rover, der sich mit seinen Leuten verborgen hielt, hatte hier Mikrofon und Lautsprecher installieren lassen.

Nicky schaltete die Anlage ein. Von dem erhöhten Platz sah Georgina an der Peripherie Polizei- und Militärfahrzeuge auffahren. Wie viel Zeit blieb für ihre Rede? Sie konzentrierte sich. Logik und Fakten hatten bisher zu wenig Menschen aufgerüttelt. Aber es gab eine Alternative. Ihr Vater hatte in seinen Predigten jahrelang vorgemacht, wie man die Emotionen hochheizte. Es widerstrebte ihr. Aber wenn sie Menschen führen wollte, musste sie deren Sprache sprechen. Sie holte noch einmal tief Luft. Dann sprach sie bewusst langsam und deutlich: »Um zu verstehen, was mit unserem Planeten passiert, muss man nicht studiert haben! Man braucht nur seinen Verstand zu benutzen! Habt Ihr korrupten Politiker und eigennützigen Geldsäcke kein Hirn im Kopf? Begreift Ihr nicht, dass Ihr genau so verrecken werdet wie der Planet, den ihr ausbeutet? Ich rufe jeden Weltbürger auf, diesen Wahnsinn zu bekämpfen! Leute, weigert euch, die Bäume zu fällen, weigert euch, Kohle abzubauen und Erdöl zu fördern. Lasst euch nicht länger wegen des bisschen Lohns erpressen! Rettet die Erde!«

Verdammt, sie klang wie einer dieser verrückten Prediger! Aber ihre Prophezeiung entstammte nicht der Interpretation ominöser Texte antiker Religionen, sondern den harten Fakten modernster Wissenschaft.

»Wenn die Beben erst Nordamerika erreichen, wird es zu spät sein!«, warnte sie mit düsterer Stimme.

Im Hintergrund drangen Polizei und Militär mit Schlagstöcken und Wasserwerfern in die Reihen der Demonstranten ein. Schmerzensschreie und zornige Rufe wurden laut.

Manche flohen, andere wandten sich dem Kampf zu. Die Menschenmasse geriet in Bewegung. Ein Hexenkessel.

Nicky zupfte Georgina am Hosenbein. »Da starrt dich einer an.« Sie deutete auf einen athletischen Kerl mit kalten Augen.

Der Mann drängte sich in die vorderste Reihe und zog eine Pistole.

Adrenalin schoss Georgina in die Adern. Blitzschnell sprang sie vom Podest und warf sich auf der entgegengesetzten Seite in die Menge.

»Er kommt hinterher!«, schrie Nicky.

Georgina duckte sich und wühlte sich blindlings durch die Menschen. Ein eisiger Wasserstrahl traf sie.

»Hier kommen wir nicht raus«, rief Camille, die mit Nicky folgte.

»Zurück«, entschied Georgina. Sie sah sich einer Meute Demonstranten gegenüber, die die Stiele von ihren Plakattafeln rissen und sich damit brüllend auf die Polizisten stürzten. Georgina wurde gestoßen und geremplet. Sie versuchte, sich zwischen den Leibern hindurchzuquetschen. Nervös warf sie einen Blick über die Schulter. Der Verfolger drängte sich durch die Menge. In seinem Gesicht stand kalte Berechnung. Georginas Herz klopfte wild. Wohin? Hektisch sah sie um sich. Über die Köpfe der Leute erblickte sie das Zeichen einer U-Bahn-Station. Sie spurtete los.

»Er hat dich gesehen!«, brüllte Nicky.

Georgina arbeitete sich mit Händen und Ellenbogen durch die Leute. »Pass auf!«, kreischte Camille. Georgina schlug einen Haken. Gleichzeitig spürte sie einen harten Schlag. Im Fallen hörte sie den Knall eines Schusses. Dann wurde es dunkel um sie.

26

Naval Hospital, Bethesda, Maryland

Georgina schien in Nebel zu treiben. Sie nahm alles wie durch Watte wahr. Ihr Kopf dröhnte. Ein ölig-saures Gefühl meldete sich in ihrem Magen, in ihrer linken Seite pochte ein dumpfer Schmerz. Leise Stimmen drangen an ihr Ohr. Sie kamen ihr vage bekannt vor. Georgina wollte die Augen öffnen, aber die Lider waren zu schwer. Sie nahm Geräusche um sich herum wahr: ein rhythmisches Piepen, fernes Gemurmel, Schritte. Der Nebel in ihrem Kopf drehte sich. Sie konzentrierte sich auf die Stimmen: »... scheißkalt draußen.« »Wo sollen wir jetzt hin? Zu ›du-weißt-schon-wem‹ können wir nicht mehr.« »Vielleich zu Edward? Oder nach hause?« »Ich bleibe bei ihr!«

Wovon sprachen sie? Georgina versuchte, den Sinn der Worte zu verstehen. Und wer waren die beiden Frauen?

Bei dem Versuch die Augen zu öffnen, entfuhr ihr ein Stöhnen.

»Sie kommt zu sich!«

»Erzähl ihr bloß nichts über das Seebeben vor Indonesien, sonst regt sie sich auf«, flüsterte eine der Frauen.

Beben. Daran konnte sich Georgina irgendwie erinnern. Dann stand es klar vor ihrem inneren Auge. Vulkane. Die antarktische Platte. Sie schreckte hoch. »Es fängt an!«, stöhnte sie.

Jemand drückte sie sanft in das Kissen zurück. »Du sollst dich nicht aufregen!«

Georgina erkannte Nicky. Sie fuhr sich über die Augen, um die Unschärfe wegzuwischen, dabei bemerkte sie die Schläuche an ihrem Arm. Verwirrt sah sie sich um. Ein kleines weißgestrichenes Zimmer, Nicky und Camille auf Plastikstühlen neben dem Bett. Blinkende und leise piepende Geräte. Mit einem Mal strömten die Erinnerungen zurück: Rennen, ducken ... der Schuss! Georgina fuhr Hitze in den Körper. »Wo hat es mich erwischt?«

»Du hast Glück gehabt. Ist nur eine Fleischwunde unter der Schulter«, antwortete Nicky.

Georgina bewegte vorsichtig den linken Arm. Die ganze Seite fühlte sich taub an, schien aber sonst okay zu sein.

»Edward hat sich gemeldet und Besserungswünsche geschickt«, fuhr Nicky fort. »Du sollst dich gut erholen.«

Georgina mühte sich in eine sitzende Position. »Dazu ist keine Zeit. Helft mir hier raus!«

»Du bleibst liegen!«, kommandierte Camille.

Georgina schwang die Beine über die Bettkante. »Ruf lieber die Schwester! Sie soll diese verdammten Schläuche entfernen! Wo sind meine Klamotten?«

Im Türrahmen erschien eine untersetzte Frau. Über einem lilafarbenen T-Shirt trug sie ein Hemd mit schwarzen und blauen Karos. Pistole, Handschellen und eine Dienstmarke, die sie als einen Detective der Polizei auswies, hingen an ihrem Gürtel. Sie stemmte die Hände in die Hüften. »Und wo glauben Sie, dass Sie hinwollen?«

Ihr Tonfall und das Gesicht erinnerten Georgina an einen Bullterrier. »Sie verstehen nicht, Officer ...«

»Bryce. Detective Bryce. Ich bin mit der Ermittlung Ihres Falls beauftragt.«

»Schön! Aber hören Sie zu, ich muss ...«

»Sie müssen überhaupt nichts!« Detective Bryce trat näher und musterte Georgina mit stechendem Blick. »Haben Sie eine Idee, wer auf Sie geschossen hat und warum?«

Georgina schüttelte den Kopf. Sie hatte den Mann noch nie zuvor gesehen.

Detective Bryce hielt ihr eine Zeichnung hin. »Erkennen Sie den?«

»Der war es!«, bestätigte Georgina. »Er ist in Ihren Datenbanken?«

Bryce schüttelte den Kopf. »Das ist ein Phantombild aus den Beschreibungen Ihrer beiden Mitarbeiterinnen. Die Fahndung läuft.«

Georgina überkam eisige Kälte. Er war entkommen. Er hatte sie trotz ihrer Verkleidung erkannt und wollte sie töten. Das war kein Zufall. Sie bekam das Gefühl, dass er irgendwo lauerte, dass er wieder versuchen würde, auf sie zu schießen.

Bryce sah sie durchdringend an. »Haben Sie mir noch etwas zu sagen?«

»Ich glaube, er war auf mich angesetzt.«

Detective Bryce beugte sich vor. »Von wem?«

»Staatssekretär Hayes ... Jayden Turkov«, mutmaßte Georgina.

Bryce legte ihren Kopf schief. »Vielleicht sollte ich mit der Befragung warten, bis Sie sich etwas ausgeruht haben.« Sie wandte sich ab und ging zur Tür, drehte sich aber noch einmal um. »Vor dem Zimmer hält ein Beamter Wache – damit Sie nicht verschwinden, Frau Doktor Finley. Gegen Sie liegt ein Haftbefehl vor.«

27

Washington, D.C.

Schon am nächsten Morgen brachten zwei Beamte Georgina vom Krankenhaus zum Polizeirevier. Das Pochen in ihrer Seite nahm zu. Es schmerzte, wenn sie ihren Arm bewegte. Sie stützte ihn auf den Tisch im Verhörraum und versuchte, eine halbwegs erträgliche Position zu finden. Grelles Licht von einem Scheinwerfer an der Decke zeichnete die Tischplatte überdeutlich gegen die grauen Wände des Raumes ab. Georgina war klar, dass es bei dem Verhör nicht um den Mordanschlag auf sie gehen würde. Sie war wegen des Hackens des NOAA-Computers hierhergebracht worden. Das wollte sie auch gar nicht leugnen. Viel wichtiger war es, die Beamten von der kommenden Gefahr zu überzeugen.

Die Tür ging auf. Detective Bryce trat ein. Sie trug ein offenes Hemd mit weinroten Karos über einem roten T-Shirt mit Ei- und Ketchupflecken. Offensichtlich vom Frühstück. Keiner ihrer Kollegen hatte es anscheinend für nötig gehalten, sie darauf hinzuweisen. Hinter ihr betrat ein Mann den Raum. Ein schmächtiger Typ, der Scheitel wie mit dem Lineal gezogen, dazu gebügelte Hose und gestärktes Hemd. Ein Prinzipienreiter wie ihr Vater. Seine Körperhaltung wirkte wie eine gespannte Feder, seine Augen blickten hart und berechnend.

»Agent Johnsen vom FBI«, stellte Bryce ihn vor.

Georgina zog es den Magen zusammen. Er gefiel ihr nicht. Sie wandte sich an Detective Bryce. »Bitte verständigen Sie Ihre Vorgesetzten. Die Erdbeben werden bald auch die USA erreichen. Nach meinem Modell wird es als erstes Kalifornien treffen.« Sie dachte an die Menschen, an Elias, an Isa. Sie mussten gewarnt werden. »Kann ich bitte telefonieren?«

Johnsen schob sich vor Detective Bryce und ließ sich Georgina gegenüber am Tisch nieder. »Ihnen wird die Gefährdung der nationalen Sicherheit vorgeworfen.«

Georginas Sinne meldeten Gefahr. Er war übergriffig. Sie drückte sich gegen die Stuhllehne.

Bryce setzte sich demonstrativ neben ihn, ihr Gesichtsausdruck war versteinert. »Agent Johnsen, darf ich Sie daran erinnern, dass ich das Verhör leite, solange Frau Doktor Finley wegen des Mordanschlags im Schutz unserer Dienststelle steht!«

Er ignorierte Detective Bryce, beugte sich vor und sah Georgina fest in die Augen. »Sie haben Kontakt zu Busterrnet?«

Bevor Georgina antworten konnte, landete Detective Bryces flache Hand mit lautem Knall auf der Tischplatte. So eine Reaktion hätte Georgina der Frau nicht zugetraut.

»Ich vermisse die Kooperation mit Ihnen und dem FBI!«, sagte Bryce mit eisiger Stimme. »Ich hatte schon gestern die Freigabe von Akten beantragt! Warum dauert das diesmal so lange?«

Georgina horchte auf. Da gab es nicht nur Spannungen, das FBI hielt offensichtlich Information zurück. Georgina suchte nach einem Fünkchen Unsicherheit in dem Mann. Sie fand keine.

»Ich bin sicher, die werden Ihnen zu gegebener Zeit zugestellt«, antwortete Johnsen beiläufig.

Er log. Dabei blieb sein Gesicht kalt, unbewegt. Georgina war in diesem Augenblick froh, in einer Polizeistation und nicht in einem Verhörraum des FBI zu sitzen.

Agent Johnsen richtete sich auf wie eine Kobra. »Wir ermitteln schon seit Jahren gegen Busterrnet. Ich kann Ihnen Strafminderung anbieten, wenn Sie mir die Adresse und die Namen der Mitglieder nennen.«

Georgina schüttelte den Kopf. Rover versuchte, die Menschen über die Katastrophe zu informieren, damit sie aktiv werden und sich retten konnten. Von ihr würde der Agent nichts erfahren.

Johnsen verzog keine Miene. »Wir können auch anders ...«

»Sie ist in meinem Gewahrsam«, betonte Detective Bryce mit eisiger Stimme.

Agent Johnsen erhob sich ruckartig. »Vorläufig«, erwiderte er und verließ den Verhörraum.

Bryce sah ihm missmutig hinterher. Dann fixierte sie Georgina. »Mit wem haben Sie sich da angelegt?« In der Frage schwang Ärger mit, aber auch eine gewisse Sympathie.

Georgina erkannte ihre Chance. »Hören Sie zu. Es steht eine weltweite Katastrophe bevor.«

»Ich habe davon im Fernsehen gehört. Sie glauben das Zeug wirklich?«

»Ich weiß es!«

Bryce sah auf ihre Armbanduhr, ein Modell, wie man es in jedem Einkaufscenter für wenige Dollar erwerben konnte. »In spätestens einer halben Stunde flattert mir der Verlegungsbefehl auf den Tisch.«

Georgina sah die Beamtin verständnislos an.

»Dann werden Sie zum FBI transferiert und stehen unter deren Gewahrsam«, erklärte sie.

Georgina zitterte bei dem Gedanken an das kommende Verhör – und an die Verhörmethoden. Jeder wusste, was sie taten – auch wenn es offiziell verboten war.

Bryce verzog ihr Bullterriergesicht. »Ich sehe nur einen Weg«, grollte sie und legte Georgina Handschellen an.

28

Georgetown, Washington, D.C.

Die Mittagssonne brannte erbarmungslos zu Rover O'Dougalls Wohnzimmerfenster herein. Obwohl die Klimaanlage auf vollen Touren lief, klebte Camille die Kleidung auf der Haut. Gestern war es saukalt, heute hatte sie das Gefühl, vor Hitze zu schmelzen. Verdammtes Wetter. Die Polizei hatte Georgina verschleppt. Irgendwohin. Camille fühlte sich schuldig. Sie hätte bei ihr bleiben, im Gang warten sollen. Aber nein, sie hatte sich wie eine Erstklässlerin wegschicken lassen. Camille knirschte mit den Zähnen. Wie sollte sie Georgina finden? Auch Nicky fiel nichts ein. Die saß zusammengesunken auf dem Stuhl neben ihr.

Rover betrat das Wohnzimmer. Camilles Herz schlug schneller. Er war groß, souverän – wie ihr William gewesen war.

Rover lächelte. Dieses Lächeln! Die Form seiner Lippen. Schmal, leicht geschwungen. Seine blauen Augen strahlten.

Nicky sah Camille von der Seite an. Erstaunt, bewundernd. Sie hatte es bemerkt. Camille räusperte sich. »Neuigkeiten?«, fragte sie Rover.

Er nickte. »Ich weiß, wohin sie Georgina gebracht haben.«

Eine Last schien von Camilles Schultern zu fallen. Rover war wie ein Fels in der Brandung! Zuverlässig, einfallsreich. »Und?«

»Inhaftiert. Mit etwas Glück können wir sie morgen besuchen.«

Camille fuhr von ihrem Sitz hoch. »Besuchen?« Sie schüttelte den Kopf. »Eine Katastrophe ist im Anrollen! Wie soll Georgina eingesperrt helfen?« Sie sah Rover fest in die Augen. »Wir müssen sie befreien!«

Rover zog die Schultern hoch. »Mit Ausbrüchen und dergleichen haben wir uns noch nie beschäftigt.«

Camille musterte ihn. Feige sah er nicht aus, auch nicht ausweichend, eher nachdenklich. Er konnte helfen. Bestimmt. Und so, wie er sie ansah, würde er auch helfen. Er brauchte nur einen kleinen Schubs. »Dann wird es höchste Zeit«, zischte sie. »Wir brauchen die Baupläne, Grundrisse, Sicherheitseinrichtungen ...«

Nicky machte ein verdutztes Gesicht. »Bist du auf einmal Spezialistin für Ein- und Ausbrüche geworden?«

»Im Fernsehen machen sie es immer so!«, verteidigte sich Camille.

Nicky verdrehte die Augen.

Rover trat einen Schritt näher. »Wenn wir uns mit der Örtlichkeit vertraut machen, fällt uns vielleicht etwas ein.«

Camille sprang auf. »Das ist ein Wort! Wir fahren hin!«

Rover grinste. »Ich habe andere Möglichkeiten. Folgen Sie mir!«

Camille lächelte. Er *war* clever.

Nicky stieß Camille in die Seite. »Das hast du cool hinbekommen!«

Sie stiegen die Treppe hinunter. Im Computerraum war es noch heißer als im Wohnzimmer. Camille nahm es fast den Atem. Die Rechner surrten, Leute liefen umher.

»Boomer!«, rief Rover mit lauter Stimme.

Ein pickeliger Youngster, dessen blasse Haare wie Sauerkraut unter seiner Baseballkappe heraushingen, eilte herbei.

»Hey!«, grüßte er Rover.

Nicky beäugte Boomer. Camille hatte ihr Flirten schon vermisst. An Rover traute sie sich nicht heran. Zwischen den beiden war ja auch ein himmelweiter Unterschied, charakterlich, im Lebensstil. Nicht, dass das Nicky unter normalen Umständen abgehalten hätte. Vielleicht nahm sie diesmal Rücksicht auf ihre ›alte‹ Kollegin.

Boomer war gerade so groß wie Nicky. Sie streckte die Brust vor und lächelte zuckersüß, aber der Bengel schien sie noch nicht einmal zu bemerken. Sie blickte ihn beleidigt an.

Camille schüttelte überrascht den Kopf. Dass es Nicky nicht gelang, die Aufmerksamkeit eines Mannes auf sich zu ziehen, geschah wohl sehr selten. Rover hatte Nickys Annäherungsversuch auch beobachtet. Er grinste, dann wandte er sich an Boomer. »Ich brauche einen freien Arbeitsplatz.«

Der Junge nickte. »Nummer dreiundachtzig kann ich in ein paar Minuten freimachen. Sonst noch was?«

»Wer von den Leuten kann sich am besten in eine Sicherheitsanlage hacken?«

Boomer schob seine Kappe in den Nacken. »Na ich, Mann!«

Camille nickte bewundernd. Irgendwie war er wie Nicky.

Rover schlug ihm auf die Schulter. »Dann habe ich eine Aufgabe für dich!«

Den ganzen Nachmittag trugen sie Daten über Gebäude, Personal und Sicherheitseinrichtungen zusammen, bis sie einen Schwachpunkt fanden. Als die Digitaluhr an der Stirnwand auf zweiundzwanzig Uhr sprang, hatten sie einen Plan. Rover, Boomer, Camille und Nicky reichten sich die Hände. »Noch heute Nacht holen wir Georgina raus!«

Plötzlich setzte ein Warnton ein.

Camille zuckte zusammen. Nicky blickte mit aufgerissenen Augen um sich. »Was ist los?«

Boomer tippte eilig auf seiner Tastatur herum. Auf dem Bildschirm erschien ein Ausschnitt des Schankraums. Dort drängten eine Schar Polizisten die Menschen zusammen.

Rover wurde blass. »Das sieht nicht wie eine Razzia aus! Ich befürchte, unsere Tarnung ist aufgeflogen!«

Jemand schlug gegen die Tür.

Camilles Puls raste. »Gibt's hier einen Notausgang?«

Rover sprang auf. »Datenvernichtung starten!«

Boomer machte die Eingabe. »Bestätigen«, sagte er. Seine Stimme zitterte. Rover legte die Hand auf den Scanner. Ein grünes Licht leuchtete auf. »Und jetzt raus!« Rover lief zur Rückwand. Durch Handdruck öffnete er eine Abdeckplatte. Dahinter führte ein schulterbreites Rohr in die Tiefe. »Rein!«, rief er seinen Mitarbeitern zu. Wie Wiesel verschwanden sie in dem Loch. Nicky und Camille krochen hinterher. Rover folgte als Letzter. Er verschloss die Klappe hinter sich. »Beeilt euch!«

Camille robbte in die Dunkelheit. Vor sich hörte sie Scharren. Nicky und die anderen. Das musste bis in den Computerraum zu hören sein. Camille setzte Hände und Füße behutsam auf. Fast geräuschlos. Plötzlich dröhnte eine Explosion durch den Tunnel. »Schneller!«, zischte Rover. Camille konnte nichts sehen. Sie tastete sich hektisch vorwärts. Ihre Knie und Ellenbogen schmerzten. Sie biss die Zähne zusammen. Ein metallischer Schlag hallte durch die Röhre. Am hinteren Ende erschienen die Lichtkegel von Stablampen. Stimmen drangen herein, dann ein scharfer Befehl. Camille duckte sich instinktiv, dann blitzte Mündungsfeuer auf, Geschosse pfiffen, Rover schrie auf.

Camille unterdrückte einen Schrei. »Rover!«, wisperte sie. Tränen traten ihr in die Augen.

»Haut ab«, stöhnte er.

Camille biss die Zähne zusammen. Sie machte sich flach wie eine Flunder und drehte sich herum. »Nimm meine Hand!«

»Verschwindet, bevor es zu spät ist!«

»Ohne dich gehe ich nicht!« Camille erwischte ihn am Arm und zog.

Er stöhnte auf. »Für mich kannst du nichts mehr tun. Bringt euch in Sicherheit.«

»Halt durch!«, fuhr sie ihn an und zerrte ihn rückwärtskriechend weiter, bis ihre Beine ins Leere fielen. Hände packten sie und stellten sie auf die Füße.

»Bist du okay?«, fragte Nicky leise.

»Ja. Aber Rover.«

Sie zog ihn aus der Röhre und ließ ihn auf den Boden sinken.

»Der ist tot«, wisperte Nicky.

Camilles Herz setzte einen Schlag aus. Sie suchte Rovers Halsschlagader. Kein Puls. Sie stöhnte. »Wir müssen ihn nach draußen bringen. »Boomer! Boomer!«, rief sie in die Dunkelheit.

»Die sind alle weg!«, raunte Nicky. »Geflüchtet wie Karnickel. Wie sollen wir jetzt rausfinden?«

»Ich werde ihn nicht hier liegen lassen.«

Im Rohr wurde ein Scharren laut.

»Scheiße! Sie kommen.« Nicky packte Camille am Arm und versuchte sie wegzuziehen. »Nimm Vernunft an! Wir müssen fort.«

»Du hast ja recht, Kid.« Camille wischte die Tränen aus ihren Augen. Sie nahm Nicky an der Hand und tastete sich an der Wand entlang. Sie stieß auf Rohre, Leitungen, Metallkästen. Das diffuse Licht, das aus dem Rohr mit den nahenden Männern fiel, wurde heller. An der gegenüberliegenden Wand zeichnete sich die Verkleidung zu einem Luftschacht ab. Camille rannte hin und zog das Gitter ab. »Da rein«, flüsterte sie.

Als Nicky darin verschwunden war, zwängte sie sich rückwärts kriechend in den Schacht und zog die Verblendung vor die Öffnung.

29

St. Elizabeth's Hospital, Washington, D.C.

Georgina war sich nicht im Klaren, was Detective Bryces Beweggründe gewesen waren. Wollte sie helfen? Hatte sie eine persönliche Rechnung mit dem FBI offen? Aber Spekulationen brachten sie nicht weiter. Sie saß fest – in einer geschlossenen Anstalt, eine viertel Stunde Fahrt von der Polizeistation entfernt. St. Elizabeth's Hospital, früher auch als das ›Staatliche Krankenhaus für Verrückte‹ bekannt. Mit hohen Fenstern und Turm sah es wie der Landsitz eines englischen Lords aus.

Im Aufenthaltsraum schlich ein dicker Mann ziellos umher und blickte dabei ununterbrochen auf seine Filzpantoffeln. Eine blasse Frau saß auf dem Sofa am Fenster und starrte mit leerem Blick hinaus. Vor dem Fernseher am fernen Ende des Raumes saßen ein paar Patienten. ›Elvis‹ stand neben dem Fernsehgerät und spielte Gitarre, jedenfalls tat er so. Der nervigste der Insassen war Habakuk. Eigentlich hieß er Ben Smith, aber er hielt sich für den biblischen Propheten und verkündete unentwegt das Ende der Welt. Fast hätte Georgina über die Ironie gelacht.

Ein Pfleger im grünen Kittel tippte ihr auf die Schulter. »Kommen Sie mit.«

Sie verdrehte die Augen. Wieder eine Untersuchung ihres Geisteszustands, vermutete sie. Sie folgte dem kräftigen Mann durch weißgestrichene, schmucklose Korridore. Ein scharfer Geruch lag in der Luft, eine Mischung aus Arznei und Desinfektionsmittel.

Die Tür knarrte beim Öffnen.

Das Männchen hinter dem wuchtigen Schreibtisch sah auf. Doktor Hiepel. Er war schmächtig, hatte einen schütteren blonden Haarkranz und ein spitzes Gesicht. Georgina mochte ihn nicht. Auf der blankpolierten Tischplatte stand lediglich eine Lampe, daneben lagen Schreibblock und Bleistift.

»Mrs. Finley.«

Sie setzte sich auf den ihr zugewiesenen Stuhl. Die lederbezogene Sitzfläche war speckig und kalt.

Doktor Hiepel sah Georgina mit prüfendem Blick an. Zumindest mit einem Auge. Georgina nannte es sein Primärauge. Das andere hatte ein Eigenleben und war irgendwohin in den Raum gerichtet. Manchmal schien es auch selbständig in der Augenhöhle umherzurollen. Georgina zog es die Nackenhaut zusammen.

»Erzählen Sie mir doch bitte etwas mehr von Ihren *Ergebnissen.*«

Die Pause vor dem letzten Wort verriet ihn. Er hielt ihre Theorie für eine Wahnvorstellung. Georgina erklärte ihr Modell noch einmal.

Er beugte sich vor und kniff die Augen zusammen. Auf der Suche nach einer Diagnose ihres Geisteszustandes schienen ihm Inhalt und Sinn ihrer Erläuterung zu entgehen. Sie gab auf. »Können Sie mich an einen anderen Arzt verweisen?«

Er lächelte. »Bei mir sind Sie genau richtig.«

Georgina wurde es heiß. Was musste sie tun, um ein Gespräch mit seinem Vorgesetzten zu bekommen? Als Patientin schien sie keine Rechte zu haben. Wer aufbegehrte, wurde unter Drogen gesetzt. Was konnte sie tun? Sie fokussierte ihre Gedanken. »Haben Sie meinen Bruder verständigt?«

Hiepel nickte. »Die Reaktion ihres Bruders auf meinen gestrigen Anruf hat meine Diagnose bestätigt.«

Sie presste die Lippen zusammen. Was hätte sie von Elias auch anderes erwarten können? »Haben Sie ihm meine Warnung übermittelt?«

Der Arzt zog die Brauen hoch. »Sie scheinen aufgewühlt zu sein. Wünschen Sie vielleicht ein Mittel zur Beruhigung?«

Sie entspannte Schultern, Finger, Beine. Der Kerl suchte einen Anlass, sie zu sedieren. Danach würde sie als Zombie herumlaufen, genau wie die anderen. »Nein, danke. Ich bin okay.«

Er musterte sie durchdringend. »Ich denke, sie sind tatsächlich guter Verfassung. Ich werde Ihnen gestatten, ihre Besucher zu empfangen.«

Besucher? Georgina unterdrückte den Ausdruck der Freude auf ihrem Gesicht. Edward hatte sie ausfindig gemacht – oder Rover. Die würden sie hier irgendwie herausbekommen! »Ich freue mich, meine Freunde sehen zu können«, antwortete sie ruhig.

Hiepel nickte und rief nach dem Pfleger.

An einer kleinen Sitzgruppe im Besuchszimmer saß nicht wie erhofft einer der Männer, sondern Camille und Nicky. Ein Gefühl der Leichtigkeit flutete Georginas Körper. Sie wurde sich bewusst, wie allein sie sich gefühlt hatte. Sie eilte zu den beiden und umarmte sie. Der Pfleger baute sich mit verschränkten Armen an der Tür auf.

Georgina setzte sich. Camille und Nicky zogen ihre Stühle so nah heran, dass sich ihre Knie berührten.

Camille blickte zum Pfleger. »Verschwindet der irgendwann?«, flüsterte sie.

Georgina schüttelte kaum merklich den Kopf.

Camille verzog das Gesicht.

Das machte Georgina neugierig. Was hatte Camille zu sagen, das nicht an fremde Ohren gelangen sollte? Sie suchte nach einem neutralen Thema. »Wie geht es unseren Freunden?«

Camille verengte die Augen. »Die Polizei hat das Hauptquartier letzte Nacht ausgehoben. Rover ist tot, die anderen sitzen hinter Gittern.«

Georgina starrte Camille entsetzt an. »Scheiße!«, entfuhr es ihr.

Der Pfleger taxierte sie.

Sie zwang sich in eine entspannte Sitzhaltung und wartete, bis er wieder wegsah. »Wie habt ausgerechnet ihr es geschafft, zu entkommen? Ihr kennt euch dort doch am wenigsten aus.«

»Das war unser Glück. Die Polizei kannte alle Ausgänge. Statt mit den anderen zu fliehen, haben wir in einem Versteck gewartet, bis alles vorüber war.«

Georgina nickte anerkennend. »Ihr seid ganz schön clever!«

Camilles Gesicht wurde ernst. »Rovers letzte Tat war es, dich zu finden. Die Polizei gibt keine Informationen über dich heraus, aber Rover hat eine Kontaktperson in der Anstalt. Über sie haben wir auch die Besuchserlaubnis bekommen.«

Georgina hätte gerne gewusst, wer es war, fragte aber nicht nach dem Namen.

Camille beugte sich vor. »Und wir haben einen Plan ausgearbeitet.« Flüsternd berichtete sie, wo die Schwachstelle des Gebäudes war. Sie beschrieb den Weg, auf dem Georgina ausbrechen konnte.

Georgina hörte aufmerksam zu und prägte sich jedes Detail ein.

»Vorsicht«, raunte Nicky.

Der Pfleger hatte seinen Posten an der Tür verlassen und schlich heran.

Georgina lächelte ihn an. »Dürfen sich drei Frauen nicht einmal ungestört unterhalten?«

»Um was geht es dabei?«, wollte er wissen.

Sie setzte ein unschuldiges Gesicht auf. »Den Untergang der Welt.«

Er zeigte keine Gefühlsregung, zog sich aber wieder an die Tür zurück.

»Bist du verrückt!«, japste Nicky.

Georgina musste lachen. Verrückt. In der Tat.

»Wenn er Verdacht schöpft, bekommst du Drogen, bis du nicht mehr weißt, wer du bist«, warnte Camille.

»Ich hab' das im Griff«, flüsterte Georgina. »Könnt ihr ein Auto besorgen?«

Camille nickte.

Plötzlich zitterte der Boden. Camille wurde blass und Nicky sah sich mit aufgerissenen Augen um. »Uns bleibt weniger Zeit als berechnet!«

»Möglich. Wir hatten ja auch keine Gelegenheit, das Modell noch einmal zu überprüfen.« Georgina straffte den Rücken und wandte sich an den Pfleger. »Bitte verständigen Sie die Behörden: Die Beben haben Nordamerika erreicht – Kalifornien muss evakuiert werden – schnell!«

Er lächelte sie an. In seinem Gesicht lag der geduldige Gleichmut einer Mutter, die die Fantasiegespinste ihres Kindes zum hundertsten Mal anhören musste.

Georgina trat an ihn heran. »Tun Sie bitte, worum ich gebeten habe! Sie haben doch auch das Zittern der Erde gespürt.«

»Das ist kein Grund, sich aufzuregen. Setzen Sie sich wieder zu Ihren Freundinnen.« In seiner sanft gehaltenen Stimme lag ein drohender Unterton.

Georgina sah ihn scharf an. »Sie haben ja keine Ahnung, was da draußen vorgeht. Ich werde es Ihnen erklären.«

Der Pfleger schaute sie eindringlich an, als wollte er sie hypnotisieren. Dabei schob er langsam eine Hand in seine Kitteltasche.

Camille hob ihren Regenschirm und machte ein grimmiges Gesicht. »Greifen Sie etwa nach der Sedierungsspritze? Die lassen Sie besser stecken, junger Mann!«

Der Pfleger weitete die Augen. Dann drückte er einen Knopf an seinem Hand-Kommunikator. Die Tür sprang auf und drei weitere Betreuer stürmten herein.

»Spinnt wieder jemand?« Ein Kerl, gebaut wie ein Metzger, stieß Georgina zurück und schob sich vor den Pfleger.

»Ende der Besuchszeit!« Er gab den beiden anderen einen Wink. Sie drängten Camille und Nicky zum Ausgang. Der Metzger packte Georgina und hielt sie fest, während der Pfleger eine Spritze aus dem Blister drückte.

Georgina schoss Adrenalin in die Adern. Sie stieß dem Metzger ihren Absatz auf die Zehenspitze, riss sich los und preschte zur Tür hinaus. Camille hatte ihr die Schwachstelle des Gebäudes verraten. Das war ihre Chance. Sie rannte den Korridor entlang. Aus allen Seitengängen stürmten Helfer. Sie flüchtete in den Aufenthaltsraum. Fenster vergittert. Zur anderen Tür. Auch dort erschienen Betreuer in grünen Kitteln. Sie schlug einen Haken, wurde gepackt und zu Boden gerissen. Während sie aus Leibeskräften um sich schlug und trat, nahm der Pfleger die Injektionsspritze. Er zog die Schutzhülle von der Kanüle. Langsam bohrte er die Nadel durch den Stoff ihres T-Shirts in ihren Oberarm.

»Halt!«, rief eine kräftige Männerstimme.

Georgina nutzte die Verwirrung, packte die Spritze, zog sie sich aus dem Muskel und schleuderte sie von sich. Noch ganz benommen vom Kampf richtete sie sich auf.

Der Leiter der Anstalt stand im Türrahmen. »Bringt sie und ihre Besucherinnen sofort in mein Büro!«, herrschte er die Pfleger an.

30

San Francisco, Kalifornien

Mollys Wohnung war nicht groß. Kleider hingen über Stuhllehnen und quollen aus dem Einbauschrank. Während sie vor dem Schminkspiegel ihre nachtschwarze Mähne mit der Bürste bändigte, trat Jim von hinten an sie heran und legte seine Hände unter ihre schweren Brüste. Sofort schwoll seine Leidenschaft. »Für ein Mal haben wir noch Zeit«, lockte er. Er besuchte Molly, wann immer er mit seinem Flugzeug einen Aufenthalt in San Francisco hatte. Sie war etwas jünger als er und Single aus Überzeugung. Ein perfekter Partner, um sich die Zeit zu vertreiben.

Der Erdstoß war so schwach, dass er ihn nicht beachtete.

Molly legte dunkelroten Lippenstift auf. »Und deine Fluggäste sollen warten?«

Jim rieb sich an ihrem Rücken. »Welche Wahl bleibt ihnen?«

Sie betrachtete mit kritischer Miene ihr Gesicht. »Sie können jederzeit mit Nigel Connor fliegen. Der freut sich, wenn er dir Kunden nehmen kann.«

Das wirkte wie eine kalte Dusche. Jim fuhr in seine Jeans. Nigel! Groß, kantig, mit gebügelter Uniform. »Der verdammte Angeber!«

Das nächste Beben währte fast zwei Sekunden.

Molly zog die Augenbrauen nach. »Er weiß sich zu verkaufen.«

»Verkaufen! Verkaufen!«, brauste Jim auf. »Ich will davon nichts mehr hören! Fliegen will ich, auf den Winden will ich reiten!«

»Und wenn's keiner bezahlt, sitzt du wie eine flügellahme Ente am Boden fest.«

Während Jim in seine ausgetretenen Cowboystiefel schlüpfte, streifte Molly ein knappes Kleid über.

Jim verzog das Gesicht. Wörter wie ›aufnutten‹ kamen ihm in den Sinn, aber er war klug genug, sie nicht auszusprechen.

Molly las an seinem Gesichtsausdruck, was er dachte. »Je mehr Fleisch sie sehen, desto höher sind die Trinkgelder«, grinste sie.

Der dritte Erdstoß riss die Zimmertür auf.

Jim gab ihr einen Tritt, dass sie wieder ins Schloss fiel.

»Kannst du mir die Schuhe anziehen?«, flötete Molly.

Jim ließ sich vor ihr nieder und schob ihr die Pumps auf die Füße. Zum Dank schenkte sie ihm ein warmes Lächeln.

Mit einem Knall brach ein meterlanger Riss in der Decke auf. »Scheiße«, entfuhr es Jim. Molly verschwand unter dem Schminktisch und schaute panisch umher. Jim stopfte mit Affengeschwindigkeit seine Sachen in die Reisetasche. »Pack dein Zeug, wir hauen ab.«

»Aber es heißt, drinnen bleiben, wenn es bebt.«

»Ist mir scheißegal!« Jim nahm sie am Handgelenk und zog sie zur Tür. »Ich habe keine Lust, mich zerquetschen zu lassen.«

»Vielleicht ist es ja schon vorbei!«

»Spürst du nicht das Zittern im Boden? Ich sage dir, es geht erst richtig los!«

»Draußen kann noch mehr runterkommen.«

»Ich weiß! Wir müssen raus aus der Stadt!«

Ein neuer Stoß erschütterte das Haus.

Molly strauchelte und Jim stellte sie wieder auf die Füße. »Hast du die Autoschlüssel?«

Draußen kreischten die Sirenen der Einsatzfahrzeuge.

Mit zitternden Fingern zog sie den Schlüsselbund aus ihrer Handtasche.

»Dann los!«, rief Jim.

Molly zögerte nicht länger. Sie riss die Wohnungstür auf. Auf dem sonst spiegelnden Kunststoffboden im Korridor lagen Teile der Deckenpaneele, Staub rieselte aus breiten Rissen. Im Haus krachte und dröhnte es.

Jim eilte im Laufschritt hinter Molly her. Am Aufzug drückte sie die Ruftaste.

Jim packte ihre Hand. »Lieber nicht! Wo ist das Treppenhaus?«

»Willst du etwa neun Stockwerke runterlaufen?«

»Ist sicherer«, antwortete er.

Unter Jims Füßen lief ein weiteres Zittern durch den Boden, das Licht erlosch. »Komm schon!«, drängte er. Im diffusen Schein der Notlampen lief er zur Treppenhaustür.

Das Haus bebte in den Grundfesten, als sie die Stufen hinuntereilten. Mit einer Hand am Eisengeländer hielt er sein Gleichgewicht, mit der anderen zerrte er Molly hinter sich her. Seine Reisetasche schlug ihm mit jedem Schritt in den Rücken, Staub brannte in seiner Lunge und ein stechender Geruch lag in der Luft.

»Wo ist dein Auto?«

»Parklevel zwei«, stieß sie zwischen Hustenanfällen hervor.

Die beiden passierten eine graue Eisentür nach der anderen, auf der schwarze Zahlen in weißem Feld die Stockwerke angaben.

Von oben kam das Kreischen sich verformenden Metalls.

»Schneller!«

Mollys Absätze hämmerten auf den Stufen.

Die Ausgangstür zu Parklevel zwei klemmte. Jim warf sich mit seinem ganzen Gewicht dagegen.

»Eins tiefer«, schrie Molly.

Die Tür ging auf.

Risse im Asphalt, Risse in der Decke. Jim sprintete quer über die weißen Markierungen der Parkplätze. Gut, dass die meisten Hausbewohner arbeiten mussten, sonst wäre hier kein Durchkommen.

Die Rampe zum nächsthöheren Parklevel schien wie ein Schiffsdeck zu schwanken. »Lass mich fahren«, rief Jim.

Mollys Hände zitterten so sehr, dass sie den Schlüsselbund fast fallen ließ.

Kaum sah Jim ihren roten Kleinwagen, betätigte er den Funkschlüssel. Mit einem Piepen und zwei Blinkersignalen öffneten sich die Schlösser. Jim quetschte sich hinters Lenkrad. Sitz zurückfahren und starten waren eins. Kaum hatte Molly die Beifahrertür geschlossen, raste er zur Ausfahrt. Die Schranken bewegten sich nicht. »Halt dich fest!«

»Nein!«, schrie Molly.

Schon krachte es. Der rot-weiß lackierte Balken schrappte über die Windschutzscheibe und riss die Antenne fort.

»Mein Auto!«, jammerte sie.

Draußen schlug etwas im Autodach ein und drückte es Jim auf den Kopf. Die Hochhäuser wankten. Überall liefen schreiende Menschen. Die Straße voller Autos. »Wohin? Wohin?«

»Seitengasse«, rief Molly.

Jim fuhr hupend über den Bürgersteig und fädelte sich in die Gasse.

»So kommen wir nicht aus der Stadt!«

»Flughafen«, brüllte Jim. »Das ist nicht so weit.«

Über Nebenstraßen raste er seinem Ziel zu. Links und rechts stürzten Häuser ein, Brücken brachen, Autos stürzten wie Spielzeug hinunter. Eine Straßenbahn entgleiste. Jim dachte nicht mehr. Er handelte instinktiv, riss das Lenkrad mal rechtsherum, dann linksherum. Seine Nackenmuskeln zogen sich zusammen. Im Rückspiegel sah er schäumendes Meer auf sich zurasen. Er trat das Gaspedal bis zum Anschlag durch.

Am Flughafen durchfuhr er den Maschendrahtzaun und raste auf das Gelände. An einstürzenden Hallen vorbei jagte er quer über das Rollfeld auf seine DeHavilland zu. Einsteigen, Molly auf den Co-Pilotensitz, starten. Gas. Die Motoren heulten auf. Langsam setzte sich das Flugzeug in Bewegung. »DeHavilland November Drei Victor Charley Neuner Zulu Neuner an Tower.«

Rauschen.

Jim fluchte. Scheiß auf die Freigabe! Er checkte den Himmel auf Flugverkehr, dann lenkte er das Flugzeug auf die Startbahn und drückte die Gashebel bis zum Anschlag. Sprünge liefen über den Asphalt. Die Räder ratterten wie auf einer Wellblechpiste. Jim fuhr die Klappen bis zum Maximum aus. »Komm schon, Baby!«

Vor ihm brach der Belag auf. Ein Spalt öffnete sich und riss die Startbahn in die Tiefe. Das Flugzeug schoss darüber hinweg und sackte ab. Behutsam schob Jim das Steuerhorn vor, bis er den Auftrieb spürte. Langsam zog er seine DeHavilland hoch und blickte aus dem Seitenfenster. San Francisco lag in Schutt und Asche. Er schraubte sich höher und was er sah, ließ ihm den kalten Schweiß ausbrechen: Langsam aber unaufhaltsam rutschte der gesamte Küstenstreifen ins Meer. »Mein Gott«, stöhnte Molly. »Das überlebt keiner.«

Jim setzte Kurs auf Monterey. Unter dem Flugzeug sah er überall das gleiche Bild: Die Küste versank, das Meer strömte immer weiter ins Landesinnere hinein. Jim hielt seinen Kurs und hoffte, das Katastrophengebiet hinter sich zu lassen. Aber als er dann weit und breit nur noch Wasser unter sich sah, wo Land hätte sein müssen, begriff er, dass auch sein Heimatstädtchen nicht mehr existierte.

Molly sah ihn mit schreckensweiten Augen an. »Was sollen wir jetzt machen?«

Jim legte sein Flugzeug in eine Linkskurve. »Nach Osten, so weit der Sprit reicht.«

31

St. Elizabeth's Hospital, Washington, D.C.

Georgina folgte dem Leiter der Anstalt im Laufschritt die Stufen bis ins obere Stockwerk hinauf. Die Betreuer stürmten hinterher und schienen von dem Verhalten des Anstaltsleiters überrascht und verwirrt zu sein. Nicky warf Camille einen fragenden Blick zu. Die zuckte die Achseln. Georgina lief schneller, bis sie den Leiter einholte. »Was ist los?«

»Das werden Sie gleich sehen!« Er sprintete den Korridor entlang und stieß die Tür zu seinem Büro auf. Anstaltsleiter Peter Baker stand auf dem Schild. Er drehte den Monitor auf seinem Schreibtisch herum. Die Luftaufnahmen eines Helikopters zeigten eine Küste, die einem kalbenden Gletscher gleich in den schäumenden Ozean stürzte und dabei eine Stadt mit sich riss.

Georginas Magen krampfte. »Wo?«, presste sie hervor.

»San Francisco.«

Georgina schlug sich die Hand vor den Mund, dann riss sie Nicky das Smartphone aus der Hand und wählte mit zitternden Fingern Elias' Nummer.

»Piep, piep, piep«, drang aus dem Lautsprecher.

Georgina fluchte.

Sie deutete auf das Telefon auf dem Schreibtisch. »Darf ich?« Ohne die Antwort abzuwarten, wählte sie.

Auch hier bekam sie nur das Störungssignal.

Sie knallte den Hörer auf die Gabel. Ihr Herz raste.

»Geht es um Ihren Bruder?«, fragte Baker leise.

Georgina nickte und ließ sich auf einen Stuhl sinken. Sie wünschte, sie hätte noch einmal mit ihm reden und die alten Differenzen beseitigen können. Sie wünschte, seine Stimme noch einmal zu hören – und das fröhliche Krähen von Isa. Sie dachte an Mary und die anderen Kinder. Tränen traten ihr in die Augen. Nie wieder.

Peter Baker fuhr die Lautstärke seines Computers hoch. »... Kalifornien existiert nicht mehr«, berichtete der Reporter mit Grabesstimme. »Von Los Angeles bis zum Nappa Valley ...«

Georgina stöhnte. Wie viel Zeit blieb noch, bis die Katastrophe auch die anderen Kontinente erreichte?

32

Elmacik, Zentraltürkei

Die Sonne neigte sich dem Westen zu. Hakan Günzil lief in der Wohnstube auf und ab. Ein spitzer Schrei aus dem Schlafzimmer ließ ihn zusammenfahren. Er strich mit zitternden Fingern durch sein dichtes schwarzes Haar. Warum hatte Dilara nicht auf ihn hören wollen? Warum musste sie das Kind zuhause zur Welt bringen? Ankara war nur drei Fahrstunden weit entfernt und dort gab es Krankenhäuser mit modernen Entbindungsstationen. Sein Schwager Akgün drückte ihm ein Glas Raki in die Hand. »Kopf hoch. Fahire ist die beste Hebamme weit und breit.«

Hakans älterer Bruder Faruk trat an seine Seite. »Das erste Kind ist am Schlimmsten. Danach wird es besser.«

Für wen? Hakan zuckte die Achseln. Er kippte den scharfen Inhalt des Glases hinunter und sah wieder auf die Uhr. War sie stehengeblieben? Der Zeiger schien sich nicht zu bewegen. Schweres Atmen drang aus dem Schlafzimmer, dazwischen Fahires aufmunternde Stimme. »Pressen, pressen! Atmen.«

Ihr rundes Gesicht drängte sich in Hakans Gedanken. Ihre vollen Backen, dunkelbraunen kleinen Augen – das war der Anblick, den sein Sohn zuerst zu sehen bekäme. Oder würde es ein Mädchen werden? Eine Tochter wäre genauso gut. Und doch ...

Die Männer in der Runde sahen Hakan erwartungsvoll an. Er ließ sich noch einen Raki einschenken. Hauptsache, das Baby war gesund.

Plötzlich verdunkelte sich der Himmel. Faruk ging zum Fenster. Über dem kegelförmigen Berg Hasan Dağı hing eine schwarze Wolke und bedeckte die Sonne. »Schaut!«, rief er seinen Freunden zu.

»Böses Omen«, unkte Akgün.

»Unsinn!«, widersprach Hakan, doch spürte er einen unangenehmen Zug im Magen. Das ist vom Schnaps und von der Aufregung, beruhigte er sich selbst.

»Der Rauch kommt aus dem Berg«, rief Faruk erschrocken. »Der Hasan Dağı ist erwacht!«

Da tönte Kindergeschrei aus dem Schlafzimmer. Akgün vergaß den Vulkan, vergaß die schwarze Wolke, vergaß seine Freunde und stürmte zur Schlafzimmertür. Fahire trat mit einem Baby im Arm heraus. Das Gesichtchen noch rot und schrumpelig, feine schwarze Haare auf dem Köpfchen. Die Hebamme öffnete das Tuch.

»Ein Junge!«, jubelte Hakan. »Seht, es ist ein Junge!«

Da erschütterte eine ohrenbetäubende Explosion das Haus. Der Kleine brüllte los und strampelte so wild und schlug mit den Ärmchen um sich, dass Fahire Mühe hatte, ihn wieder in die Tücher zu wickeln.

»Verdammte Scheiße!«, rief Faruk vom Fenster her. »Da rast eine schwarze Wolke auf uns zu!«

Sekunden später fegte der pyroklastische Strom über die Ortschaft hinweg. Er verbrannte alles Leben und ließ nur tote Asche zurück.

33

Manhattan, New York

Jayden Turkov war kein Idiot. Er hatte einen untrüglichen Instinkt und ahnte, wenn sich Dinge veränderten. Daraus zog er seinen Vorteil.

Die Konferenzschaltung mit seinem wissenschaftlichen Team stand.

Turkov ergriff das Wort. »Meine Damen und Herren. Wie es scheint, ändert sich die Kontinentaldrift. Ich erwarte von Ihnen Vorschläge.«

»Sir, davon weiß ich nichts. Wir haben uns immer an die von Ihnen gewünschten Vorgaben gehalten und exzellente Ergebnisse erarbeitet«, sagte Professor Weily aus Hawaii. Er stotterte vor Nervosität und sah aus, als ob er sich gleich die Hosen nässte.

»Sie sind ein Schwachkopf! Sind Sie nicht in der Lage, Geschäft und Umstände zu unterscheiden?«

Professor Janet Risslinger sah wütend aus, aber als Turkov sie ansah, setzte sie ein höhnisches Lächeln auf. »Es sind Sie selbst, Turkov, der sich den Fakten verweigert hat.«

»Dann klären Sie mich auf! Ich will wissen, was passieren wird, wo es passieren wird und wann.«

»Dazu ist monatelange Arbeit nötig, Sir. Sie müssen wissen, dass die Geräte, die wir zum Messen des Methangehalts von Kuhfürzen in Abhängigkeit vom Futtermittel benutzen, ganz andere sind, als die, die zur Auswertung und Extrapolation der Kontinentaldrift nötig sind. Die haben wir nicht.«

»Ich würde mich gerne darum bemühen«, warf Dorothea Saller ein.

»Ihr Dekolleté bringt mich keinen Schritt weiter, Mrs. Saller, und für die Aufgabe scheinen Sie weder das Hirn noch die Ressourcen zu besitzen!«

»Meine Ergebnisse waren immer mehr als befriedigend«, flötete sie zuckersüß lächelnd.

Turkov ignorierte sie. Wie sollte eine hohle Nuss wie sie die Bewegung von tektonischen Platten berechnen und sichere Orte identifizieren?

»Ich erwarte bis morgen Vorschläge«, brüllte er und unterbrach die Verbindung.

Genervt lief er in seinem Büro auf und ab. So ungern er sich es eingestand, es gab nur eine qualifizierte Wissenschaftlerin, die ihm weiterhelfen konnte. Wenn die Nachrichten stimmten, bedeutete ihr Wissen die Chance zu überleben. Mit einem Ruck blieb er stehen. »Humm! Bringen Sie mir diese Georgina Finley!«, rief er in den Kommunikator. »Sofort!«

»Sir, Humm ist tot«, meldete einer der Bodyguards.

»Richtig«, murmelte Turkov. »Wie heißt der Neue?«

»Malbridge, Sir.«

»Schön! Bringt mir diese Finley! Ich lasse inzwischen ein paar Beziehungen spielen.«

34

St. Elizabeth's Hospital, Washington, D.C.

Georgina starrte entsetzt auf die Fernsehbilder im Aufenthaltsraum. »Es werden weltweit weitere Beben gemeldet: In der Türkei mit einer Stärke von Achtkommafünf auf der Richterskala und vor der Küste Japans mit Neunkommadrei«, las die Moderatorin mit zitternder Stimme.

Es würden nicht die letzten sein. Georginas Herz klopfte wild. Es bahnte sich eine entsetzliche Naturkatastrophe an und sie saß in dieser verdammten Irrenanstalt fest! Sie konnte noch nicht einmal telefonieren. Ryan wusste auch nicht Bescheid. Warum meldete er sich nicht? Er könnte Camille anrufen. Das hatte er doch schon einmal getan. Vielleicht hatte er wieder einen Auftrag, den er geheim hielt. Die Wände schienen näher zu rücken, ein Druck legte sich auf ihre Brust. Nur noch bis heute Nacht, sagte sie sich. Camille und Nicky würden draußen mit einem Fluchtauto warten.

Auf dem Fernsehschirm wechselte das Bild. Georgina hörte ihre eigene Stimme. Sie erkannte die Aufnahmen von dem fragwürdigen Interview bei NBC4. Dann wurde die Moderatorin gezeigt. »Doktor Finley von der Washington Universität in St. Louis hat solch katastrophale Beben angekündigt!«

Georginas Simulationsmodell wurde eingeblendet.

Sie ballte die Hände zu Fäusten. Diese Aufmerksamkeit hätte sie ein paar Wochen früher gebraucht! Viele Menschen hätten rechtzeitig evakuiert werden können. Ihr Kopf fuhr herum, als der Anstaltsleiter Peter Baker in den Aufenthaltsraum platzte. »Sie haben das wirklich alles vorausgesagt?«

Georgina nickte. »Es basiert auf wissenschaftlichen Messungen, aber einige der hohen Herren wollen es nicht wahrhaben. Sie zu überzeugen ist wie ein Kampf gegen Windmühlen.«

Baker sah sie kritisch an.

Vom Nachrichtensender kamen Eingangssignal und Bildzeichen einer nationalen Sicherheitswarnung. Darauf folgte die Moderatorin. »Wir haben gerade eine Tsunamiwarnung für Hawaii und eine zweite für die Ostküste der USA von Maine bis Florida erhalten. Voraussichtliches Eintreffen ist in beiden Fällen in etwa vier Stunden. Verlassen Sie umgehend die Küstenregionen. Suchen Sie höher gelegenes Gelände auf.«

Georgina deutete zum Bildschirm. »Endlich reagieren die Behörden! Aber was da kommt, ist erst der Anfang!«

Peter Baker wurde blass. »Doktor Finley, können wir irgendetwas tun?«

Endlich einer, der ihr glaubte. Georgina trat auf ihn zu. »Wir müssen das Weiße Haus verständigen.«

Peter zog sein Smartphone und machte einige Eingaben. Auf dem Display erschienen etliche Nummern. »Wollen Sie?«

Georgina ergriff sein Smartphone und wählte.

Besetzt.

Alle Leitungen besetzt.

»So wird das nichts! Können wir hinfahren?«, fragte sie.

Peter schüttelte den Kopf. »Ich kann Sie nicht ohne Genehmigung herauslassen.«

»Aber es ist ein Notfall!«

»Es tut mir leid, Doktor Finley. So ist das Gesetz. Aber ich werde einen schriftlichen Antrag einreichen. Solange müssen sie hierbleiben.«

»Das ist doch Irrsinn!«, entfuhr es Georgina.

»Das kann ich leider nicht ändern.« Er fuhr sich nachdenklich durch die schütteren Haare. »Einen Eilantrag, höchstens. Das ist alles, was ich tun kann. Tut mir leid.«

Als er sich abwandte, klingelte sein Smartphone.

Er nahm ab.

Seine Miene nahm einen angespannten Ausdruck an. Dann ging er in Habachtstellung und verbeugte sich vor dem Anrufer. »Jawohl, Sir. Ist hier, Sir. Selbstverständlich, Sir.«

Er legte auf und wandte sich an einen Betreuer. »Hiepel soll Doktor Finleys persönliche Dinge herbringen.«

Endlich! Georgina sah ihn erwartungsvoll an. »Sie lassen mich laufen?«

Er schüttelte den Kopf. »Sie werden abgeholt.«

35

Hilo, Hawaii

Während über Washington, D.C. die Sonne hoch vom Himmel brannte, stieg sie in Hawaii gerade über den östlichen Horizont. Natascha warf sich im Bett umher. Ihr Kopf dröhnte. Sie ignorierte das Klingeln ihres Handys. Letzte Nacht war es spät geworden. Wie hieß der Typ aus der Bar nochmal? Bob? Ben? Bill? Er hatte sie abfüllen wollen, aber zum Glück kannte sie ihre Grenzen. Am Ende hatte sie ihm in die Zunge beißen müssen, bevor er von ihr abließ.

Das Klingeln nervte. Sie hatte ihm doch nicht etwa ihre Nummer gegeben?

Sie quälte sich aus dem Bett und wühlte das Handy aus ihrer Handtasche. Sie sah aufs Display. Lippman? Was wollte der um diese Zeit? Vielleicht legt er wieder auf, dachte sie.

Es klingelte weiter.

Wenn's denn sein musste. Natascha nahm das Gespräch an.

»Ja?«, antwortete sie mit belegter Stimme.

»Na, endlich!«, rief Lippman. »Packen Sie Ihr Zeug und fahren Sie in die Berge! Sofort!«

Natascha gähnte. »Was?« Hatte auch der Professor letzte Nacht zu viel getrunken?

»Tsunamiwarnung!«

Mit einem Schlag war sie hellwach. Nur zu gut erinnerte sie sich an den Dokumentationsfilm im Tsunami-Museum. Danach hatte sie tagelang das Meer und den Strand gemieden.

»Wann?«, stieß sie hervor.

»In drei Stunden.«

»Paffenholz?«

»Ist benachrichtigt.«

»Danke, Professor.«

»Machen Sie, dass Sie Hilo verlassen!«, drängte er noch einmal, dann beendete er das Gespräch.

Natascha starrte noch einen Moment auf ihr Handy. Erlaubte er sich am Ende einen Scherz mit ihr? Sie schüttelte den Kopf. Paffenholz würde so etwas tun, aber nicht der Professor. Trotzdem. Sie war schon zu oft hereingelegt worden, um blindlings loszuspringen. Sie schaltete das Fernsehgerät ein und wählte den Nachrichtenkanal. Sofort kamen Bilder panischer Flucht. Sie wartete, bis Orte genannt wurden. Als sie erkannte, dass die meisten an der Ostküste der Vereinigten Staaten lagen, entspannte sie sich. Auch Europa bereitete sich auf das Eintreffen eines Tsunamis vor. Der Atlantik ist weit weg, dachte sie und wandte sich ab. Sie gähnte. Sollte sie noch einmal ins Bett? Aber jetzt war sie schon wach, da könnte sie auch gleich duschen. Im Fernsehen wurde ein Bericht über die Zerstörung Kaliforniens eingeblendet. Nataschas Gedanken stoppten abrupt. Sie ließ sich fassungslos auf ihren Fernsehsessel sinken und starrte halb benommen auf die entsetzlichen Bilder. Die anschließende Tsunamiwarnung für Hawaii ließ Hitze in ihren Körper schießen. Nur zu gut wusste sie, dass die Landmasse, die in Kalifornien ins Meer gestürzt war, eine Riesenwelle auslösen würde. Mit zitternden Händen fuhr sie ihn ihre Hosen, streifte ein T-Shirt über, griff die Autoschlüssel und rannte zur Wohnungstür.

Packen!, schoss es ihr in den Sinn. Wie viel Zeit hatte sie noch? Zwei Stunden, eine? Keine Panik, sagte sie sich. Das war leicht gesagt. Sie atmete ein paar Mal tief durch. Nur nicht den Kopf verlieren! Aber ihre Gedanken rasten durcheinander. Sie riss ihren Koffer aus dem Schrank und stopfte willkürlich Klamotten hinein. Waschzeug. Sie rannte ins Bad und fegte das Nötigste vom Ablagebrett. Unterlagen. Gott, was von dem Zeug war wichtig? Sie blickte gehetzt zur Uhr und schnappte sich den dicksten Ordner. Computer. Bloß nicht den Laptop vergessen.

Endlich hatte sie alles. Hoffentlich. Sie quetschte sich mit ihrem Gepäck zur Tür hinaus, rannte die Treppe hinunter und über den Parkplatz zum Auto. Überall Menschen. Ihr Blick fiel auf eine korpulente hawaiianische Frau mit bunt geblümter Umhängetasche und einer Schar Kinder im Schlepptau. Sie quetschten sich durch die hupenden Autos auf die andere Straßenseite. Natascha blieb wie vom Schlag getroffen stehen. Überall Stau. Nichts ging.

Ein Druck legte sich auf ihre Brust. Unwillkürlich flog ihr Blick nach Osten. Aber da war keine Wasserwand über den Dächern – noch nicht.

Natascha sah ein, dass sie mit dem Auto nicht wegkam. Sie machte kehrt und rannte zum Apartment zurück. In aller Eile packte sie die wichtigsten Sachen in ihren kleinen Rucksack. Dann schlüpfte sie in den hautengen Lederkombi. Mutter!, fuhr es ihr in den Sinn. Die würde sich Sorgen machen. Natascha zog ihr Handy hervor. »Mom ... du hast schon ... Ja. Ja. Ich verschwinde in die Berge ... Ja, da ist es sicher ... Ich liebe dich auch!«

Natascha hetzte die Stufen wieder hinunter. Im Unterstand neben dem Haus glänzte ihre Cross-Country-Maschine. Natascha entfernte den Sicherheitsbügel und schwang sich in den Sattel. Sie stülpte den Helm über den Kopf und drehte den Zündschlüssel. Nichts. Natascha fuhr Hitze in den Körper. Sie drehte noch einmal am Schlüssel. Mit kernigem Knattern startete der Motor. Na also! Ein kurzer Sprint über den Parkplatz, dann quetschte sie sich in den Spalt zwischen den aufgestauten Autos und gab Gas. ›Schnackler‹ nannte sie das ruckartige Lenkmanöver, mit dem sie den Seitenspiegeln auswich. Schon hatte sie die palmengesäumte Ausfallstraße erreicht, da schoss ihr siedend heiß ihre Doktorarbeit in den Sinn. Die Unterlagen, die Daten der letzten drei Jahre! Wenn das Meer sie verschlang, konnte sie noch einmal von vorne anfangen!

Sie zog die Bremse. Sie fädelte das Motorrad zwischen den Stoßstangen hindurch auf den Seitenstreifen. Über Fußwege und Parkanlagen steuerte sie die Universität an. Plötzlich stürmte die hawaiianische Frau mit ihrer bunt geblümten Umhängetasche aus einer Seitengasse. Natascha reagierte blitzschnell. Um Haaresbreite schoss sie an der Frau vorbei.

Das Adrenalin pulste immer noch durch ihre Adern, als sie wenig später auf den verwaisten Parkplatz der Uni raste. Nur ein Fahrzeug stand vor dem Eingang zum Institut für tektonische Forschung. Ein roter Kleinwagen. Da wollte wohl noch jemand seine Daten retten. Sie bremste scharf vor der Institutstür und zog ihr Motorrad auf den Ständer. Hastig nestelte sie die Einlasskarte aus einer Seitentasche ihres Rucksacks und zog sie durch den Reader. Mit metallischem Klicken gab der Mechanismus die Tür frei. Im Laufen streifte sie den Helm ab, am Ende des Korridors nach rechts, Treppe hinunter, Labortüre öffnen. Unvermittelt stieß sie mit Lippman zusammen. Die weißen Haare frisiert, das Kinnbärtchen gekämmt. Bundfaltenhose, gebügeltes Hemd. Wie an einem normalen Arbeitstag.

»Professor? Was machen Sie hier? Ich habe Ihr Auto gar nicht gesehen.«

»Ich habe das von meiner Frau. Sie ist mit meinem vor Sonnenaufgang losgefahren.« Er sah Natascha an und schüttelte den Kopf. »Und ich dachte, Sie wären schon halb den Mauna Kea hinauf!«

»Meine Doktorarbeit«, stieß sie hervor. »Und Sie?«

Er machte eine Armbewegung über die Terminals. »Es kommen seismographische Daten von der ganzen Welt herein.« Seine Augen leuchteten wie die eines kleinen Jungen unter dem Weihnachtsbaum.

Natascha warf einen nervösen Blick auf die Uhr an der Stirnwand. Der Mann war verrückt!

»Aber ich habe ein Problem.« Lippman knetete sein Bärtchen mit Daumen und Zeigefinger. »Ich wollte die Daten weiterleiten, bekomme aber keine Verbindung zu Doktor Finley.«

»Dann schicken Sie das Zeug in die Cloud!« Natascha schaltete ihren Computer ein. Dauerte es immer so lange, bis er hochfuhr?

»Die Cloud?« Der Professor sah sie mit ratloser Miene an. »Sicher. Aber die habe ich noch nie benutzt«, murmelte er und ging zu seinem Arbeitsplatz.

Natascha riss ihre Schreibtischschublade auf, zog eine externe Festplatte heraus und steckte das Kabel in die Buchse ihres Computers. Sie startete den Back-up ihrer Ergebnisse. Übertragungszeit eine Stunde drei Minuten erschien in einem Fenster. Ihr trat Schweiß auf die Stirn.

»Wie lange bleibt uns noch?«, rief sie dem Professor zu.

Er sah nachdenklich auf seinen Monitor, bewegte die Maus, klickte. »Vielleicht eineinhalb Stunden«, antwortete er, ohne aufzusehen.

Natascha biss sich auf die Lippe. Sie starrte auf den Monitor: ein Prozent komplett, zwei Prozent ... sie musste es einfach schaffen.

»Ich komme nicht weiter«, stöhnte der Professor. »Können Sie mir helfen?«

»Sicher.« Der Back-up lief ja von allein. Wenn er nur nicht so lahm wäre!

»Diese Cloud«, ächzte er. »Ich kann nichts draufladen.«

Natascha schob ihren Stuhl an seinen Schreibtisch und schaute auf seinen Monitor. »Sind Sie in Ihr Konto eingeloggt?«

»Ich habe doch gar keins«, stöhnte Lippman. »Wer hätte gedacht, dass ich jemals eins bräuchte.«

Natascha blickte zur Uhr. Ihre Handflächen wurden feucht. »Verzeihen Sie, Professor. Es geht schneller, wenn ich es für Sie anlege.«

Lippman rutschte zur Seite.

Sie legte die Finger auf die Tastatur. »Mit welchem Namen und Passwort wollen Sie einloggen?«

»Machen Sie IFTF und eins, zwei, drei, vier, fünf, sechs, sieben, acht, neun als Kennwort.«

»Das ist unsicher«, warnte Natascha.

»Ich habe gerade andere Sorgen, als mir Login-Daten auszudenken und sie mir auch noch zu merken«, stöhnte Lippman. »Wenn Sie dann auch noch die Daten-Pakete hochladen könnten?«

Natascha schaute erneut zur Uhr.

36

St. Elizabeth's Hospital, Washington, D.C.

Georgina lief im Aufenthaltsraum auf und ab. Ryan hatte sich immer noch nicht gemeldet. Sie hatte keine Ahnung, wo er steckte. Seine verdammte Heimlichtuerei! Warum meldete er sich nicht? Das war für ihn normal, sagte sie sich. Wie oft hatte sie wochenlang auf einen Anruf von ihm warten müssen. Aber da war die Welt noch in Ordnung gewesen. Jetzt wurde sie vom FBI gesucht, wegen Gefährdung der nationalen Sicherheit, Volksverhetzung. Das war das Problem: Der Kontakt zu ihr war für Ryan zu gefährlich geworden. Sie stöhnte.

Draußen näherte sich das Schlagen von Rotorblättern. Georgina bekam ein ungutes Gefühl. Sie eilte zum Fenster des Aufenthaltsraums. Über der Gartenanlage der Anstalt sah sie einen schwarzen Hubschrauber, auf dessen Rumpf unverkennbar ›FBI‹ in weißen Buchstaben prangte. Blitzschnell trat sie zur Seite, weg vom Fenster. Sie saß in der Falle. Es gab nur einen Ausweg.

Vorsichtig schob sie den Kopf vor und linste nach draußen. Betreuer scheuchten neugierige Patienten ins Haus. Büsche und Gras beugten sich wie im Sturm. Der Helikopter landete. Bis die Beamten ausstiegen und sie holten, blieb nur noch wenig Zeit. Georgina wandte sich ruckartig um. Ein Pfleger musterte sie. Jetzt bloß nicht auffallen! Sie sah ihn an und trippelte auf der Stelle. »Pipi«, erläuterte sie und lief los, eilig. Solches Benehmen musste der Kerl von den anderen Patienten kennen. Aber für sie war es nicht typisch. Hoffentlich schöpfte er keinen Verdacht. Sie spürte, wie ihr die Blicke des Pflegers folgten. Sie atmete auf, als sie die Tür erreichte. Der Korridor war leer. Sie spurtete los, die Toiletten passierte sie links. Nur wenige Meter dahinter war das Treppenhaus. Hinter sich hörte sie eilige Schritte. Zumindest hatte sie einen Vorsprung. Drei Stufen auf einmal nehmend hetzte sie abwärts. Ganz nach unten, Heizungsraum, abgeschlossen, weiter. Putzraum – auch zugesperrt. Die nächste Tür gehörte zu einer Personaltoilette. Georgina verriegelte sie hinter sich, dann stieg sie auf das Toilettenbecken und stieß ein Deckenpanel zurück. Staub fiel herab. Sie setzte den rechten Fuß auf den Wassertank, mit den Händen hielt sie sich an den Metallstangen der Deckenaufhängung fest. Sie nahm Schwung und zog sich in den Zwischenboden.

Unter ihr drehte sich der Türknopf.

»Aufbrechen!«, befahl eine scharfe Stimme.

Georgina robbte vorwärts. Bloß immer auf den Metallstreben bleiben, an Kabelsträngen entlang, durch die Spinnweben. Sie sah den Heizungsschacht, rechteckig mit silberglänzender Isolierung. Sie kroch darauf zu. Der Staub trocknete die Haut ihrer Hände aus, sie fühlte sich an wie Pergamentpapier.

Die Toilettentür krachte.

Hektisch sah sich Georgina um. Sie entdeckte das Luftansaugrohr der Heizung. So schnell sie konnte kroch sie darauf zu und folgte dem Rohr bis zur Außenwand. Ein fester Tritt und die Steckverbindung brach auseinander. Georgina zwängte sich in den Schacht und robbte bis zum Ende. Betonwände, oben ein Gitter. Sie stemmte es mit der Schulter auf und ließ es in den Kies kippen. Dann streckte sie den Kopf aus der Öffnung. Ihr Blick traf ein Paar Beine in schwarzen Hosen.

»Wenn Sie mir bitte folgen wollen, Mrs. Finley«, sagte der dazugehörende Mann mit stoischer Miene. Kahlgeschoren, verspiegelte Sonnenbrille, Mitte Vierzig. Die Ausbeulung unter seinem Jackett ließ eine Schusswaffe vermuten.

Sie ließ sich schwer atmend auf den Betonrahmen sinken. Jetzt war alles verloren.

»Stehen Sie auf und kommen Sie mit«, sagte er mit schroffer Stimme.

Georgina hob den Kopf. »Sie können mich nicht einfach mitnehmen! Ich habe Rechte!«

»Es wurde der Ausnahmezustand verhängt«, antwortete er.

»Deshalb dürfen Sie trotzdem nicht machen, was Ihnen gefällt!«, fauchte sie.

Er machte eine schneidende Handbewegung. »Ich kann Ihnen auch Handschellen anlegen.«

Sie hatte verloren. Alle hatten verloren. Während sie neben ihm durch den Garten lief, versuchte sie verzweifelt, ihn von der Lage zu überzeugen.

Der Mann hörte wieder nicht zu. Sie packte ihn am Arm. »Sind Sie taub oder was?«

Wie aus dem Nichts tauchte ein zweiter Agent vor ihr auf. Georgina starrte in den Lauf seiner Pistole.

»Stecken Sie das Ding weg, Miller«, befahl der Erste. »Die Dame ist nur etwas verwirrt.«

Agent Miller gehorchte. Georgina entspannte sich. Er war jünger als der andere. Ende Zwanzig vielleicht. Braunes Haar, Bürstenschnitt. Ein Neuling. Sie hätte schwören können, dass er ein Grinsen unterdrückte.

»Ich bin nicht verrückt!«, fauchte sie ihn an.

»Hier entlang, Ma'am!« Der ältere Agent schlug den Weg zum Hubschrauber ein. Die Motoren dröhnten und die aufgewirbelte Luft riss an Georginas Haaren. Instinktiv zog sie den Kopf ein und kletterte in den Helikopter. Miller schloss die Tür und gab dem Piloten ein Zeichen. Das Motorengeräusch schwoll an. Georgina schaute aus dem Fenster. Der Boden entfernte sich. Häuser zogen unter ihr dahin, Autos verstopften die Straßen. Eine Bö ließ den Hubschrauber absacken.

Sie wandte sich an den älteren Agenten. »Ich habe es satt von einem Verhör zum anderen geschleppt zu werden, ohne dass mir einer wirklich zuhört!«

»Es ist kein Verhör«, sagte Miller.

»Halten Sie den Mund!«, fuhr ihn der ältere Agent an.

»Verzeihung, Sir!«

Georgina schoss Hitze in den Körper. Wenn kein Verhör, was dann? Wieder eine Entführung? Jemand wollte sie aus dem Weg haben, jemand, der Befehlsgewalt über das FBI hatte – Hayes! Und hinter dem Staatssekretär steckte Turkov. Sie würde in einer dunklen Zelle enden. Wo? Georgina sah zum Fenster hinaus. Sie überflogen den Anacostia River. Im Dächermeer tauchte ein kerzengerader, grüner Streifen auf. Aus der Mitte ragte der riesige Obelisk des Washington Monuments heraus. Georgina dachte an Hayes, an den holzvertäfelten Raum, in dem sie dem Staatssekretär in Handschellen vorgeführt worden war. Das war in einem der Gebäude am Rand der Washington Mall gewesen. Flogen sie dorthin? Sie schaute den älteren Agenten fragend an.

Er reagierte nicht.

Der Helikopter legte sich in eine Kurve. Minuten später sah Georgina das Weiße Haus unter sich. Der Hubschrauber ging tiefer. Auf der Wiese vor dem Weißen Haus setzte er zur Landung an.

Georginas Herz klopfte. Alles war besser als ein FBI-Gebäude, aber was sollte sie hier? Welche Macht hatte Hayes? Hatte er etwa hier sein Büro?

Ein heftiger Ruck, dann fuhren die Maschinen herunter.

Miller öffnete die Tür.

Draußen schob ein Bediensteter in dunkelblauer Uniform und weißer Schirmmütze einen Tritt unter die Helikoptertür.

Die zwei Agenten führten Georgina über den Rasen, die Außentreppe empor und zum Eingang hinein.

Klimatisierte Luft schlug ihr entgegen. Während ihre Schritte im langen Korridor hallten, hämmerte ihr Puls in den Schläfen. Was wollte Hayes von ihr? Vielleicht hatte ihn die Katastrophe in Kalifornien nachdenklich gemacht, vielleicht hatte er endlich verstanden, welche Kräfte entfesselt waren? Das musste es sein, denn wenn er sie aus dem Weg haben wollte, säße sie bereits im Gefängnis. Oder Schlimmeres.

Vor einer schweren Tür aus lackiertem Mahagoniholz blieben die Agenten stehen. Miller öffnete. Ein Sekretariat. Hinter dem Schreibtisch saß eine Dame in den Fünfzigern, ondulierte Haare, scharfe Gesichtszüge, Perlenkette. Die Vorzimmerdame blickte von ihren Unterlagen auf. »Ist das …?«

Der Ältere nickte.

Die Sekretärin lächelte Georgina freundlich zu und drückte einen Knopf am Kommunikator. »Sie ist hier, Sir.«

Vor einer Seitentür standen zwei Wachposten. Beide in dunklen Anzügen. Wozu brauchte der eine hier drin eine Sonnenbrille? Der andere, kahlgeschoren, öffnete.

Georgina hielt den Atem an.

Als sie durch die Tür trat, erkannte sie hinter einem wuchtigen Schreibtisch David Tull, den Präsidenten der Vereinigten Staaten von Amerika.

Georgina blieb mit einem Ruck stehen. Das konnte doch nicht wahr sein. Sie sah fassungslos zu den hohen Fenstern mit den goldfarbenen Gardinen, blickte auf das in den Teppich eingewebte Emblem der USA. Schon hundert Mal hatte sie das Büro im Fernsehen gesehen: das Oval Office. Ihre Knie wurden weich.

Der Präsident knallte den Telefonhörer auf die Gabel, hob den Kopf und fixierte sie, als wollte er sie mit seinem Blick durchbohren. »Doktor Finley?«

Sie wischte mit den Händen über ihre Hose. Staubig von der versuchten Flucht durch den Zwischenboden stand sie vor dem mächtigsten Mann der Welt. Ein unberechenbarer Mann. Scharfkantiges Kinn, unnachgiebige Augen. Er strahlte die Forderung zu bedingungslosem Gehorsam aus. Im Fernsehen wirkte er bei weitem nicht so bedrohlich. Sie atmete tief durch. »Mr. Präsident.«

Tull deutete auf einen Stapel Akten auf seinem Schreibtisch. »Hayes hat mir hier einen ganzen Berg Gutachten aufgetischt, die sich als wertlos erweisen!« Er warf den Agenten einen auffordernden Blick zu und die zwei verschwanden.

Er fixierte Georgina wieder. »Nun! Sie haben Ereignisse wie den Tsunami und das Versinken von Kalifornien vorausgesagt?«

Die beiden Katastrophen waren sehr viel früher als berechnet eingetreten. Georginas Hände zitterten. Sie hatte keine Zeit gehabt, die Daten genauer zu analysieren, die Ergebnisse zu verfeinern. Sie war von Anfang an daran gehindert worden. Ärger überkam sie. Sie straffte die Schultern. »Sir, das habe ich. Wenn man früher auf mich gehört hätte, wären Millionen Menschen nicht gestorben!« Vielleicht wäre dann ihr Bruder noch am Leben – und Isa.

Tulls Miene blieb ausdruckslos. Er deutete auf den Stuhl vor seinem Schreibtisch. »Sie glauben, dass noch mehr kommt?«

Georgina unterdrückte ihren Kummer und Zorn. Sie hob den Kopf. »Sie müssen evakuieren, Sir.«

Tull beugte sich vor und musterte sie durchdringend. »Schön!«, bellte er schließlich. Er erhob sich ruckartig. »Folgen Sie mir.«

37

Hilo, Hawaii

Paffenholz saß in seinem Wohnzimmer vor dem Fernsehgerät und überlegte: Tsunamis waren in der Regel nicht höher als dreißig Meter. Die Welle würde sich nicht übermäßig aufbäumen, denn der Boden vor der hawaiianischen Küste fiel steil ins Meer. So weit so gut. Trotzdem, sein Haus konnte er vergessen. Es lag zu nah am Meer. Er ging zum Hängeregister. Wo hatte er sie abgelegt? V wie Versicherungspolice? H wie Hausversicherung? Er fand sie unter W wie wichtig. Er faltete die Police und steckte sie in seinen Rucksack. Sicher ist sicher, dachte er.

Er fuhr auf. Daran hatte er noch gar nicht gedacht. Die Idee war zu gut. Eine einmalige Gelegenheit! Statt in die Berge zu flüchten, könnte er ...

Paffenholz griff zum Handy und wählte.

Es dauerte eine Weile, bis sein Anruf angenommen wurde. »Mike! Stimmt etwas nicht?«, fragte eine gestresst klingende Stimme.

»Jordan, hör zu. Ich habe eine geniale Idee.«

»Nicht jetzt. Wo steckst du überhaupt?«

»Zuhause.«

»Bist du blöd? Mach, dass du wegkommst!«

»Ich weiß etwas Besseres. Der Kontrollturm am Flughafen sollte alles überragen.«

»Mann! Was hast du denn geraucht?«

»Das ist unsere Chance! Was glaubst du, was für geile Bilder wir von dort schießen können! Wir werden berühmt!«

»Wir werden absaufen!«

»Quatsch! Ich hab's genau berechnet. Er ist hoch genug.«

»Dann mach's allein.«

»Ohne Magnetkarte komm ich nicht rein. *Du* bist der Fluglotse.«

»Dein Pech!«

Paffenholz kratzte sich am Kopf. »Kannst du mir deine leihen?«

»Damit sie mich feuern?«

»Wer sollte es erfahren? Den ganzen Flughafen wird es überschwemmen. Ich sage dir, im Tower ist es sicherer, als im Verkehr festzustecken.«

»Scheiße«, stöhnte Jordan.

»Was ist?«

»Ich stecke schon fest. Ich schaffe es noch nicht einmal zum Highway!«

»Wo bist du?«

»Leilani Ecke Kalanikoa.«

»Das ist nicht weit von mir. Lass deine Kiste stehen und komm!«

»Vielleicht löst sich der Stau wieder auf.«

»Du weißt selbst, wie unwahrscheinlich das ist. Ich sage dir, auf dem Tower sind wir sicher. Und denk an die Aufnahmen, die wir dort machen können. Was glaubst du, wie viele Klicks wir in den sozialen Medien bekommen? Millionen! Vielleicht können wir die Rechte auch an einen Nachrichtensender verkaufen – exklusiv.«

Jordan schwieg eine Weile. »Na gut«, sagte er schließlich und beendete das Gespräch.

Fünfzehn Minuten später klopfte er an die Haustür. Paffenholz öffnete. Jordans runde Metallbrille hing schief in seinem schmalen Gesicht, seine kurzen, dunklen Haare schimmerten vor Schweiß. Er schleppte zwei Koffer und einen Rucksack.

Paffenholz schüttelte den Kopf. »Was willst du mit all dem Gepäck?«

»Na, ich dachte, du nimmst dein Auto.«

»Damit ich nachher genauso festsitze? Wir laufen.«

»Und mein Zeug?«

»Wenn du's schleppen willst, nimm's mit.«

Paffenholz schnallte einen prall gefüllten Rucksack auf seinen Rücken und hängte sich drei Kameras und ein Fernglas um den Hals. Er sah sich noch einmal um, bevor er das Haus verließ. Er würde es nie wieder sehen. Was half es. Er wandte sich ab und lief durch den Vorgarten. Der Himmel war bewölkt. Auf der Hauptstraße standen die Autos Stoßstange an Stoßstange, Hupen, Geschrei, erhobene Fäuste, angstverzerrte Gesichter. Jordan schleppte sich krumm.

»Lass die Koffer stehen!«, sagte Paffenholz.

»Du könntest mir helfen.«

Paffenholz ging weiter. Selber schuld. Was packte er auch seinen ganzen Hausrat ein! Zahlt doch die Versicherung.

Auch auf dem Highway ging nichts vorwärts. In der Luft hingen die Abgase.

»Arme Säue«, sagte Paffenholz. »So kommen die nie bis zur Mountain Road. Ich wette, die ist genauso zu.«

Jordan schnaufte. Aber die Koffer schleppte er weiter. Musste ja wahnsinnig wichtig sein, was da drin war.

Ein Mann mittleren Alters in rot und grün gemustertem Hemd verließ seinen Kombi, nahm seine Tochter auf den Arm und lief. Paffenholz sah ihnen nach. Zu Fuß schafften die es bestimmt nicht mehr in die Berge. Er schob sich zwischen den Autos hindurch auf die andere Straßenseite. Jordan kam nicht durch. Paffenholz verdrehte die Augen. Er half ihm mit den Koffern. Aber nur bis zum Gehsteig. Dort drückte er sie ihm wieder in die Hand.

An der Kreuzung nahm er die rechte Seitenstraße.

»Wie sieht's vorne aus?«, rief eine Frau mit lila Brille aus dem Fenster eines Kleinwagens.

»Alles dicht«, antwortete Paffenholz.

Sie stieg aus. Mit schwingender Handtasche trippelte sie in engem Rock und auf High Heels davon.

Paffenholz schüttelte den Kopf. Jeder reagierte im Stress anders. Er lief weiter. Die Straße wurde leer. Keine Menschen, keine Autos. Ein Kinderfahrrad lag vor einer weit geöffneten Gartentür auf dem Gehweg. Die Tür des Hauses stand auch offen.

»Gruselig«, sagte Jordan.

Paffenholz verlängerte den Schritt.

Der Weg zog sich. Das war Jordans Schuld. Seine Scheißkoffer. Paffenholz sah auf die Uhr. »Beeil dich, Mann!«

Jordan keuchte. Für eine Antwort hatte er wohl keine Luft mehr.

Endlich erreichten sie den Flughafen. Auch hier war alles wie ausgestorben, der Flugverkehr eingestellt. Jordan zog seine Karte durch den Reader am Personaleingang. Das Schloss klickte, Paffenholz schob die Tür auf. Gespenstisch hallten ihre Schritte im Terminal. Am Fuhrpark auf der Rückseite sah Paffenholz Servicefahrzeuge. »Du hast nicht zufällig einen Schlüssel?«

Jordan schüttelte den Kopf. Schweißperlen standen auf seiner Stirn. »Aber es gibt ein paar Fahrräder.«

Paffenholz schaute auf die Uhr. »Besser schlecht gefahren als gut gelaufen! Du kannst einen Koffer auf meinen Gepäckträger klemmen.«

»Ach! Auf einmal.«

Paffenholz zuckte die Achseln. »Wir müssen uns beeilen.«

Auf der Rollbahn blies ein scharfer Wind. Paffenholz radelte um ein Flugzeug herum. Alle Türen und Luken standen offen. In einem zur Hälfte gefüllten Anhänger sah er neben Koffern und Rucksäcken auch eine Golftasche aus Leder. Schade drum, wäre bald unter Wasser und würde von den Fluten weggerissen. Paffenholz trat fester in die Pedale. Vor ihm erhob sich der Tower. Die Fenster des Flugkontrollraums sahen wie ein großer Diamant aus, der auf der rechteckigen Basis steckte. Paffenholz nickte zufrieden. Zweiundvierzig Meter. Hoch genug.

An der Eingangstür ließ er sein Rad zu Boden fallen. Er klopfte mit der flachen Hand an die Hauswand. »Die ist fest wie eine Burgmauer.«

Jordan machte ein skeptisches Gesicht. »Zum Umkehren ist es wohl schon zu spät?«

Paffenholz blickte auf seine Armbanduhr. »Am Horizont müsste die Welle jeden Augenblick auftauchen.« Er stürmte die Stufen empor. Scheiße, waren das viele. Der Rucksack schlug bei jedem Schritt in seinen Rücken. Er keuchte, aber den Lift wollte er nicht benutzen. Der könnte steckenbleiben. Als Paffenholz endlich oben war, schwirrten Lichtpünktchen vor seinen Augen. Er warf seinen Rucksack auf eine der Kontrollstationen und mit den Händen auf die Knie gestützt wartete er, bis sich sein Atem beruhigte. Dann ging er zum Panoramafenster. »Geile Aussicht nach allen Seiten!«, rief er begeistert und schraubte auf jede der Kameras ein anderes Teleobjektiv. Dann platzierte er sie auf Stativen und startete die Aufnahmen.

»Jetzt kann die Welle kommen«, sagte er und rieb sich die Hände. Er führte das Fernglas an die Augen und suchte den östlichen Horizont ab. Dort bäumte sich das Meer auf. Paffenholz wurde blass. Er begann zu zittern. »Heilige Scheiße«, flüsterte er.

So schnell und fokussiert hatte Natascha noch nie gearbeitet. Ihre Finger hämmerten auf die Tasten. Endlich konnte sie die letzte von Lippmans Dateien zur Übertragung freigeben. Gleichzeitig ertönte ein Signal an ihrem Computer. Sie sprang auf. Der Back-up war beendet. Ein Blick auf die Uhr trieb ihr den Schweiß aus allen Poren. Sie stopfte die externe Festplatte mit den gesicherten Daten in ihren Rucksack und wandte sich an Lippman. »Ich nehme Sie auf dem Motorrad mit!«

Lippman riss die Augen auf. »Was?«

»Mit Ihrem Auto kommen Sie nicht weit.« Sie zerrte den Ersatzhelm aus ihrem Spind und drückte ihn dem Professor in die Hand.

Keuchend folgte er ihr zum Parkplatz. In der Ferne baute sich eine Wasserwand auf, die die Gebäude von Hilo klein wie Spielzeug wirken ließ.

»Scheiße«, entfuhr es Natascha. Hektisch schnallte sie ihren Rucksack über den Tank und schwang sich auf die Maschine. »Los, Professor!«

»Auf so einem Ding kann man sich nirgends festhalten!«

»Stellen Sie sich nicht so an! Arme um meinen Bauch«, rief sie und betätigte den Anlasser. Der Motor würgte. Sie probierte es noch einmal. Nichts. »Verdammte Dreckskiste!«, schrie sie. »Absteigen, Professor.«

Wenn man es am wenigsten brauchte, muckte das Ding. Natascha legte den dritten Gang ein und schob das Motorrad mit gezogener Kupplung so schnell sie konnte. Dann schwang sie sich auf den Sattel und ließ den Kupplungshebel los. Komm, Baby, komm! Die Maschine ruckelte, dann sprang der Motor an. Mit einem Dreh am Gasgriff ließ sie ihn kurz aufheulen und jagte in einer engen Kurve zu Lippman. Zwischen den Häusern schoben sich die ersten Wassermassen heran und dahinter hob sich das Meer. Natascha schoss Hitze in den Körper. »Aufsteigen und festhalten«, brüllte sie dem Professor zu und gab Gas.

Auf der Straße herrschte Chaos: ineinander verkeilte Autos, blockierte Seitenstreifen, manche fuhren Zäune um und versuchten querfeldein zu entkommen. Natascha raste in die Mündung eines Fußwegs. Sie überholte einen Mann mit rot und grün gemustertem Hemd. Mit einem Mädchen auf dem Arm hastete er keuchend über den Kies. Sie musste an die hawaiianische Frau denken, die sie auf dem Weg zur

Uni fast über den Haufen gefahren hatte. Hoffentlich hatte sie sich und die Kinder in Sicherheit bringen können. Über den Straßenlärm hörte Natascha das Brüllen herannahender Wassermassen, wie ein Heer von Bestien. Sie wagte keinen Blick zurück, konzentrierte sich auf den schmalen Weg. Vor ihr hoben sich die Hänge des Mauna Kea über die Dächer. Sie raste durch einen Vorgarten, am Haus vorbei in die dahinterliegende Wildnis. Lockeres, hüfthohes Gestrüpp schlug ihr um die Beine. Der unebene Boden schüttelte die Maschine. Natascha verlangsamte die Fahrt. »Gib Gas, Mädel!«, schrie der Professor mit panischer Stimme. Wasser drückte von hinten heran. Sie drehte den Gasgriff bis zum Anschlag und raste auf den Hang zu. Aber die Fluten überholten sie. Die Räder pflügten durch das Wasser. Natascha kam ins Schlingern. Gegenlenken. Bloß nicht vom Gas gehen. Tropfen auf dem Visier behinderten ihre Sicht, die Schläge des unebenen Geländes rüttelten ihre Arme. Der Professor klammerte sich an ihr fest und riss sie fast aus dem Sattel. Das Wasser stieg. Es erreichte Nataschas Stiefel. Der Druck schob ihre Füße fast von den Fußrasten. Natascha stemmte sich dagegen, sie hielt sich am Lenker fest und fuhr in halsbrecherischem Tempo bergauf. Aber das Meer war schneller. Es schien an ihren Beinen hochzukriechen. Der Motor würgte. »Scheiße, Scheiße, Scheiße!«, brüllte sie. Ein Gefühl des Fallens, dann schwappte Wasser über sie. Lippman klammerte sich an ihrer Lederjacke fest. Natascha wurde in die Tiefe gezogen. Luft anhalten. Mit beiden Händen drückte sie ihren Helm vom Kopf. Wirbel schleuderten sie umher. Wo war oben? Schwimmen. Scheißstiefel. Ausziehen. Erst den einen, dann den anderen. Ihre Lungen stachen. Das Gewicht des Professors zog an ihr. Ballast loswerden. Sie nahm eine Hand des Professors. Mit der anderen streifte sie ihre Jacke ab. Dann das T-Shirt. Ihr Zwerchfell pumpte. Luft! Luft! Angst fuhr wie kalter Stahl durch ihr Herz, ihre Gedanken überschlugen sich ...

ihre Mutter, ihr Vater, ihr erstes Date. Natascha presste die Lippen zusammen, noch war die Zeit zum Sterben nicht gekommen. Noch hatte sie Kraft in den Muskeln. Sie mühte sich aus ihrer Lederhose. Feuerflammen tanzten vor ihren Augen. Alles drehte sich. Schwimmen. Auf das Licht zu. Ihre Lungen schienen zu platzen. Mit den Beinen stoßen. Fester, fester. Plötzlich durchbrach sie die Oberfläche. Wie ein Wal blies sie ab. Dann einatmen. Süße Luft. Schwimmen, auf dem Rücken. Sie packte den Professor. Mitsamt Helm hielt sie seinen Kopf über die Wasseroberfläche. Etwas streifte sie. Instinktiv klammerte sie sich fest. Ein Baum. Sie krallte sich mit einer Hand an einem Ast fest und zog sich aus dem Wasser. Mit der anderen umklammerte sie Lippmans Handgelenk. Der rührte sich nicht.

Sie zog ihn auf einen Ast und nahm ihm den Helm vom Kopf. Sein Blick war glasig, seine Augen starr. »Professor«, rief sie. »Professor!« Er atmete nicht mehr. Sie fühlte seinen Puls. Nichts.

Alle Kraft verließ sie. Warum hatte sie ihn nicht retten können? Sie schluchzte. Wie in Trance hielt sie sich an dem Baum fest. Nur schäumende Fluten um sie herum. Von Hilo nichts zu sehen. Kein Dach, kein Baum, kein Mast. Eine bunt geblümte Umhängetasche trieb an Natascha vorbei. Sie erinnerte sich an die hawaiianische Frau und die Kinder. Tränen traten ihr in die Augen. Wie viele Menschen waren ertrunken? Natascha wurde bewusst, dass sich die Tasche aufs offene Meer hinausbewegte, das Wasser ging zurück. Wirbel gurgelten um den Baumstamm herum, der Hügel hinter ihr schien langsam aus dem Meer zu wachsen.

Endlich gab das Meer auch das Land unter dem Baum wieder frei. Sie ließ den Professor zu Boden gleiten. Fassungslos ließ sie sich neben ihm in den Matsch sinken und weinte. Sie konnte nicht aufhören.

Als sich das Meer noch weiter zurückzog, sah Natascha zerstörte Häuser, zerfetzte Palmen, verstreute Autowracks und gestrandete Schiffe. Die Uni lag in Trümmern, vom Flughafen und seinem Tower standen nur noch die Grundmauern.

»Mein Gott«, stöhnte sie.

Dann bäumte sich am Horizont die zweite Welle auf. Hitze schoss durch Nataschas Körper. Sie sprang auf. Barfuß und nur mit Unterwäsche bekleidet rannte sie den Hang des Mauna Kea hinauf.

38

Weißes Haus, Washington, D.C.

Georgina folgte dem Präsidenten aus dem Oval Office. Endlich passierte etwas. Millionen Menschen hatten sterben müssen, bevor die Politik reagierte. In letzter Minute, wie es schien, denn noch war es nicht zu spät, um den Großteil der Bevölkerung zu retten, um die Erde zu retten. Präsident Tull schien voller Tatendrang zu sein, energisch stieß er eine Tür auf der anderen Seite des Korridors auf. Georgina kannte den dahinterliegenden Raum aus dem Fernsehen: das Roosevelt-Zimmer. Langer Tisch, lederbezogene Armsessel, Ölgemälde an der Wand und über dem Kamin, Flaggen neben dem Eingang. Es sah etwas altmodisch aus und erinnerte Georgina an Rovers Wohnzimmer. Der Präsident wies ihr den Platz neben sich zu. Georgina straffte stolz den Rücken. Die Zeit, in der sie gegen Wände lief, war vorbei. Jetzt wurde zugehört, jetzt wurde gehandelt. Georgina füllte ihre Lungen und sah erwartungsvoll zur Tür. Eiligen Schritts betraten Männer in mit Orden behangenen Uniformen das Roosevelt-Zimmer. Generäle, dachte Georgina, sie kannte sich mit Rängen nicht aus. Tull trommelte mit den Fingern auf der Tischplatte, bis der letzte Mann saß. Mit ernsten Mienen sahen sie den Präsidenten an.

»Wir werden evakuieren«, bellte Tull. »Einzelheiten wird Ihnen Frau Finley erklären.

»Sir, wir müssen auch die anderen Staaten warnen«, mahnte Georgina.

»Machen Sie *Ihr* Ding«, knurrte Tull.

Georgina sah ihn scharf an. Das sollte wohl heißen: Mischen Sie sich nicht in politische Angelegenheiten. Der Egomane riskierte, alles zu zerstören. »Sir, nur wenn alle zusammenarbeiten, kann die Erde gerettet werden!«

Tull winkte ab. »Sie wissen, dass das unmöglich ist.«

Egozentrische Führer hatten schon viel Leid über die Menschheit gebracht. »Gegen das, was kommen wird, ist ein Atomangriff wie ein Sommergewitter. Das gilt für alle Länder der Erde, Sir. Geben Sie mir Zugang zum NOAA-Computer und lassen Sie mein Team kommen, dann werden wir Ihnen genaue Voraussagen errechnen.«

Tulls Antwort wurde von einem jungen Mann in Uniform unterbrochen, der mit einem Tablet in der Hand zu Tür hereineilte: »Sir, Meldung aus Hawaii: Der angekündigte Tsunami hat sämtliche Ortschaften an den Ostküsten der Inseln ausradiert. Es gab Tausende von Toten.«

»Mein Gott!«, stöhnte Georgina. Sie wandte sich an den Adjutanten. »Wäre es Ihnen möglich, mir eine Verbindung zu Professor Lippman herzustellen?«

»Es tut mir leid, Ma'am. Das Telefonnetz ist ausgefallen, das Funknetz überlastet.«

Georgina sah ihn bittend an. »Können Sie es trotzdem versuchen?«

Der Adjutant warf dem Präsidenten einen Blick zu. Der nickte mürrisch.

»Ich werde tun, was ich kann«, sagte der Adjutant. »Im Moment ist es schwierig, genaue Informationen zu erhalten.« Er wischte auf seinem Tablet. »Ihren Bruder habe ich auf die Liste der Vermissten gesetzt. Sie sollten sich aber keine Hoffnungen machen, Ma'am.«

39

Mauna Kea, Hawaii

Die zweite Welle des Tsunami würde noch höher als die erste sein. Natascha hetzte den Hang hinauf. Die Schnitte und Kratzer an ihren Beinen brannten, ihre Füße waren taub. Sie hielt nicht an. War sie schon auf einer sicheren Höhe? Sie wusste es nicht, sie dachte nicht mehr nach, sie rannte.

Vor ihr lichtete sich das Gebüsch. Die Steine am Boden wurden weniger scharfkantig, längst erstarrte glatte Pāhoehoe-Lava bedeckte den Untergrund. Weit über ihr wand sich die Mountain Road am Hang entlang. Kein Tsunami würde so hoch heraufkommen. Natascha konnte Autos in der Sonne blitzen sehen. Da stand eins am anderen. Nichts bewegte sich. Sie rannte weiter, fixierte die Straße, die wie mit einem Messer quer in den Hang geschnitten schien. Weit weg. Hoch über ihr. Dort war es sicher. Menschen standen an den Autos. Sie starrten ins Tal, Entsetzen und Fassungslosigkeit in ihren Gesichtern.

Natascha schaute nicht zurück. Sie lief weiter auf die Mountain Road zu. Dort entdeckte sie den dunkelblauen Geländewagen des Professors. Wie oft hatte sie auf dem Parkplatz vor der Uni ihr Motorrad daneben abgestellt? Tränen stiegen ihr in die Augen. Lippman war tot, der ruhige Herr mit den weißen Haaren. Wäre er doch heute Morgen mit seiner Frau gefahren! Dann würde er jetzt dort oben auf der Mountain Road stehen, lebendig. Natascha wollte sich abwenden, aber es schien keine Willenskraft mehr in ihr zu sein. Wie ein Magnet zog sein Auto sie an. Warum?

Menschen rannten von der Straße auf sie zu. Männer hoben sie an, eine Frau warf ihr eine Jacke über. Der Stoff brannte auf ihren Wunden. Natascha wollte sie abstreifen, aber ihre Arme hingen wie die einer Stoffpuppe herunter. Die Muskeln gehorchten nicht mehr.

Ein paar Kerle trugen sie aufwärts. Im Schatten eines Fahrzeugs legten sie Natascha auf eine Decke. Jemand säuberte ihre Wunden, ein anderer verband ihre Füße. Noch immer konnte sie nichts spüren. Sie wollte nichts spüren, wollte nicht denken.

»Wie heißen Sie?«

»Natascha. Natascha Saizeva.«

Warum war das wichtig? Warum hatte sie überhaupt geantwortet?

Eine ältere Frau mit fein geformter Nase beugte sich herab. »Mein Mann?«

Mrs. Lippman. Das war Mrs. Lippman. Natascha stöhnte, sie wollte die Bilder aus ihrem Kopf vertreiben – die starren Augen. Ihre Schuld.

Mrs. Lippman kniete sich neben sie. »Haben Sie ihn gesehen?«

Natascha schluchzte auf. Sie hatte ihn nicht retten können. Sie hatte ihn einfach liegen lassen. »Ja«, stöhnte sie.

»Wo ist er?«

Natascha wandte den Kopf zur Seite. Sie konnte der Frau nicht in die Augen sehen. Was sollte sie ihr sagen? Ertrunken? Das war so brutal, so endgültig.

»Ist er tot?«, hauchte Mrs. Lippman.

Natascha nickte schwach. Sie hätte schneller fahren sollen, einen steileren Weg finden müssen.

»Warum musste er auch noch einmal ins Institut?«, wisperte Mrs. Lippman. »Wenn er gleich mit mir gefahren wäre ...«

»Er hätte es fast geschafft«, antwortete Natascha leise, »Wenn ich …«

»Ich bin sicher, Sie haben Ihr Bestes getan«, sagte Mrs. Lippman mit belegter Stimme. »Sie dürfen sich keine Vorwürfe machen.«

Durch die umstehenden Menschen ging ein Aufschrei. »Der Kilauea!«

Natascha wandte den Kopf, doch Mrs. Lippmans Auto versperrte die Sicht. Zischen. Feurige Geschosse am Himmel. Glühende Lavabrocken. Aufschläge in der Nähe, Menschen schrien.

»In die Autos!«, rief eine überschnappende Männerstimme. Hände packten Natascha und schoben sie auf den Beifahrersitz. Mrs. Lippman setzte sich ans Steuer.

Natascha starrte auf den Schlüssel im Zündschloss, aber Mrs. Lippman startete den Motor nicht.

»Fahren Sie doch los!«

»Die Straße ist blockiert. Wir können nirgendwo hin.«

Natascha schlang die Arme um sich. Sie wünschte sich ihr Motorrad. Auf der Westseite der Insel hatte der Tsunami bestimmt nicht alles vernichtet. Natascha fuhr zusammen, als ein Lavaklumpen die Windschutzscheibe des vollbesetzten Autos vor ihr durchschlug. Feuer wallte im Inneren auf, die Fensterscheiben platzten, Flammen schlugen heraus. Nataschas Magen krampfte, sie schrie auf.

Ein Mann in blauweißem Hemd eilte mit einem Feuerlöscher herbei. Natascha fielen die großen Blumenmuster seines Hemdes auf. Zischen – weißer Dampf erstickte das Feuer. Eine Windbö zerfetzte die Rauchwolke. Verkohlte Sitze, verkohlte Menschen. Natascha übergab sich. Wie Feuergeschosse prasselten Lavafetzen herunter. Eins traf den Mann mit dem Feuerlöscher und schleuderte ihn zur Seite. Mit einem schwarzen Loch im Bauch blieb er liegen. Das Autodach knallte. Instinktiv zog Natascha den Kopf ein. Ihr Herz raste. »Fahren Sie weg!«, schrie sie.

Mrs. Lippman saß stocksteif. »Wohin, Kind?«, fragte sie mit Grabesstimme. »Wir können nur beten.«

Als ob das je etwas genützt hätte. Natascha öffnete die Beifahrertür.

Mrs. Lippman schüttelte den Kopf. »Wo wollen Sie denn hin?«

Egal! Nur weg! Natascha setzte einen Fuß auf die Straße. Sie zog ihn mit einem Aufschrei zurück, als Schmerz wie eine Klinge in ihre Fußsohlen fuhr. So kam sie keine drei Schritte weit. Sie zog die Tür wieder zu. Sie schaute zum dreißig Kilometer entfernten Kilauea hinüber. Glühende Brocken schossen wie Raketen aus dem Krater und flogen in alle Richtungen. Tausende. Nataschas Magen knotete sich zusammen. Sie zog die Beine an und klemmte den Kopf zwischen ihre Knie.

Plötzlich gab es einen Knall. Das Auto schüttelte, Natascha schlug mit der Schulter gegen die Seitentür. Getroffen. Sie sah sich panisch um. Kein Feuer. Mrs. Lippman schreckensbleich. Die Augen aufgerissen, der Mund offen wie bei einem Schrei. Sie starrte zum Seitenfenster hinaus.

Was war schrecklicher als der Kilauea? Natascha lehnte sich zu ihr hinüber und schaute zum Mauna Kea empor. Die gesamte Spitze fehlte und hinter einem gezackten Rand schoss schwarze Asche in den Himmel. Das konnte es doch gar nicht geben! Der Mauna Kea galt als erloschen und doch war sein Gipfel weggesprengt. Welche Kräfte waren im Inneren der Erde erwacht? Gesteinsbrocken fielen dicht wie ein Hagelschauer herab. Manche so groß wie ein Auto. Der Boden dröhnte, Glas splitterte. Wie in Zeitlupe wurden Fahrzeuge zerquetscht, fünf, sieben, zwölf …

Autos starteten, fuhren ineinander.

Mrs. Lippman drehte den Zündschlüssel, der Motor sprang an.

Natascha durchfuhr ein Schreck. Die Frau reagierte in Panik. »Bleiben Sie stehen!«

Mrs. Lippman japste etwas Unverständliches und deutete zum Fenster hinaus.

Natascha beugte sich so weit vor, bis sie es sah: Rote Lava strömte in glühenden Kaskaden den Mauna Kea herab. Es war nur eine Frage von Minuten, bis sie die Mountain Road erreichte. Wohin? Wohin? »Nach Süden. Den Hang hinunter und rechts halten!«, rief Natascha.

»Und der Tsunami?«

»So weit ins Landesinnere wird er nicht kommen!«

Mrs. Lippman nickte knapp. Sie rammte das ausgebrannte Fahrzeug vor ihr aus dem Weg, legte den Rückwärtsgang ein und stellte das Auto quer zur Straße. Sie trat auf die Bremse, knallte den Vorwärtsgang rein und gab Gas. Der Geländewagen fuhr über den Seitenstreifen und querfeldein den Hang hinunter. Natascha wurde hin und her geworfen, sie stieß sich den Kopf. Die Karosserie krachte, Felsen scheuerten am Bodenblech. Mrs. Lippman kurbelte wie verrückt am Lenkrad, wich Felsbrocken und Bäumen aus. Sie durchbrach Gesträuch, Blätter klatschten gegen die Windschutzscheibe. Natascha blickte zum Heckfenster hinaus. Schweiß trat ihr aus allen Poren. »Schneller«, schrie sie. Die Lava strömte mit rasender Geschwindigkeit den Berg herunter.

Ein jäher Schlag beendete die Fahrt. Natascha wurde in die Gurte geschleudert. Mrs. Lippman hing mit blutendem Kopf bewegungslos über dem Lenker. Von hinten näherte sich der Lavastrom. Natascha riss am Türhebel. Verklemmt. Panisch hechtete sie über Mrs. Lippman. Die Fahrertür ließ sich öffnen. Natascha kroch aus dem Wagen. Obwohl die bandagierten Füße höllisch schmerzten, rannte sie und drehte sich nicht um. Die Hitze hinter ihr wurde immer stärker. Bald brannte ihr Rücken so sehr, dass sie keinen anderen Schmerz mehr spürte. Nur ein Gedanke hämmerte in ihrem Kopf: rennen, rennen. Sie merkte nicht, wie ihre Haare schmorten, wie ihre geliehene Jacke in Flammen aufging, wie ihr ganzer Körper brannte.

40

Nordatlantik

Stefan Briesinger war ein Techniker aus Gütersloh. Er hatte einen guten Job bei einer Stahlfirma gehabt, aber im täglichen Einerlei schien ihm sein Leben zwischen den Fingern zu zerrinnen. Es war Zufall gewesen, als er im Internet auf die Anzeige des Alfred-Wegner-Instituts stieß. Kurzerhand hatte er seine Bewerbung abgeschickt. Er war überrascht, als nach einigen Wochen die Einladung zu einem Vorstellungsgespräch kam.

Dann war alles sehr schnell gegangen: Den alten Job gekündigt, sich von seiner Frau und den Zwillingen verabschiedet und auf der Explorer III angeheuert.

Seit zwei Wochen war das Schiff auf dem Atlantik unterwegs. Stefan liebte es, den Gesprächen der Wissenschaftler zuzuhören, und abends in der Messe beantworteten sie geduldig seine Fragen. Inzwischen hatte er eine gute Vorstellung davon, was Methanhydrat war. In gefrorener Form bedeckte es weite Teile des Meeresgrundes. Wenn es schmolz, bildete sich Methan und stieg an die Oberfläche. In kleinen Mengen war das kein Problem, aber wenn sich die Wassertemperatur zu stark erhöhte, könnten Milliarden Kubikmeter dieses gefährlichen Treibhausgases aus den Meeren steigen. Das wäre der Super-GAU für das Klima. Aufgabe des Forschungsschiffes war es, die Wasserbedingungen zu überwachen und gegebenenfalls Alarm zu schlagen. So hatte es Doktor Fabian Hohlfeld erklärt, ein Biologe aus Bremerhaven mit jugendlichem Gesicht und wirr vom Kopf abstehenden Haaren. Er leitete die Untersuchungen. Stefan hielt sich oft in seiner Nähe auf, denn der Doktor redete gerne über seine Arbeit.

Die Explorer III näherte sich ihrem Zielgebiet, einem Quadranten zweihundert Seemeilen vor Neufundland. Auf dem Achterdeck überprüfte Stefan die Funktion der Messsonden, Batterien und Hydraulik des mannshohen Tauchroboters, als die Stimme Kapitän Webers aus dem Lautsprecher dröhnte: »Achtung, Achtung! Tsunamiwarnung. Ladung sichern! Alle Luken und Schotts schließen!«

Stefans Herz begann zu rasen. Seine Hand zitterte so sehr, dass ihm der Schraubenschlüssel entglitt und scheppernd auf den Metallboden fiel.

Doktor Hohlfeld blickte vom Monitor des Diagnostik-Computers auf. Er lächelte. »Monsterwellen sind schlimmer«, sagte er. »Tsunamis sind auf offener See oft kaum höher als einen Meter.«

Das kam selbstbewusst und klang überzeugend. Stefan schaute aufs Meer. Es sah aus wie immer. Er fühlte sich wie ein Greenhorn. Was sollte ihnen eine einen Meter hohe Welle schon anhaben? Am Strand würde die ihm noch nicht mal bis zur Brust reichen. Was war das schon? In den Surfparadiesen gab es Wellen bis zu zwölf Meter Höhe. Aber ›Welle‹ klang viel weniger gefährlich als ›Tsunami‹. Stefan zog die Klampen der Verankerung an. Er versuchte, seine Angst nicht zu zeigen.

»Sichere den Robot zusätzlich mit Tauen«, sagte Doktor Hohlfeld.

Stefan stutzte. Zusatzsicherungen wegen einer einen Meter hohen Welle? Das passte nicht zusammen. Er sah Matrosen umhereilen, hörte, wie im Schiff die Schotts zugeschlagen und verriegelt wurden.

»Alle in die Messe!«, kam Kapitän Webers Befehl durch die Lautsprecher.

Von Steuerbord rollte eine berghohe Welle heran. Warum hatte er die vorhin nicht gesehen? Das Schiff drehte darauf zu. Stefan ließ das Tau fallen und spurtete los. Der Puls pochte in seinen Schläfen. Von wegen ein Meter! Doktor Hohlfeld rannte vor ihm her. Jetzt wirkte er nicht mehr überlegen, jetzt wirkte er panisch. Er hatte sich geirrt. Stefan preschte durch das Schott in die Messe. Ein Matrose zog es hinter ihm zu und drehte an den schweren Handrädern. Die Riegel schoben sich vor. Jemand reichte Stefan eine Rettungsweste. Er schlüpfte hinein und zog die Gurte fest.

»Festhalten«, rief Fiete Klumm, der erfahrenste Matrose an Bord. Stefan hechtete zu einem der Haltegriffe, die an die Wand angeschweißt waren.

Erst langsam, dann immer schneller wurde das Schiff angehoben. Der Bug ging höher und höher. Stefan fühlte sich in der Rettungsweste unbeweglich. Er klammerte sich mit aller Kraft an der Halterung fest, jeden Augenblick musste der Kahn kentern, er quietschte und ächzte. Selbst auf dem Gesicht von Fiete Klumm stand nacktes Entsetzen. Es war das erste Mal, dass dem alten Seebären die Zoten im Hals stecken blieben. Stefan hörte die See tosen, als sie über das Deck ging. Die Maschinen brummten, dann heulten sie auf. Das Schiff kippte nach vorne. Jetzt ist es aus, dachte Stefan, aber da schlug der Bug hart ins Wasser ein. Fiete lachte auf. »Steck dir deinen Dreispitz in den Arsch, Poseidon! Gefickt haben wir dich, verdammt noch mal, gefickt!« Er war verrückt. Total verrückt. Aber er hatte recht. Das Schiff fuhr den Rücken der Welle hinunter, die See glättete sich. Es war überstanden.

Aufräumarbeiten, Tests. Fiete pisste über die Reling. »Das ist für dich!«

Der Kapitän legte wieder Kurs nach Westen an. Nach drei Stunden erreichten sie ihre Zielposition.

»An die Arbeit!«, rief Doktor Hohlfeld. Er war immer noch ganz blass im Gesicht, aber hinter seinen Zeitplan wollte er nicht fallen.

Auf dem Achterdeck räumten Matrosen Taue beiseite. Stefan stand an der weißlackierten Reling und schaute über die

Kimm. Bis zum Horizont flaches Meer. Es kam ihm tückisch vor. Er würde ihm nicht mehr trauen können.

»Alles okay?«, rief Doktor Hohlfeld.

Stefan nickte.

In der Dünung pendelnd hing die eiförmige Maschine mit ihren Scheinwerfern und Robotarmen am Kabel des Krans. Matz Müller, ein muskelbepackter Thüringer, bediente die Hebel. Langsam sank der Robot der Wasseroberfläche zu.

»Ausgleichen! Ausgleichen!«, rief Doktor Hohlfeld aufgeregt.

Matz zog an Hebeln, der Kran drehte etwas nach rechts, der Robot tauchte ins Wasser ein.

Stefan lehnte sich über die Reling und sah zu, wie der Tauchrobot in der Tiefe verschwand. »Wie weit soll er runter?«

»Eintausendsiebenhundert Meter«, antwortete Doktor Hohlfeld. »Ich hoffe, die Kameras und Sensoren haben während des Tsunamis keinen Schaden genommen.«

Stefan nickte zuversichtlich. »Funktionieren einwandfrei.«

»Dann komm mit in den Kontrollraum.« Fabian wandte sich an Matz. »Nicht mehr als einhundert Meter pro Minute!«

»Klar doch!«, antwortete Matz mit unbewegtem Gesichtsausdruck, den er beibehielt, bis sich Doktor Hohlfeld abwandte und zum Schott schritt. Dann grinste er und zwinkerte Stefan zu. Die Wissenschaftler vergaßen manchmal, dass ihre Mitmenschen auch funktionsfähige Gehirne besaßen.

Im Kontrollraum flimmerten an der Stahlwand angebrachte Monitore, Lichter blinkten in verschiedenen Farben. Die Geräte zeichneten bereits die Daten der Sensoren auf: Wassertemperatur, Druck, Salzgehalt, gelöstes Gas, Strömungsgeschwindigkeit.

Stefan zog sich einen Stuhl herbei und setzte sich neben Doktor Hohlfeld an den Metalltisch vor den Anzeigegeräten.

Der Wissenschaftler fuhr sich mit den Fingern durch die Haare, während er die Monitore scannte. »Bist du sicher, dass die Sensoren in Ordnung sind?«

Stefan sah sich Anzeigen und Zahlenkolonnen auf den Bildschirmen an, konnte sie aber nicht deuten. »Stimmt etwas nicht?«

Doktor Hohlfeld wies auf eine Zahlenreihe. »Die Wassertemperatur ist höher als erwartet.«

»Könnte am Tsunami liegen«, schlug Stefan vor. »Hat alles umgerührt.«

Fabian schüttelte den Kopf. »Nicht so weit draußen. Außerdem sollte die Temperatur mit der Tiefe abnehmen. Sie bleibt aber nahezu konstant.«

Stefan kratzte sich am Kopf. »Das verstehe ich nicht. Im Test hat der Temperatursensor funktioniert.«

»Vielleicht ist er beim Eintauchen ausgefallen.«

»Oder das Wasser ist tatsächlich so warm.«

Fabian Hohlfeld presste die Lippen aufeinander und beobachtete die Messwerte. »Das gefällt mir nicht«, murmelte er und schaltete die Scheinwerfer des Robots ein. Die Kameras übertrugen das Bild auf den Monitor. Dort erschien trübgrünes Meer. Außer ein paar Tangfasern war nichts zu sehen.

Stefan zuckte die Achseln. »Sieht genauso aus, wie bei anderen Tauchgängen.«

»Warten wir's ab«, brummte der Doktor.

Endlich fiel die Temperatur. »Immer noch zehn Grad zu warm«, kommentierte Hohlfeld.

»Wenigstens ist das Thermometer nicht kaputt.« Stephan fühlte sich für die Technik verantwortlich, nein, er *war* für die Technik verantwortlich. Die Wissenschaftler konnten sich auf ihn verlassen, auf seine Geräte. Sie waren ein Team.

»Ein defektes Thermometer wäre mir lieber. Siehst du die Anzeige für die Methankonzentration?« Doktor Hohlfeld tippte mit dem Finger auf die angezeigte Zahl. »Auch zu hoch.«

Fabian Hohlfeld griff zum Mikrofon. »Matz! Drossle auf fünfzig Meter pro Minute.«

»Verstanden.« Die Stimme aus dem Lautsprecher klang blechern.

Stephan wunderte sich. Die Sinkgeschwindigkeit wurde normalerweise erst kurz über dem Grund reduziert. »Sind wir schon so tief?«

»Eintausendeinhundertdreiundvierzig«, las Hohlfeld von der Anzeige.

»Dann fehlen noch über fünfhundert Meter bis unten.«

»Ich hab' ein komisches Gefühl.« Doktor Hohlfeld drehte an Einstellknöpfen. Auf dem Monitor wurden kleine Bläschen sichtbar, gleichzeitig setzte ein Warnton ein. Doktor Hohlfeld fuhr auf und starrte entsetzt auf seine Anzeigen.

Stefans Magen zog sich zusammen. »Was ist los?«

Fabian griff zum Mikrofon. »Käpt'n! Fahren Sie die Maschinen auf volle Kraft, Kurs Südost!«, rief er.

»Mit dem Robot draußen geht das nicht«, kam zur Antwort.

»Verdammt!«, stieß Hohlfeld hervor. »Das Methanhydrat am Grund zerfällt. Sie wissen, was das bedeutet?« Er sprang auf und rannte die Treppe zum Deck empor. Stefan spurtete hinterher.

»Matz! Wirf das verdammte Ding ab! Kapp' alle Leitungen!«, schrie Hohlfeld.

Stephan sah den Doktor an, als hätte er den Verstand verloren. »Die Maschine kostet fast eine Million!«

Doktor Hohlfeld atmete tief durch. »Dort unten trifft eine warme Strömung auf das Methanhydratfeld. Es beginnt zu schmelzen und steigt als Gas auf.«

Stefan zuckte die Achseln. Er blickte aufs Meer. Es wirkte flaschengrün und schien aus der Tiefe heraus leicht zu schimmern. So ein bisschen Gas.

Die ersten Bläschen erreichten die Oberfläche. Ein übler Geruch fuhr Stefan in die Nase. Er hielt sich die Hand vor den Mund und würgte. Das Meer schäumte. Bis zum Horizont. Matz schlug mit der Faust auf einen Schalter. Mit einem Ruck entspannte sich die Trosse am Kran. Vor seinem inneren Auge sah Stefan den Tauchrobot von der Halterung gelöst in die Tiefe trudeln. An Deck surrten Rollen, Kabel glitten wie

Seeschlangen über Bord. Matz sprang aus dem Führerhaus des Krans und hackte mit einem Beil die Drahtleitungen durch. Stille. Nur die Maschinen der Explorer III brummten, das Schiff vibrierte. Hinter dem Heck zog sich ein grüner Schleier durch die brodelnde See. So weit das Auge reichte, schien das Meer zu kochen. Das Boot stampfte und schlingerte. Stefan hielt sich mit einer Hand an der Reling fest, die andere drückte er fest auf den Mund. Dieser bestialische Gestank! Hatten sie nicht irgendwo Gasmasken? Im Sanitätsraum? Er stolperte los, mühte sich die Stahltreppe hinunter. Er rutschte aus und fiel bis zum Unterdeck. Sein Ellenbogen schmerzte, sein Schädel dröhnte. Er rappelte sich halb benommen auf und kroch auf allen Vieren weiter. Im Saniraum riss er drei Schränke auf, bis er die Masken fand. Mit zitternden Händen legte er sich eine an und atmete frische Luft. Das Schiff vibrierte, schlingerte und stampfte. Mit einer Handvoll Masken arbeitete er sich zur Brücke vor. Der Kapitän, Doktor Hohlfeld und Matz starrten aus dem Fenster. Der erste Offizier sprach ins Funkgerät: »Mayday, Mayday. Massiver Methanhydratzerfall, Position …«

Wellen hoch wie Häuser bäumten sich rund um das Schiff auf. Stefan wurde herumgeschleudert. Er hielt sich mit aller Kraft am Türrahmen fest.

»Das müssen Millionen von Kubikmetern Gas sein«, stöhnte Hohlfeld.

Stefan spürte, wie das Schiff vornüber kippte. Er wartete auf den Aufschlag des Kiels. Aber der kam nicht. Dafür stieg das Meer an den Fenstern empor. Blasen blubberten hinter den Fensterscheiben. Das Schiff sank taumelnd tiefer. Stefans Herz raste, er schlug die Tür zu und krallte sich an den Riegeln fest. Wasser spritzte zum Türspalt herein, dann zerbarst ein Seitenfenster. Stefan spürte die kalte Hand des Meeres, die das Leben aus ihm presste.

41

Weißes Haus, Washington, D.C.

Georgina folgte dem Adjutanten durch die Korridore des Weißen Hauses. Ihre Gedanken kreisten. Ihr Modell hatte sich als fehlerhaft erwiesen, Katastrophen waren früher als berechnet eingetreten. Das lag an unvollständigen Datensätzen. Auch mussten die Algorithmen überprüft und verfeinert werden. Der Präsident und sein Stab wollten präzise Daten, um die Evakuierungen zu planen. Endlich gewährte man ihr Zugriff auf die schnellsten Rechner und umfangreichsten Datenbanken. Edward, Camille und Nicky waren bereits mit dem Hubschrauber unterwegs. Sie sollten in wenigen Minuten eintreffen. Georgina freute sich, sie bald wiederzusehen.

Der Adjutant öffnete eine Tür. Stimmengewirr, Telefonklingeln, rhythmisches Piepen wurden laut. Menschen liefen umher. Es kam Georgina vor, als wären es hunderte. Einige hielten Smartphones an ihr Ohr, andere redeten wie zu sich selbst. Sie benutzten Freisprechanlagen, vermutete Georgina. Deckenhohe Flachbildschirme hingen an den Wänden. Sie zeigten Flussdiagramme, schematische Darstellungen, Gesichter. Unter den Bildschirmen befanden sich Schaltpulte, Keybords, Touchscreens. Ultramodern ausgestattet.

»Das ist der Koordinationsraum«, antwortete der Adjutant und führte sie zu einem Arbeitsplatz an der Längswand. »Ich logge Sie schnell ein.«

Er tippte. Auf vier Monitoren verschwand das Emblem der USA, eine Startseite erschien. Er griff sich ans Ohr, in dem ein winziger Ohrhörer steckte. »Gerade bekomme ich Meldung, dass Ihre Kollegen gelandet sind.«

»Danke«, sagte Georgina. Das ging ja superschnell. Wenn die Anweisungen von ganz oben kamen, schien es keine Hindernisse zu geben. Nicht so wie in ihrer Uni in St. Louis, wo man selbst zum Bestellen von Toilettenpapier drei Unterschriften benötigte.

Camille, Nicky und Edward erschienen an der Tür. Georgina winkte sie zu sich.

»Kann ich noch etwas für Sie tun?«, fragte der Adjutant.

Edward setzte sich und scannte die Monitore. »Ich denke, wir kommen zurecht.«

Der Adjutant nickte und ging.

Nicky sah ihm nach. »Wenn wir das früher gehabt hätten!«

Georgina lachte. »Keine Ablenkungen. An die Arbeit!«

Zugang zu allen Datenbanken und zum NOAA-Computer. Größere Datenmenge, höheres Verarbeitungsvolumen, feinere Algorithmen. Georgina konzentrierte sich. Nur am Rande bekam sie die Meldungen neuer Katastrophen mit: Der atlantische Tsunami hatte die Küstenstädte unbewohnbar gemacht. Boston und New York standen unter Wasser. Die Hochhäuser ragten aus dem Meer wie die Windkraftwerke der Nordsee. Die Überlebenden flohen ins Landesinnere, soweit das Verkehrschaos überhaupt ein Durchkommen zuließ. Auch an der Westküste Europas sah es nicht besser aus. In Washington herrschte Panik, aber es gab keine direkten Schäden, denn über Delaware hatte sich der Tsunami ausgelaufen. Dann wurden massive Freisetzungen von Methan gemeldet: vor der nordamerikanischen Atlantikküste, vor Norwegen und aus der sibirischen Tundra. Der Lärm und die Hektik im Koordinationsraum stiegen mit jeder Minute.

Die neuen Katastrophen brachten neue Daten. Georgina fand Lippmans Datensatz in der Cloud. Sie dachte an den

Nachmittag in dem kleinen Café am Hudson, an dem sie ihn kennengelernt hatte, an die Fernsehbilder aus dem zerstörten Hawaii. Weitere Gedanken ließ sie nicht zu. Sie fokussierte sich auf ihre Arbeit.

Nach einer Stunde Rechenzeit kamen die Ergebnisse. Georgina starrte fassungslos auf den Ausdruck. Sie musste mehrmals tief durchatmen, um sich aus ihrer Starre zu befreien. Mit weichen Knien ging sie zum Präsidenten. Ihre Stimme bebte: »Sir, das klimatische Ungleichgewicht hat den kritischen Punkt überschritten. Der Prozess hat sich dramatisch beschleunigt.«

»Heißt was?«, schnauzte Tull.

Ihr Mund war trocken wie die Sahara. »In zwei Tagen werden die antarktischen Vulkane ausbrechen und vierundzwanzig Stunden danach jeder andere.«

»Vergessen Sie den verdammten Südpol«, brüllte der Präsident. »Sagen Sie mir, welche Teile der USA evakuiert werden müssen!«

»Auch die anderen Länder müssen gewarnt werden!«

»Ich habe keine Zeit für lange Diskussionen!«

Die Worte trafen Georgina wie eine Ohrfeige. Es waren Menschen, die sterben würden, der Blaue Planet verwandelte sich in eine Hölle. Sie wich einen Schritt zurück. »Bringen Sie alle Bewohner der Ostküste hinter die Appalachen, die der Westküste müssen über die Rockys. Und lassen Sie eintausend Meilen Raum um Mount St. Helens und Yellowstone – darunter stecken Supervulkane«, antwortete sie mit eisiger Stimme.

Er wandte sich ab und rief nach dem Leiter der Operation.

Ein Adjutant tippte Georgina auf die Schulter. »Ma'am, wir haben Ihren Bruder aufgespürt. Er hatte eine Camping-Erlaubnis im Yellowstone Nationalpark erworben und war zur Zeit des San Francisco-Erdbebens dort.«

Georgina ließ sich in den nächsten Sessel sinken. »Gott sei Dank!« Vielleicht hielt Gott wirklich seine Hand über seine Familie. Er hatte sie vor dem Erdbeben bewahrt und in Kürze würde der Park evakuiert, die Besucher auf sicheres Gelände gebracht werden. Tränen der Erleichterung traten in ihre Augen. Sie drückte dem Adjutanten die Liste mit Katastrophenwarnungen in die Hand: »Sehen Sie zu, dass das an die Regierungen aller Länder geschickt wird.«

42

Yellowstone Nationalpark, Wyoming

Elias schaute auf die beiden Zelte unter der großen Föhre. Im knallgelben Zelt schliefen die Mädchen, im tannengrünen die Jungs. Die Zeltwände hingen schlaff, keine Bewegung. Dabei war schon heller Tag. Die Kinder stahlen dem Herrn die Zeit! Elias nahm einen Aluminiumtopf vom Campingtisch und schlug mit einem Kochlöffel darauf. »Aufstehen! Aufstehen!«, rief er.

»Ruhe!«, brüllte ein Nachbar. Der mit dem protzigen Kuppelzelt und dem Moskitonetzpavillon davor. Er hatte bis in die Nacht Wein gesoffen und anschließend mit seiner Grazie obszöne Geräusche produziert. Dieser Idiot! Es waren Kinder in der Nähe. Die mussten das doch nicht mitbekommen. Elias dachte an den stillen See im Hinterland, umgeben von Wildnis, Bergen und darüber der Himmel. Dorthin verirrte sich keiner dieser Heiden. Je schneller er hier wegkam, desto besser.

Er trommelte lauter. »Aufstehen!«

Der Reißverschluss vom grünen Zelt wurde aufgezogen, Markus streckte seinen Kopf heraus und gähnte. Verwuschelt, verschlafen und groggy sah er aus. Dagegen halfen waschen mit kaltem Wasser und Bewegung an der frischen Luft. Elias legte den Topf beiseite. »Na endlich! Los raus! Paulus auch. Zack, zack!«

Im Mädchenzelt knarzte eine Luftmatratze. »Allein mit Gott und der Natur.«

Elias zog die Brauen hoch. Johannas Stimme klang genervt. Sie mochte Campingtrips nicht. Sie trieb sich lieber mit den Jungs in der Gemeinde rum. Bald würde sie sich in verborgene Winkel zurückziehen wollen, um rumzuknutschen. Gegen das Laster halfen nur Disziplin und eine harte Hand. Elias stutzte. Roch es da nicht nach Schwefel? Das war die Strafe, weil er an Sünde und den Satan gedacht hatte. Elias schauderte. Aber nein. Er griff sich an die Stirn. Hier im Yellowstone Nationalpark konnte der Wind so manchen Geruch mit sich führen: von einem Geysir, einer heißen Quelle oder einem Schlammloch. Alles war wie gewohnt.

»Aufstehen!«, rief Elias noch einmal. Dann wandte er sich seinem eigenen Zelt zu. Graugrün und mit Vordach. Auf dem Campingtisch standen Töpfe, Müslipackungen und Geschirr in Reih und Glied. Mary sorgte überall für Ordnung. Sie war eine gute Frau.

»Kannst du Holz nachlegen?«, rief sie ihm von der Feuerstelle her zu. Sie stellte einen Topf und eine Kanne auf den eisernen Rost. Sie trug das grüne Kleid mit dem beigefarbenen Muster. Das Campingkleid. Es war kürzer als die, die sie zuhause trug. Er betrachtete ihre nackten Waden.

Mary grinste. »Mach schon!«, mahnte sie.

Vielleicht schenkte ihnen der Herr noch ein Kind. Elias nahm zwei Scheite vom Stapel und schob sie in die Glut. Er pustete, bis gelbe Flammen um das Holz züngelten. So musste Urlaub sein!

»Das ist meine«, schrie Markus.

Elias fuhr hoch. »Was ist denn jetzt schon wieder los?«

»Paulus hat meine Tasse genommen«, antwortete Markus.

Paulus war einen Kopf größer als Markus und liebte es, auf seinem kleinen Bruder herumzuhacken. Manchmal waren sie wie Kain und Abel. »*Ich* nehme die Tasse«, herrschte Elias die beiden an. »Und ihr zwei trinkt heute aus euren Tellern!«

»Das ist unfair!«, widersprach Paulus.

Elias sah ihn scharf an. »Du sollst deine Strafe ohne zu murren tragen.«

Paulus verschränkte die Arme vor der Brust und setzte sich an den Picknicktisch.

»Und wehe du lässt deine Wut an deinen Geschwistern aus!« Elias betrachtete die blaue Metalltasse. An der war ein Stück Emaille abgeplatzt. Warum sich die Kinder ausgerechnet um die stritten?

»Sie ist etwas Besonderes«, flüsterte ihm Mary zu.

Elias schüttelte den Kopf. Er warf die Tasse in den Müll.

Frühstück unter Silentium. Mary schöpfte Haferbrei mit Früchten auf die blau-emaillierten Blechteller. Elias hielt den Rücken gestreckt. Disziplin. Paulus und Markus schmollten. Etwas mehr Härte würde ihnen guttun. Isa zappelte, wie immer. Johanna blickte nicht von ihrem Teller auf. Sie nahm das Schweigegebot klaglos hin. Ein braves Mädchen.

Dann abwaschen, Zelte abbauen. Der Nachbar lag immer noch in seinem Zelt, ein nutzloser Tagedieb.

Rucksäcke packen. Was nicht hineinpasste, brachten die Kinder zum Auto. Elias schob die Seitentür des Kleinbusses auf und öffnete die Heckklappe. Den zusammengeklappten Campingtisch legte er nach unten. Darauf die Klappstühle, dann das Extrazelt, die Kühlbox. Elias sah, wie Isa verstohlen ihr Smartphone in ihren kleinen Rucksack schob.

»Ich habe doch gesagt, das Ding bleibt zu Hause!«, schrie er sie an. Er schlug ihr auf die Finger und verschloss das Smartphone im Handschuhfach des Autos.

Isa weinte.

Elias hob den Kopf und sah seine Kinder der Reihe nach an. »Hat sonst noch jemand Elektronik mitgebracht?« Er forschte nach Anzeichen von schlechtem Gewissen oder Widerspruch. Paulus kam jetzt in das Alter, in dem er eine besonders strenge Hand brauchte, damit er nicht in die

Gesellschaft gottloser Herumlungerer geriet. »Steh gerade!«, wies Elias ihn an. »Kopf hoch und Schultern zurück!«

Mary tippte ihm auf den Arm. »Hast du die Camping-Erlaubnis dabei?«

Zorn stieg in ihm auf. Sie unterbrach ihn absichtlich. Sie war viel zu weich mit den Kindern. Aber so waren die Frauen. Der Herr hatte sie so gemacht. Den Männern zur Prüfung. Er verschloss das Auto und schnallte sich den Rucksack um. »Lasst uns nicht noch mehr Zeit vertrödeln!« Er stapfte auf die Einmündung des breiten Wanderwegs zu. Bevor er den Weg betrat, sah er sich noch einmal um. Mary, Isa, Paulus, Johanna und Markus sahen ihn an. Keiner wirkte wirklich erfreut. Aber darauf kam es nicht an. Wie hatte Johanna gesagt? Allein mit Gott und der Natur. Das war es. Elias zog die Gurte an seinem Rucksack fester, wandte sich um und lief los. Die Steigung war gering, der Weg gekiest. Hinter sich hörte Elias die Schrittgeräusche seiner Familie. Mary würde wie üblich den Abschluss machen. Er führte, sie hielt alles zusammen. Mann und Frau. So hatte Gott sie geschaffen.

Anfangs war der Wald dicht. Dann wurde er zunehmend lichter. Links und rechts sah Elias abgebrochene und entwurzelte Bäume.

»Überall Windbruch«, stellte Mary fest.

»Das wird schon wieder nachwachsen«, entgegnete Elias. »Die Natur reorganisiert sich gelegentlich. Für uns hat es den Vorteil, dass wir uns dieses Jahr um Feuerholz nicht mühen müssen. Wir brauchen es bloß aufzulesen!«

»Ich muss mal«, meldete Markus.

»Du warst doch gerade erst«, brummte Elias.

»Schon, aber ich muss wieder.«

»Typisch kleiner Bruder«, stöhnte Johanna.

Elias blieb stehen. Er hasste Unterbrechungen. »Dann geh hinter den Busch dort! Alle Augen nach links!«

Auch Elias wandte sich ab und blickte in den Wald. Die Bäume lehnten alle in einer Richtung, so, als wäre Gott mit einem großen Kamm durch die Wildnis gefahren. Und diese Stille! Kein Autolärm, keine Polizeisirenen, keine Stimmen.

»Fertig!«, gab Markus lautstark bekannt.

Elias sah seinen Sohn an. Offener Hosenlatz. Er hatte keine Manieren! »Mach die Hose zu!«

»Da hat's so gestunken«, erwiderte Markus und zog eilig seinen Reißverschluss hoch.

»Klar! Nach dir«, stichelte Paulus.

Ging es schon wieder los! »Ruhe«, gebot Elias.

Markus wischte sich die Hände an seiner Hose ab. »Da roch's nach Höllenfeuer!«

Johanna starrte in den Wald. Sie hielt sich mit der linken Hand an einem ihrer blonden Zöpfe fest.

Bei ihr war das ein Zeichen der Angst. Und damit hatte sie recht: Satan lauerte überall. Elias hob den Zeigefinger. »Führe uns nicht in Versuchung! Seid allzeit wachsam, dass ihr nicht in die Fallen des Verführers tappt.«

»Amen«, sagte Mary.

»Was ist ein Verführer?«, wollte Isa wissen.

»Der Teufel«, antwortete Paulus.

»Den gibt's doch gar nicht«, erwiderte Isa.

Elias gab ihr eine Ohrfeige. Sie zeigte zu oft Zeichen von Respektlosigkeit und Auflehnung. Genau wie damals seine Schwester, als sie in Isas Alter war. Das konnte zu keinem guten Ende führen, wenn er Isa nicht disziplinierte. Die hielt sich die Wange und verzog das Gesicht.

Jetzt wurde sie auch noch trotzig! Elias holte erneut aus, da rumpelte der Boden. Vögel schwangen sich kreischend in die Luft.

»Was war das?«, fragte Johanna erschrocken.

»Eine Warnung Gottes an die Ungläubigen«, erwiderte Elias und sah Isa scharf an.

Sie sah zu Boden und hielt den Mund.

Elias schob sich zufrieden den Rucksack zurecht. Endlich gehorchte sie. »Genug herumgelungert! Weiter!«

In der Ferne hörte er anhaltendes Hupen. »Stadtrowdys«, schimpfte er. »Diese Idioten müssen überall die Stille zerstören!«

»Vielleicht sind es Parkranger«, überlegte Mary.

»Hoffentlich hören die bald auf«, grollte Elias. Er stapfte voran. In regelmäßigen Abständen prüfte er den Sonnenstand. Bald müssten sie am Pfad ankommen. Er war unscheinbar und von Gebüsch fast verdeckt. Elias entdeckte ihn etwa hundert Meter weiter auf der linken Seite. Ein schmaler Trampelpfad. Zwischen niedrigen Fichten wand er sich in die Tiefe der Wildnis.

Isa taten die Füße weh, ihr war heiß, sie hatte Hunger und der Rucksack drückte. Ihre Schultern fühlten sich ganz taub an. Ist es noch weit? Die Frage formierte sich zum hundertsten Mal in ihrem Kopf, aber sie wusste, dass es besser war, sie nicht auszusprechen. Im Wald links und rechts knackte und raschelte es. Ich bin viel zu klein für die großen Bären, sagte sie sich ständig. An mir ist gar nichts dran.

Bären riecht man, bevor man sie sieht, hatte Paulus gesagt. Isa sah sich mit großen Augen um. So wie es hier stank, mussten hundert Bären in der Nähe sein.

»Schwefel«, kommentierte ihr Vater. »Wir kommen in die Nähe von Geysiren.«

Was Geysire waren, wusste Isa nicht. Sie hoffte, die waren nicht genau so gefräßig wie Bären. Sie hielt sich nahe an ihre Mutter und schaute verstohlen ins Unterholz.

»Letztes Jahr waren hier aber keine«, warf Paulus stirnrunzelnd ein.

»Der Herr waltet, wie es seine Weisheit gebietet«, antwortete Dad.

»Und wenn es doch der Leibhaftige ist, der sich hier herumtreibt?«, fragte Markus leise.

Johanna zog den Kopf zwischen die Schultern und ergriff wieder ihren Zopf. Die beiden hatten Angst. Der Teufel war Isa egal, nicht aber die Bären.

Zum Glück hörte der Gestank bald auf. Links und rechts gab es immer mehr umgefallene Bäume. Die waren langweilig. Isa schaute auf die Wanderschuhe ihres Vaters. Auf und ab gingen sie beim Laufen. Der Sohlenrand sah wie das Gebiss eines merkwürdigen Tiers aus. Ein kleiner Dinosaurier vielleicht. Mit jedem Schritt biss er in den Staub und hinterließ Abdrücke. Isa hüpfte von einem zum anderen. Ein Gutes hatte der Ausflug: In der Nacht konnte sie die Sterne sehen. Sie liebte das sanfte Licht und das Funkeln. In San Francisco sah man höchstens vier oder fünf Sterne, und hier war der ganze Himmel voll. Sternenfunkeln, Funkelsterne, sang sie vor sich hin.

Endlich endete der Wald. Auf grauem Geröll und auf den Felsbrocken zu beiden Seiten des Pfades wuchsen grüne und gelbe Flecken. Isa strich mit der Fingerspitze darüber. Ganz hart und trocken und bröckelig fühlten sich die Dinger an. »Was ist das?«

»Pass auf, wohin du trittst«, sagte Mom.

»Was ist das?«, wiederholte Isa.

»Flechten«, antwortete Mom.

Warum man sie immer alles zweimal fragen musste!

Dad blieb stehen und deutete ins Tal, wo ein bunter See lag. Rote, gelbe, grüne, rosa und sogar blaue Steine ragten aus dem Tümpel und lagen am Ufer herum.

Isa wollte hinunterlaufen, doch Mom hielt sie zurück. »Das ist giftiges Wasser.«

»Warum?«, fragte Isa.

»Damit wir uns an den Farben erfreuen«, antwortete Dad.

Der Boden rumpelte. Wie zuhause. Isa dachte an ihre Puppe Esther, die jetzt im Bett lag und nicht herumlaufen musste. Im Tal fing der See zu brodeln an. Isa beobachtete die Dampfwolken, die wie aus einem kochenden Topf immer dichter in die Luft stiegen.

»Letztes Jahr war der Tümpel ganz still«, sagte Markus.

»Das will nichts heißen«, erwiderte Paulus und machte ein neunmalkluges Gesicht. »Nur wenige Geysire sprudeln regelmäßig.«

»Old Faithful!« Dad hob den Zeigefinger. »Beständiger Glaube ist es, was der Herr von uns verlangt.«

Wenn er so schaute, fragte man besser nichts. Isa wandte ihre Aufmerksamkeit ab. In der Ferne hörte sie Sirenen heulen – und Stimmen. »Die rufen was.«

»Das bildest du dir ein«, entgegnete Paulus.

»Tu ich nicht«, widersprach Isa.

»Und was sagen sie?«

»Kann ich nicht verstehen.«

Paulus grinste. »Also doch nichts.«

Mom hielt beim Lauschen den Kopf schief. »Vielleicht ein Notfall.«

»Das geht uns nichts an. Weiter!«

Dad machte noch größere Schritte. Isa musste fast rennen. Plötzlich verdunkelte sich der Himmel. So viele Vögel hatte Isa noch nie gesehen. Wie eine schwarze Wolke verdeckten sie die Sonne. Es rauschte in der Luft, immer lauter. Isa drückte sich an Mom und hielt sich die Ohren zu.

»Sie fliegen nach Osten«, stellte Paulus fest.

Es klang für Isa unter ihren Händen ganz dumpf.

»Unvernünftige Kreaturen«, brummte Dad. »Heute Abend sind wir an unserm See, dann haben wir endlich unsere Ruhe.«

Die Vögel verschwanden, die Sonne schien wieder.

Isa nahm die Hände von den Ohren. Es war still im Wald. Kein Knacken, kein Vogelgesang, kein Surren von Insekten, dafür stank es. »Ich will nachhause«, jammerte sie.

Dad sah sie böse an. »Los, weiter«, kommandierte er.

43

Weißes Haus, Washington, D.C.

Im Koordinationsraum starrte Georgina auf den Monitor vor ihr. Darauf schob sich ein roter Balken auf schwarzen Grund vorwärts: 98 Prozent, 99 Prozent. Wie würde die neueste Berechnung aussehen? Edward, der neben ihr am Arbeitstisch saß, atmete schwer. Georgina entdeckte graue Haare an seinen Schläfen, er schien über die letzten Tage gealtert zu sein. Nicky schluckte, das Gesicht war ernst, ihre leichte Art verflogen. Camilles Stuhl knarrte, als sie sich vorbeugte. Ihre Miene undurchdringlich.

Der Balken erreichte Hundert Prozent. Auf dem Monitor erschien eine Weltkarte. Regionen, die von Katastrophen heimgesucht würden, waren rot eingefärbt, darunter alle Küsten und zweitausend Kilometer durchmessende Kreise um die Supervulkane. Zahlen gaben die verbleibende Zeit an. Zwei Tage. Sichere Gebiete in grün angezeigt gab es nur in der Mitte der Kontinente. Auch Washington würde vernichtet werden.

Georgina straffte die Schultern. »Nicky, schicke das an Tull und die Mitglieder des Stabs!«

»Schon passiert.« Nicky legte ihr Touchpad auf den Schreibtisch. Sie stöhnte.

Georgina wandte sich an Camille. »Kannst du mir nochmal dein Smartphone leihen?«

Camille reichte es ihr wortlos.

Georgina tippte Ryans Nummer. Tuut, tuut, tuut, kam aus dem Lautsprecher. Verdammt, warum nahm er nicht ab?

Jemand räusperte sich hinter Georgina. Sie fuhr herum. Der Adjutant. Seine Miene war ernst. »Entschuldigen Sie«, sagte er und reichte ihr ein Tablett. »Die Räumung des Yellowstone Parks ist abgeschlossen. Unter den Evakuierten befand sich keine Familie Finley.«

Georginas Herz setzte einen Schlag aus. Verdammt! Wo war Elias? Zeit für Spekulationen blieb ihr nicht, denn ein junger Mann in Uniform eilte auf sie zu. »Sie sollen sofort zum Präsidenten kommen! Sie alle.«

Georgina folgte dem Mann durch die Korridore. Hinter sich hörte sie Schritte, leises Quietschen von Camilles und Nickys Turnschuhen und das Klacken von Edwards Lederbrandsohlen. Ihre Gedanken waren bei Elias. Warum waren er und seine Familie nicht unter den Evakuierten? War er überhaupt im Yellowstone? Doch. Doch. Er änderte seine Routinen nie. Aber warum hatten ihn die Parkranger nicht gefunden?

An der Tür zum Oval Office eilten ihr die Mitglieder des Stabs mit ernsten Mienen entgegen. Sie grüßten knapp.

Der Präsident winkte Georgina und ihr Team zu sich. »Gute Arbeit«, lobte er. »Morgen werden wir das Weiße Haus evakuieren. Ihnen habe ich Plätze in Atombunker GC3E2 reserviert, in der sicheren Zone im Landesinneren. Ein Hubschrauber wird Sie hinbringen.«

Mit so einem Angebot hatte Georgina nicht gerechnet. Vor lauter Arbeit hatte sie sich keine Gedanken über ihre eigene Zukunft machen können. Atombunker waren für Jahre mit Lebensmitteln und Wasser ausgestattet. Bessere Überlebenschancen gab es nicht. Aber konnte sie sich in ein sicheres Loch verkriechen, wenn Elias und Isa auf einem Supervulkan campierten? Nur noch zwei Tage. Sie musste Elias warnen. Irgendwie. »Vielen Dank, Sir. Aber ich habe Nachricht bekommen, dass meine Familie nicht evakuiert wurde.« Und auch Ryan konnte sie nicht erreichen. Gedankenverloren drehte sie seinen Ring an ihrem Finger. Ein Gefühl der Verlassenheit breitete sich in ihr aus. Sie gab sich einen Ruck. Er kannte die Bedrohung. Er würde für sich sorgen. Auch wenn sie sich wünschte, bei ihm zu sein, gab es doch jemanden, der sie viel mehr brauchte: Isa. Wie sie ihren Bruder einschätzte, hatte der alle Warnungen in den Wind geschlagen und sich in die Wildnis zurückgezogen – mitten auf einem Vulkan! Sie sah dem Präsidenten in die Augen. »Sir, könnten Sie mich stattdessen zum Yellowstone fliegen lassen?«

David Tull schüttelte den Kopf. »Dem Helikopter fehlt die Reichweite und die anderen Maschinen stehen im Rettungseinsatz.«

Georgina sah ihn betroffen an.

Edward legte seine Hand auf ihren Arm. »Die Zeit ist zu knapp. Du kannst für deinen Bruder nichts tun.«

Sie zog ihren Arm weg. »Man kann immer etwas tun! Fliegt allein zum Bunker. Ich werde meine Familie suchen.«

Camille verengte die Augen. »Und wie willst du dort hinkommen?«

»Mit einem Flugzeug nach Billings. Dann mit einem Mietwagen«, sagte sie mit fester Stimme. »Ich kann mich nicht einfach in einem Loch verkriechen, wenn Isa mich braucht!«

»Der Linienverkehr ist eingestellt«, warf Tull ein. »Wir haben alle kommerziellen Flugzeuge für Evakuierungsmaßnahmen beschlagnahmt.«

Georginas Magen zog sich zusammen. Das konnte doch nicht das Ende sein! »Dann werde ich einen anderen Weg finden!«

»Komm zur Vernunft! Wenn du losziehst, wirst du verrecken!«, schimpfte Camille.

»Wenn ich nicht losziehe, verrecken Isa und mein Bruder!«, erwiderte Georgina.

»Hast du diese dumme Verbohrtheit von deinem verrückten Bruder?«, konterte Camille.

Edward trat zwischen die beiden. Er wirkte wie ein Fels in der Brandung. Georgina spürte, wie sich ihre Muskeln etwas entspannten. Camille schluckte. Sie senkte den Blick. Edward wandte sich an den Präsidenten. »Wurden auch die kleinen Privatmaschinen eingezogen?«

David Tull schüttelte den Kopf. »Die haben zu wenig Ladekapazität.«

»Vielen Dank, Sir. Wäre es möglich, wenn wir den Bunker nicht gleich beziehen, sondern später?«

Tull nickte. »Bis morgen werden wir die Operationen im Weißen Haus aufrechterhalten. So lange haben Sie Zeit. Und jetzt entschuldigen Sie mich.«

Draußen im Korridor sah Georgina ihren Mentor erwartungsvoll an. »Du hast eine Idee?«

Edward rieb sich die Hände. »Wir machen Richard Baldwin heiß.«

Die Worte ergaben für Georgina keinen Sinn. »Was?«

Nicky zog die Stirn kraus. »Ist das der Business-Typ, der uns mit seinem Flugzeug von St. Louis nach Washington geflogen hat?«

»Eben dieser! Ich will nur sehen, ob uns der Hubschrauberpilot zu ihm bringen kann.« Er verschwand.

Georgina lief im Gang auf und ab, bis Ed zufrieden lächelnd zurückkam. »Es kann losgehen!«

Der Helikopter brachte sie zu Richard Baldwins Grundstück. Sie stiegen aus, der Hubschrauber startete wieder durch.

Als sich Georgina der Villa zuwandte, glaubte sie ihren Augen nicht zu trauen. Etwa hundert nackte Leute lungerten auf der Wiese und um den Pool herum. Manches Paar trennte sich gerade aus inniger Liebkosung.

»Ah! Frisches Fleisch!«, rief ein Mann, sprang vor und griff Nicky an die Brüste. »Willkommen bei der Weltuntergangsparty! Zieh dich aus, Puppe, und lass uns das Ende genießen!«

Camille trat ihm kurzerhand ins Gemächt.

Der Nackte klappte zusammen und übergab sich.

»Ist ja ekelhaft«, stieß Camille hervor.

Sodom und Gomorrha. Georgina lief auf das Haus zu. Eine Villa mit Ziegeldach, verputzten Mauern, links und rechts Flügel mit mannshohen Fenstern. Ob solche Orgien zu Richards Lebensstil gehörten? Oder wollten die Leute ihre Angst vor der nahenden Katastrophe verdrängen?

Das Wohnzimmer war so groß, dass ihr ganzes Appartement hineingepasst hätte. Auf der beigefarbenen Ledercouch drängten sich ein halbes Dutzend nackter Frauen um einen Mann. Er bevorzugte offensichtlich üppigere Formen. Mit glasigem Blick stierte er Edward an. Das musste Richard sein. Georgina blieb betroffen stehen. Als Pilot war er in diesem Zustand nicht zu gebrauchen. Sie fühlte sich plötzlich schwer.

Nicky stöhnte. Sie sah resigniert aus. »Verdammt! Das ist sinnlos. Da können wir gleich wieder gehen und uns zum Bunker bringen lassen.«

Das kam überhaupt nicht in Frage! Georgina nagte an ihrer Lippe. Richards Flugzeug fiel aus. Das konnte sie nicht ändern. Es gab noch andere Wege. Die Zeit war das Problem. Wenn sie mit einem Auto Tag und Nacht durchfuhr? Zu knapp. Aber vielleicht hatte sie in ihren Berechnungen etwas übersehen, vielleicht brachen die Vulkane später aus. Isa war das Risiko wert. »Ich werde mit dem Auto fahren.«

»Warte!« Nicky hielt sie am Ärmel fest. »Du bleibst doch nur im Stau stecken. Ich habe eine bessere Idee: Camille kann seine Kiste fliegen.«

»Bist du verrückt?« Camille trat einen Schritt zurück und sah Nicky wie eine Irre an.

»Nein!« Nicky strahlte. »Du hast es doch schon einmal getan!«

Camille schüttelte den Kopf. »Du hast ja keine Ahnung, wovon du redest.«

»Euer Streit ist müßig«, sagte Georgina. »Wir haben das Flugzeug nicht. Aber einer der Gäste hat bestimmt seinen Schlüssel im Auto gelassen. Ich werde fahren.« Sie sah

Camille, Nicky und Edward der Reihe nach ins Gesicht. Das waren echte Freunde. Aber jetzt musste sie allein weitermachen. »Lebt wohl, es ...«

»Halt!« Auf Edwards Lippen legte sich ein spitzbübisches Lächeln. Er wandte sich an den Hausherrn. »Können wir dein Flugzeug leihen?«

Georgina sah ihren alten Mentor an. Er gab sich durch und durch als Gentleman, fragte so selbstverständlich, als wolle er sich Richards Auto zum Pizzaholen leihen.

»Ihr könnt alles von mir haben«, lallte Richard und hielt ihm eine Flasche Sekt hin.

»Danke«, sagte Edward höflich. »Wo hast du Schlüssel und Papiere?«

Richard deutete vage auf eine Tür. Das Büro.

Georgina sah Ed verblüfft an. Das meinte er doch nicht im Ernst?

Edward grinste. »Was haben wir zu verlieren?«

Unschlüssig betrat sie hinter Ed das Arbeitszimmer des Hausherrn. Den Schreibtisch brauchte gerade ein Pärchen für dafür nicht vorgesehene Aktivitäten. Das war doch alles surreal. Dann sah sie den Pilotenkoffer neben dem Schreibtisch. Ein Hoffnungsschimmer. »Lasst euch nicht stören«, kommentierte Georgina das Treiben des Pärchens und schnappte sich den Koffer. Sie eilte ins Wohnzimmer. Nicky schaute munter um sich und betrachtete die Nackten, Camille starrte mit verbissenem Gesichtsausdruck geradeaus. Als sie den Pilotenkoffer erblickte, wurde sie blass. »Ihr wollt doch nicht wirklich, dass ich ...?«

So perplex hatte Georgina Camille noch nie gesehen.

Ed nahm Georgina den Koffer aus der Hand und hielt ihn Camille hin. »Es sei denn, du willst gleich zum Bunker.«

»Natürlich nicht«, presste sie hervor. Sie griff nach dem Pilotenkoffer.

Ed klopfte ihr auf die Schulter. »Na, dann ist's entschieden. Worauf warten wir noch?«

Camille hob den Kopf. »Wo hat er sein Flugzeug?«

»Ronald Reagan Airport«, antwortete Ed.

Georgina kamen Zweifel. Sie wollte Camille nicht überrumpeln und schon gar nicht überfordern. »Bist du sicher, dass du das kannst?«

»Nein«, erwiderte Camille. »Aber ich kann's zumindest versuchen.« Sie wandte sich abrupt ab und stapfte zur Eingangstür.

Georgina fühlte sich zwischen Sorge und Freude hin und her gerissen. Wenn sich Camille etwas in den Kopf gesetzt hatte, war sie nicht mehr davon abzubringen. Da lagen Gefahren vor ihnen. Camille nahm sie in Kauf. Sie hatte keine Familie, keine Kinder, war verwitwet. Vielleicht suchte sie in der Gefahr die Nähe zu Menschen, die ihr vertraut waren: ihre Arbeitskollegen. Georgina fühlte Traurigkeit in sich aufsteigen – und Bedauern. Sie hätte sich weniger auf die Wissenschaft fokussieren sollen, hätte sich mehr um die Menschen in ihrem Umfeld kümmern müssen, um Camille, um Nicky. Sie hätte versuchen sollen, sie besser kennenzulernen. Trotz all der gemeinsam unternommenen Expeditionen war ihr Camille im Wesen fremd geblieben. Und Nicky? Sie war ein Waisenkind. Sie hatte viele Freunde, aber offensichtlich keinen, dem sie wirklich nahestand. Vielleicht gab ihr die Zugehörigkeit zum Xanthippen-Trio Selbstwert und Halt im Leben. Waren die beiden im Grunde nicht Außenseiter, verlorene Seelen, genau wie sie selbst?

Durch die Glaspaneele neben der Tür sah Georgina zwei schwarze Geländewagen auf den Parkplatz fahren. Unwillkürlich zog sich ihr Magen zusammen. Sie ergriff Camilles Hand. »Warte!«

»Neue Gäste?«, fragte Nicky skeptisch.

Georgina beobachtete die Fahrzeuge. Acht Männer stiegen aus. Zwei gingen auf den Eingang zu, die anderen verteilten sich ums Haus. Georginas Herz raste. »Weg!«, rief sie und stürmte durchs Wohnzimmer auf die Terrasse hinaus.

»Wer sind die?«, keuchte Nicky.

»Ich will es nicht herausfinden«, antwortete Georgina. »Vielleicht wieder so ein ›Gefallen‹, den Hayes jemanden schuldet. Der Präsident wird die Typen jedenfalls nicht geschickt haben.« Sie rannte am Pool entlang. Die Nackten sahen ihr verwundert nach.

»Edward! Wohin?«

»Links, links!«, rief er und deutete auf eine Buschreihe hinter dem Badehäuschen. Ein schmaler Kiesweg führte zu einer Seitentür in der mannshohen Grundstücksmauer. Georgina rannte schneller. Sie betete, dass sie nicht verschlossen war.

Sie drehte am Türgriff. »Scheiße!«

Edward betrachtete das Tastenfeld am Türstock. Er fuhr sich mit der Hand durch die Haare. »Keine Ahnung.«

»Lass mich mal!«, Nicky probierte Zahlen: eins, zwei, drei, vier. Nichts. Neun, acht, sieben, sechs – Nichts.

»Vergiss es! Es gibt zigtausend Kombinationen.« Camille blickte zur Mauer empor. »Vielleicht können wir drüberklettern.«

»Das schaffen wir nicht mehr«, stöhnte Nicky. An der Hausecke tauchten zwei der Männer auf.

Georgina packte Edward am Arm. »Kennst du sein Geburtsjahr?«

»Zwei Jahre jünger als ich.« Edward tippte die Zahl ein. Das Schloss klickte. Georgina stieß die Tür auf und rannte auf die Straße. Stau. Ein Auto am anderen. Hupen, Menschen hasteten auf dem Gehweg. Alle in eine Richtung: nach Westen, weg vom Meer.

»Steht nicht herum! Lauft!« Edward zog die Tür hinter sich zu.

Georgina stutzte. Da lag etwas in seiner Stimme. »Warte! Willst du etwa nicht mitkommen?«

»Haut ab, ich lenke die Männer auf eine falsche Spur.«

Georgina sah ihn eindringlich an. »Und wenn sie dich erwischen?«

Edward zuckte die Achseln. »Was sollen sie von mir wollen? Mein Herz macht eine Verfolgungsjagd nicht mehr mit.« Er zog eine Platin-Kreditkarte aus seinem Portemonnaie und reichte sie Georgina. »Die werdet ihr brauchen.«

»Das kann ich nicht annehmen«, wehrte sie ab.

»Kannst du das Flugbenzin bezahlen?«

Sie presste die Lippen zusammen.

»Siehst du!«, sagte er. »Nimm meine Karte und hau ab!«

Georgina steckte sie ein. »Ich weiß nicht, wie ich dir das zurückzahlen soll.«

Von innen zog jemand an der Tür, dass die Angeln klirrten.

»Rette deine Familie«, rief Edward. Er wandte sich ab und lief die Straße hinunter. Camille sah ihm nach. »Ein feiner Kerl!«

Das war er. Georgina fuhr zusammen, als ein schwerer Tritt die Tür erschütterte. Sie stürmte los. Die nächste Seitenstraße rein. Sie sah kurz über die Schulter. Die Verfolger schwangen sich über die Mauer von Richards Anwesen, dann teilten sie sich. Drei liefen hinter Edward her, fünf rannten auf Georgina zu. Sie preschte vorwärts, überholte Camille und Nicky. Linke Seitenstraße, rechte. Wo war der verdammte Flughafen? Alle zwei Minuten donnerte ein startendes Flugzeug über sie hinweg. Die wiesen ihr den Weg. Sie konnte sich nicht verirren.

»Ich kann nicht mehr«, stieß Camille zwischen schweren Atemstößen hervor. Georgina übernahm den Pilotenkoffer.

»Komm, altes Mädel! Nicht schlappmachen«, keuchte Nicky.

Camille warf ihr einen zornigen Blick zu, straffte den Rücken und lief weiter.

Endlich erreichten sie den Flughafen. Autos auf den Straßen, auf den Parkplätzen. Soldaten mit anschlagbereiten Sturmgewehren hielten eine Gasse frei. Darin fuhren Militärlaster, Rettungsfahrzeuge und Busse. Am Terminal hielten sie. Leute stiegen aus. Angst, Hektik, Panik in den Gesichtern. Sie stießen und drängten. Georgina zwängte sich zwischen die Menschen und ließ sich von der Menge bis zur Abfertigungshalle mittragen. Ellenbogen trafen sie in der Seite, jemand trat ihr auf den Fuß. Sie drehte den Kopf und glaubte, die Verfolger hinter sich zu sehen. Sie duckte sich.

An den Schaltern arbeitete nicht das übliche Flugpersonal, sondern Männer in Militäruniformen. Soldaten standen auch in den Korridoren, an den Flugsteigen. »Hier entlang, hier entlang, bleiben Sie ruhig, gehen Sie schneller.« Georgina entspannte sich. Unter den Augen des Militärs würden sich die Verfolger nicht an ein paar Frauen vergreifen.

Camille suchte eine abgelegene Ecke. Sie nahm Flugkarten, Lineale und Winkelmesser aus Richards Pilotenkoffer. Während sie den Kurs plottete, holte sie über ihr Smartphone Wind- und Wetterinformationen ein. Georgina bewunderte ihre ruhigen Handgriffe, wie sie die angstgeladene, fiebrige Atmosphäre ausblendete und konzentriert arbeitete. Camille war super! Sie würden es schaffen.

Nicky beobachtete die Menschenmenge. Ein ständiges Mahlen, Laufen, Drücken und Schieben. Köpfe wandten sich ihnen zu. Georgina suchte nach den Verfolgern. Unter den vielen Menschen würde sie sie noch nicht einmal erkennen, nicht, bevor es zu spät zur Flucht war.

»Fertig«, sagte Camille. Sie suchten den Personalausgang. Abseits des Passagierbetriebs. Es gab kein Abseits. Überall drängten sich Menschen. »Erdgeschoss, nach hinten raus«, vermutete Camille. Sie kämpften sich an der Rückwand entlang. Boutiquen, Coffeeshops, Souvenirläden. Alle geschlossen. Nicky deutete auf eine Tür. ›Authorized Personal Only‹ Zwei Soldaten versperrten den Weg. Camille zückte ihren Pilotenschein und zeigte den beiden die Flugzeugregistrierung. Sie traten zur Seite.

Auf der Rollbahn reihten sich Flugzeuge, fünf, sechs hintereinander. Die Düsen kreischten. Warteschlange für den Start. Weitere Flugzeuge schlossen sich an. Von der Startbahn kam das Donnern von Triebwerken. Ein schmaler Rollweg führte zu den Hangars der kleinen Maschinen. Zehn Minuten Marsch. Im Pilotenkoffer fand Camille die Schlüssel. Tor sieben. Nicky öffnete. Die Nase eines zweidüsigen Privatjets tauchte vor ihnen auf. Georgina drängte zum Einsteigen. Camille schloss die Einstiegsluke der Hawker und nahm auf dem Pilotensitz Platz. Nicky wies sie den Co-Pilotenplatz zu. »Schließlich war das alles deine Idee!«

Georgina nahm einen Sitz in Flugrichtung ein, von dem aus sie Camille sehen konnte. Die sah sich im Cockpit um. Sie legte Schalter um und drehte an Handrädern. Georgina hatte keine Ahnung, wozu all die Instrumente und Lämpchen dienten. Ihre Knie wurden weich. Warum fühlte sie sich so anders, wenn Camille flog und nicht einer dieser Berufspiloten? Die Düsen starteten. Camille setzte Kopfhörer auf. Sie sprach in das Mikrofon. Es klang, als redete sie in einem Geheimcode. Camille ergriff mit der linken Hand das Steuerhorn, mit der rechten schob sie Hebel vor. Die Triebwerke heulten auf, das Flugzeug rollte an.

Tiefe Dankbarkeit breitete sich in Georgina aus. Camille und Nicky hätten das nicht tun müssen, sie wussten genau, dass es eng werden könnte und doch hatten sie vorgezogen zu helfen, statt sich in die Sicherheit des Bunkers zurückzuziehen. Und Edward? Hatten ihn die Männer gefangen? Hinter ihm waren sie bestimmt nicht her, sondern hinter ihr. Aber wer hatte sie geschickt? Hayes? Was für ein Interesse hatte der noch an ihr? Turkov vielleicht? Wofür? Ihr Wissen konnte es nicht mehr sein, denn die Regierung gab die sicheren und gefährdeten Gebiete über alle Kanäle bekannt. Es konnte sich nur noch um persönliche Rache handeln. Aber das war idiotisch.

Warteschlange, Startbahn, die Düsen heulten auf, die Hawker beschleunigte. Georgina zog den Sicherheitsgurt fester.

44

Über Washington, D.C.

Georgina war von Camille beeindruckt. Zwar wackelte die Hawker beim Start und legte sich einmal beängstigend schief, aber dann richtete sie sich gerade aus, hob die Nase und gewann an Höhe. Camille wischte sich den Schweiß von der Stirn.

Georgina sah aus dem Fenster. Washington blieb zurück. Kolonnen von Autos krochen wie lange Schlangen auf den Highways ins Landesinnere. Mit dem Wagen wäre auch sie dort unten eingeklemmt; sie hätte es niemals rechtzeitig zum Yellowstone geschafft. Erleichtert ließ sie sich in die Polster sinken.

Camille schaltete den Autopiloten ein und drehte sich grinsend um. »Na, hat doch prima geklappt!«

Über Nebraska wurde der Treibstoff knapp. Camille blätterte durch das Flugplatzverzeichnis, was Georgina irritierte. »Das nennst du Planung?«

»Alles im grünen Bereich«, erwiderte Camille. »Ich suche Ausweichflugplätze, wo nicht gleich jemand seine Nase in unsere Angelegenheiten steckt.«

»Und?«

Sie tippte mit dem Finger auf eine Seite. »Crete Municipal Airport. Die haben keinen Tower und es gibt dort Kerosin. Ist doch perfekt?«

Georgina zuckte die Achseln. Mit Fliegen und Flugplanung hatte sie sich nie beschäftigt. »Wenn du meinst.«

Camille nickte, dann schaltete sie den Autopiloten ab. »Nicky, stell mir bitte das Funkgerät auf einhundertzweiundzwanzig Komma acht.« Sie lauschte eine Weile, aber es kam nur Rauschen aus dem Lautsprecher. »Ist nicht viel los«, bemerkte sie und nahm das Mikrofon. »Crete Traffic. Hawker November Lima Two Eight Five Delta Foxtrott approaching Runway Thirtyfive.«

»Ist das alles?«, wollte Nicky wissen. »Keine Einweisung von denen?«

Camille grinste. »Das ist ja das Gute. Im Endanflug muss ich mich noch einmal melden. Sonst nichts.«

Während die Hawker in den Sinkflug ging, sah Georgina aus dem Fenster. Unter ihnen lag braunes Farmland, durchkreuzt von wenigen Straßen. In der Ferne erblickte sie einen Highway, auf dem sich eine Blechlawine in Richtung Osten wälzte. Die Leute folgten offensichtlich dem Aufruf der Behörden, gefährdete Gebiete zu verlassen.

Camille wirkte mehr und mehr angespannt, je näher der Boden kam.

»Scheiße, Scheiße, Scheiße!«, rief sie plötzlich, zog am Steuerhorn und drückte gleichzeitig die Hebel auf der Mittelkonsole vor.

Georgina durchfuhr ein Schreck, sie wurde in den Sitz gedrückt, die Nase des Flugzeugs hob sich.

»Was ist passiert?«

»Ich war zu hoch. Ich werde eine Ehrenrunde drehen müssen.«

Besser als zu tief, fuhr es Georgina durch den Kopf. Während der Runde um den Platz konnte sie das Flugfeld sehen. Um die Hangars parkten hunderte von Autos. Leute auf der Flucht vor der Katastrophe. Wieder sank das Flugzeug. Camilles Blick pendelte zwischen Instrumenten und Fenster hin und her.

Georgina zog den Sicherheitsgurt fester.
Der Boden kam näher. Georginas Magen kribbelte. Ein Rucken, ein Quietschen, dann Rollen. Camille steuerte auf die Gebäude zu. Auch davor parkten Hunderte von Autos. Camille bremste und hielt an.

»Sieht aus wie der Parkplatz einer Shopping-Mall am Black Friday!«, sagte Nicky.

Camille griff zum Mikrofon. »Ich brauche einen Tankwagen.«

»Ich komme gleich«, antwortete eine kratzige Männerstimme.

Camille öffnete die Tür. »Zeit, sich die Beine zu vertreten.«

Nicky reckte den Kopf. »Gibt's hier irgendwo eine Toilette?«

Camille streckte den Rücken. Sie sah sich um. »Da vorne sehe ich eine Flugschule. Die lassen dich bestimmt.« Sie wandte sich an Georgina. »Und du?«

»Wenn Nicky zurück ist.«

Zwischen den geparkten Autos schob sich der Tanklaster heran. Vor der Hawker blieb er stehen. Ein Mann in grauem Overall sprang aus der Kabine.

»Habt ihr hier ein Volksfest?«, begrüßte ihn Camille.

Der Tankmann stöhnte. »Flüchtlinge aus den Rockys. Belegen jeden freien Platz in Crete. Die Schule, das Rathaus, die Hangars. Wir wissen gar nicht mehr, wohin mit ihnen!«

»Es werden nicht die letzten sein«, prophezeite Georgina.

Er verzog das Gesicht. Dann erdete er das Flugzeug mit einem Stahldraht, entrollte den Schlauch und schob den Tankstutzen in die Tanköffnung an der Tragflächenoberseite. »Wer diese verdammte Evakuierung angeordnet hat, gehört erschossen!«, schimpfte er. »Nur weil Kalifornien abgesoffen ist, machen die so eine Panik! War doch schon lange zu erwarten. Welcher Idiot zieht an die San-Andreas-Spalte? Selbstmörder!«

Georgina erinnerte er an ihren Bruder: selbstgerecht, engstirnig. Elias war durch ein Wunder der Katastrophe entgangen, nur um nachher auf einem Supervulkan herumzuspazieren. Sie warf einen Blick auf die Uhr.

Der Tankwart füllte auch den Tank im anderen Flügel.

Camille reichte ihm Edwards Kreditkarte.

Georgina hielt die Luft an. Wenn das nur gut ging. Auch wenn sie Edwards Erlaubnis hatten, so begingen sie Kreditkartenbetrug.

Der Tankwart verschwand in seinem Laster und kam nach einer Minute mit der Quittung zurück. Camille unterschrieb mit Edwards Namen. Der Tankwart steckte den Beleg ein, ohne die Unterschrift zu kontrollieren. »Wo wollen Sie denn hin?«

Georgina ließ den Atem gehen. Der Mann hatte viel Vertrauen. Offensichtlich hatte ihn bisher niemand betrogen. Und das taten sie ja auch nicht. Edward würde die Zahlung akzeptieren. »St. Louis«, log sie einer Eingebung folgend.

Der Mann brummte. »Wenn ihr hier etwas essen wollt, habt ihr Pech gehabt.« Er deutete auf die geparkten Autos. »Die Landplage hat alles weggefressen. Da ist nicht eine Konservendose oder Wasserflasche im Supermarkt übrig geblieben! Verdammte Scheißkerle!« Er wandte sich ab. »Guten Flug«, rief er im Gehen und hob einen Arm als Abschiedsgruß.

Nicky kam zurück. »Hab ich was verpasst?«

»Ich bekomme ein ungutes Gefühl«, sagte Georgina. »Lasst uns starten.«

»Wegen der Kreditkarte?«, fragte Camille.

Georgina zuckte die Achseln. »Unruhe.«

Nach einer halben Stunde Flug zeichneten sich am Horizont die Rocky Mountains ab. »In einer viertel Stunde sind wir über dem Yellowstone«, verkündete Camille und klappte die Blende herunter, denn die tiefe Sonne schien ihr ins Gesicht. »Bevor es dunkel wird, muss ich landen.«

Georgina sah auf die Uhr. Zwei Zeitzonen hatten sie durchflogen, also zwei Stunden zurück. In spätestens einer

Stunde ging die Sonne unter. Bis dahin mussten sie Elias gefunden haben, sonst verloren sie einen ganzen Tag auf einem tickenden Vulkan. Die Frage war nur, wie sie ihn vom Flugzeug aus sehen sollte. Sie blickte aus dem Kabinenfenster. Zu kleiner Blickwinkel. Sie musste ins Cockpit. Da war die Sicht besser. »Lass mich vor«, wies sie Nicky an.

Es war schon ein erhebendes Gefühl, in der Pilotenkanzel zu sitzen. Die Welt breitete sich vor Georgina aus, die Rockys wuchsen förmlich aus dem Boden.

Camille überflog das Städtchen Cody. Sie sah keine Autos auf den Straßen und Parkplätzen. Die Evakuierung war offensichtlich abgeschlossen. Hinter Cody standen die Rockys wie eine Wand. Camille steuerte auf den V-förmigen Einschnitt zwischen den Bergen zu. Dahinter lag ein schmales Tal. Camille ging tiefer. Ihre Hände wurden feucht. Die Berge kamen links und rechts immer näher. Vor ihr reflektierte der Yellowstone Lake das Abendlicht. Sie überflog die Rangerstation. Keine Autos, keine Zelte oder Wohnmobile auf den Campingplätzen. »Bist du sicher, dass dein Bruder überhaupt noch hier ist?«

Georgina kannte ihn nur zu gut. Er funktionierte wie eine Uhr und tat immer das Gleiche. »Normalerweise verkriecht er sich im Hinterland – am Wolf Lake. Ich war mal mit.« Das war lange her. Isa hatte damals gerade laufen gelernt. Den ganzen Weg hatte Georgina sie in einer Kindertrage auf dem Rücken gehabt. Bei kurzen Sprints hatte Isa vor Vergnügen gekräht. ›Sneller, Tanta Mada, sneller.‹ Georgina suchte nach Orientierungspunkten. »Mist, von hier oben sieht alles so anders aus!«

Camille deutete auf die schwarzen Rauchfahnen, die an mehreren Stellen aus Bergspalten quollen und in den Himmel stiegen.

Kein gutes Zeichen. Auf Georginas Brust legte sich ein Druck. Noch ein Tag, vielleicht eineinhalb – wenn die Berechnung stimmte. »Geh tiefer! Von hier kann ich nichts erkennen.«

Camille drückte am Steuerhorn. Die Sonne versank wie im Zeitraffer hinter den Berggipfeln.

Georgina starrte in die Tiefe. Sie versuchte, sich zu erinnern. Der Yellowstone Lake. Ja, aber dann? Eine Serpentinenstraße hoch! Georgina fand nur eine. Instinktiv wusste sie, dass das die richtige war. Sie zeigte darauf. »Die! Die im Norden!«, rief sie. Ihr Herz klopfte schneller.

Camille legte das Flugzeug in eine Kurve. Bäume und Felsen sausten unter ihnen hinweg. Die Sicht verschlechterte sich. Georgina verlor die Straße aus dem Blick. Sie presste das Gesicht an die Scheibe. »Kannst du langsamer fliegen?«

Camille deutete auf den Berg vor ihnen. »Links oder rechts? Schnell!«

Georgina erkannte die Form. Von ihrem Camp damals war der Berg zu sehen gewesen. Der Observation Peak! »Links. Links!«, schrie sie.

»Ja doch!« Camille zwang das Flugzeug in eine enge Kurve. Mehr und mehr Erinnerungen kamen zurück: ein Parkplatz in der Nähe der Straße, ein überfüllter Campingplatz ... Georgina starrte aus dem Fenster. Nur eine Straße zog sich durch das Tal. »Bleib links davon.« Georginas Herz schlug noch schneller. Sie scannte den Wald. Da mussten irgendwo kleine Seen sein. Die sollten doch von hier oben auszumachen sein. Sie kniff die Augenlider etwas zusammen. Dann sah sie drei helle Flecken im Wald. Der Himmel spiegelte sich in Wasser. Das mussten die Seen sein! »Da vorne. Der kleinste. Tiefer. Ohhh«, rief sie enttäuscht, als das Flugzeug darüber hinwegrauschte.

»Soll ich wenden?«

»Bitte!«

»Da unten parkt ein einsames Auto«, bemerkte Camille.

»Was für eins?« Georgina hielt die Luft an.

»Weißer Kleinbus.«

»Das ist er«, jubelte sie. »Und nun flieg zu dem kleinen See!«

Dann entdeckte sie das silberne Band des Gibbon River, der an der Ostseite in den See mündete. Sie waren richtig! Am südwestlichen Ausfluss sah sie unweit des Ufers drei Zelte. Zwei grüne und ein gelbes. Vor Freude klatschte sie in die Hände. Menschen sah sie keine.

Camille legte die Maschine erneut in eine Kurve. »Okay! Wir haben sein Camp gefunden. Ich fliege jetzt zum Flugplatz von Cody. Das schaffe ich vor der Dunkelheit.«

Und erst am Morgen zurückkommen? Wie, ohne Auto? Es gab nur einen Weg. »Du musst hier auf der Straße landen!«

»Das ist verrückt!«, fauchte Camille.

»Hast du eine bessere Idee?«

Camille stöhnte und flog eine Kehre. »Dann schnallt euch an«, sagte sie mit Grabesstimme. Während der Boden immer näher kam, trat ihr Schweiß auf die Stirn. Georginas Magen zog sich zu einem Klumpen zusammen. Hier vorne wirkte das Landemanöver viel gefährlicher als im Gastraum. Sollte sie Camille anweisen, wieder durchzustarten? Aber was war die Alternative zu einer Landung? Keine. Sie müsste Elias, Isa und die anderen im Stich lassen.

Die Fahrwerke fuhren summend aus und rasteten mit einem Klack ein. Camille würde es schon schaffen. Sie hatte das Flugzeug von Washington bis hierher geflogen. Sie würde es auch herunterbekommen.

Camille schien nicht zu atmen. Sie stierte aus dem Fenster. Ab und zu zuckte ihr Blick über die Armaturen.

Georgina krallte die Finger um ihre Armlehnen. Komm, altes Mädchen!

Dann gab es einen Schlag. Das Flugzeug sprang in die Höhe. Georginas Herz schien für einen Augenblick stehenzubleiben. Camille drückte am Steuerhorn, dann zog sie es langsam wieder an. Die Nase der Maschine hob sich, dann sackte das Heck ab. Quietschend trafen die Reifen den Asphalt. Georgina ließ die Luft aus den Lungen. Camille steuerte gegen das Schlingern und trat auf die Bremse. Langsam rollte die Hawker aus.

Eine Zentnerlast schien sich von Georginas Brust zu heben. Sie klatschte Applaus. Nicky fiel mit ein.

Georgina war froh, wieder festen Boden unter den Füßen zu haben. Sie hoffte nur, dass das Flugzeug bei der Landung nicht zu weit über den Parkplatz hinausgeschossen war. Die Nacht würde bald kommen. Sie fand eine Taschenlampe beim Erste-Hilfe-Kasten. »Los, los, meine Damen!«, drängte sie.

Die Bewegung nach dem langen Sitzen tat gut. Georgina lief mitten auf der Straße. Sie spürte neue Energie in sich. Elias, Isa, sie war ja schon fast bei ihnen.

Auf dem Parkplatz stand ein einziges Auto: Elias' Kleinbus. Georgina zog den Zettel mit dem Emblem der Parkranger unter dem Scheibenwischer hervor. Er sah aus wie ein Strafzettel, war aber nur eine Notiz: ›Bitte verlassen Sie unverzüglich den Park. Fahren Sie mindestens 1000 Meilen nach Osten. Aktuelle Informationen bekommen Sie auf dem Notkanal 88,9.‹

Georgina knüllte das Papier zusammen und warf es von sich. War das der ganze Einsatz der Parkranger gewesen, um ihren Bruder zu finden?

»Hier sind Wegweiser«, rief Nicky. »Aber einen Wanderweg zum Wolf Lake kann ich nicht sehen!«

Deswegen waren dort auch so wenig Wanderer anzutreffen. Vielleicht hatte Elias die Parkranger geschmiert, damit sie kein Schild anbrachten. Oder er hatte es selbst abgerissen. Was für blöde Gedanken ihr durch den Kopf gingen! »Wir müssen zuerst zum Grebe Lake«, antwortete sie und deutete auf den breiten Weg am Nordende. Sie lief los. Es wurde schnell dunkel. Georgina schaltete die Taschenlampe ein. Im Lichtkegel war der Pfad bis zum Grebe Lake gut erkennbar. Dann verzweigte er sich.

Georgina fand den Trampelpfad zum Wolf Lake. Sie glaubte, frische Fußspuren zu erkennen. Dann verliefen sie sich, der Pfad verlor sich im Gras. »Scheiße!« Georgina leuchtete umher. Büsche und Baumstämme schälten sich aus der Dunkelheit.

»So hat das keinen Sinn«, stellte Camille fest. »Lass uns umkehren.«

Georgina schüttelte den Kopf. »Ich weiß nicht, wie viel Zeit uns noch bleibt.« Sie reichte Camille die Taschenlampe. »Geht zurück. Ich warte hier bis zum Morgen. Bis spätestens zum Sonnenuntergang werde ich Elias am Flugzeug haben.«

Camille öffnete den Mund. Ohne Einwände würde sie nicht gehen. Da ließ ein ohrenbetäubendes Zischen Georgina zusammenfahren. Schwefeliger Rauch gemischt mit Wasserdampf zog durch den Wald und hüllte sie ein. Sie hustete. Der Strahl der Taschenlampe stach als gelblicher Finger in den dichter werdenden Dunst. Sekunden später konnte Georgina überhaupt nichts mehr sehen. Sie ließ sich auf den Boden sinken und presste ihr Taschentuch an den Mund. Die vulkanische Aktivität nahm zu. Sie mussten sich beeilen, aber Weitergehen war keine Option. Sie saßen fest.

45

McMurdo Station, Antarktis

Zuerst war den Wissenschaftlern der zurückgehende Meeresspiegel am Strand der McMurdo-Station aufgefallen. Dann hatten es Satellitenmessungen bestätigt: Die antarktische Platte hob sich. Das war erst einmal nicht sonderlich alarmierend, denn diesen Effekt kannte man auch aus Grönland und Skandinavien: Die Gletscher schmolzen und gleichzeitig hob sich das Land. In der Antarktis wirkte es sich etwas anders aus. Über dem Bentley Graben hob sich das Land mehr als an der Küste. Hier war die Platte nur acht Kilometer stark. Sie bog sich gefährlich.

Major Healey setzte einen Funkspruch an seine Vorgesetzten im Pentagon ab.

Die Antwort gefiel ihm nicht: »Wir werden uns darum kümmern, sobald Kapazitäten frei sind.«

Healey fletschte die Zähne. Warum musste ausgerechnet jetzt ein Tsunami die Atlantikküste verwüsten und alle Ressourcen binden? Und er saß hier am Arsch der Welt.

Grandpa Woodrop polterte zur Tür des Hauptquartiers herein. Er schlug sich mit den Handschuhen den Schnee von Hose und Stiefeln. »Verdammt, Sir, man kann keine zwei Meter weit sehen.«

Der alte Haudegen war der erfahrenste Mitarbeiter der McMurdo-Station. Kräftig, robust, ausgeprägtes Kinn. Selten zeigte er Gefühle, aber heute stand Sorge in seinem faltigen Gesicht. Schneefall in dieser Größenordnung war nicht normal, wenn der Wind vom Polarplateau kam. »Was sagen die Wetterfrösche?«, fragte Major Healey.

»Immense Dampfentwicklung im Inland. Kommt als Schnee runter.«

Major Healey nickte. Das hatte nichts Gutes zu bedeuten. »Bringen Sie Doktor Bricker zu mir.«

Woodrop salutierte und ging.

Wenig später erschien er mit dem Meteorologen. Ein kleiner Mann. Mit seinen breiten Schultern und der dickgefütterten hellblauen Jacke wirkte er nahezu quadratisch. »Auf den Satellitenbildern sind mehrere Stellen mit Dampfentwicklung zu sehen.« Er deutete auf die Wandkarte. »Hier, hier, hier und hier. Ich vermute, unter den Gletschern tritt Lava aus.«

Entlang des Bentley Grabens. Das ungute Gefühl des Majors verstärkte sich. Die Warnung von Frau Doktor Finley ging ihm nicht mehr aus dem Sinn, dazu kamen über die Medien Aufrufe zur Evakuierung auf allen Kontinenten. Warum bekam er keine Order? Seine Vorgesetzten im Pentagon schwiegen. Das war nicht nur verdächtig, es ließ nur einen Schluss zu: Sie hatten die Antarktis aufgegeben.

Major Healey lief hinter seinem Schreibtisch auf und ab. Drei Schritte, kehrt, drei Schritte. Wie weit reichten seine Befugnisse? Ohne Befehl hatte er nur wenig Freiheit – zumindest, soweit das die Stationierung seiner Einheit betraf. Aber die Zivilisten waren nicht an die Order gebunden. Healey straffte die Schultern: »Woodrop, Wissenschaftler und nichtmilitärisches Personal werden die Station verlassen. Organisieren Sie den Abflug!«

Woodrop salutierte. »Jawohl, Sir!«

Doktor Bricker wandte sich mit einem Ruck von der Karte ab. »Bei dem Sauwetter wollen Sie fliegen? Und ich soll mit?«

Nackte Angst stand im Gesicht des Meteorologen. »Wann wird es sich ändern?«, fragte der Major.

»Wenn der Wind dreht.« Doktor Bricker wiegte den Kopf. »In einigen Stunden, spätestens in ein paar Tagen.«

»Solange will ich nicht warten. Woodrop, veranlassen Sie die Evakuierung der Zivilisten!« Healey spürte ein Zittern im Boden. »Beeilen Sie sich!«

Ein ohrenbetäubender Knall ließ den Bürocontainer schwanken, dann krachte es von einer der Stützen, die Fensterscheiben zerbarsten. Major Healey rappelte sich hoch und starrte auf die schwarzen Flocken, die zum Fenster hereinwehten, auf den Akten schmolzen und dunkle Flecken hinterließen. Er ahnte, dass keine Zeit mehr blieb. »Laden Sie das Flugzeug bis zum maximalen Abfluggewicht mit Passagieren, kein Gepäck!«, befahl er. »Sofort!«

Woodrop arbeitete sich zur Tür vor und hastete hinaus, Doktor Bricker hinterher. Er blutete aus einem Schnitt am Kopf.

Healey trat ans Fenster. Der Boden bebte. Splitter hingen wie Reißzähne im Rahmen. Draußen glühte die Wolkendecke über der Station feuerrot. Zivilisten liefen in Panik herum. Über die Schreie hallten Befehle. Die Soldaten marschierten, zielgerichtet, diszipliniert. Healey nickte zufrieden. Schon nach wenigen Minuten rollte das Militärflugzeug heran. »Einsteigen. Frauen zuerst!« Zwei Männer in der Warteschlange droschen aufeinander ein. Ein schmächtiger huschte an ihnen vorbei und kletterte in die Maschine. Angst machte Feiglinge. Die Einstiegsluke des Flugzeugs wurde geschlossen. Die Motoren heulten auf. Zurück blieb ein Dutzend ängstlicher und wütender Menschen. Das Flugzeug verschwand im Schneegestöber. Der Major wünschte, er hätte noch eine zweite Maschine. War es überhaupt Schnee? Oder war es Asche? Der Himmel verdunkelte sich. Die Gletscher knallten, das Eis brach. Es klang wie Kanonenschüsse. In der Luft schwoll ein Rumpeln und Dröhnen an. Healey überlegte, was er für die Leute tun konnte. Gar nichts. An der Front, wenn der Feind nahte, konnte man wenigstens schießen. Aber hier? Gegen die Naturgewalt hatte er keine Munition, keine Waffe. Er konnte nur warten. Feuer fiel, glühenden Kometen gleich, aus der Luft. Einer traf den Öltank am Rand der Station. Eine Explosion, Flammen schlugen empor, der Dunst leuchtete gelb.

Woodrop erschien. Er krallte sich an der Türzarge fest. »Haben Sie weitere Befehle, Sir?«

Ein guter Soldat. Er hatte sich im Griff. »Nein, Sergeant.«

»Sir, wir haben noch die Chopper.«

Langsam, geringe Reichweite. Es wäre ein Todeskommando. Aber war hierbleiben besser?

»Vielleicht schaffen wir's bis Feuerland!«, sagte Woodrop.

Hoffnung war schon immer ein schlechter Ratgeber. Sie war meist stärker als Logik. Aber was sagte die Logik? Aushalten und auf Verstärkung warten? Nein, das war eine Phrase aus dem Militärhandbuch. Im Moment gab es keine logische Entscheidungskette, nur Chaos – und die Hoffnung.

»Sie wissen, worauf Sie sich einlassen?«

»Jawohl, Sir! Danke, Sir.« Der Sergeant rannte los, drehte sich aber noch einmal um. »Und Sie?«

Healey schüttelte den Kopf.

Woodrop salutierte. Dann lief er weiter und verschwand im Dunst.

Minuten später starteten die Hubschrauber. Der Major hoffte, dass die Männer und Frauen es schaffen würden. Mit einem Ruck wandte er sich um und kämpfte sich gegen Erdstöße und Schräglage zum Funkgerät durch. Keine der Anzeigen leuchtete. Er schaltete auf Notstrom. Immer noch nichts.

»Die Batterie, Sir«, rief jemand von der Tür her.

Der Major fuhr herum. Grandpa Woodrop zog sich am Rahmen hoch und stieg in den Bürocontainer.

Healey sah ihn verblüfft an.

Der Sergeant zuckte die Achseln. »Kadett Wilks fliegt. Um einen alten Knochen wie mich ist es nicht schade.«

Das war sehr anständig von ihm.

Woodrop kam herbei und öffnete die Seitenklappe des Funkgeräts. »Altes Leiden dieses Modells: Wenn's wackelt, löst sich der Kontakt.« Er drückte die Steckverbindung auf den Stift. Die Armaturen erwachten zum Leben.

Der Stationsleiter atmete auf. »Danke, Sergeant. Da soll einer draufkommen!« Er wählte die Notfrequenz. »Major Healey an alle ...«

Ein Knall zerriss seine Trommelfelle und trieb die Luft aus seinen Lungen. Mit ungeheurer Macht wurde er in die Höhe katapultiert. Sein Gehirn schaltete ab, bevor er bemerkte, dass er mit dem Gestein des halben Kontinents kilometerhoch in die Luft flog.

46

Yellowstone Nationalpark, Wyoming

Schrilles Zischen drang durch die Dunkelheit. Warmer, schwefelig riechender Dampf hüllte Georgina ein. Ihre Kleidung wurde klamm. Sie kauerte zwischen den Bäumen. Einzelne Gräser und Kräuter wuchsen auf dem erdigen Boden. Sie wäre gerne weitergegangen. Wenn der verdammte Nebel nicht die Sicht behinderte. Dicht wie eine Wand reflektierte er das Licht der Taschenlampe. Nicky und Camille konnte sie nur als vage Schatten sehen. Sie leuchtete auf ihre Armbanduhr. Die Zeit schien stillzustehen.

Camille gähnte. »Versuche zu schlafen.«

Camille hatte recht. Herumsitzen half nichts. Morgen würde sie all ihre Kräfte brauchen. Sie legte sich auf den Boden. Er war kalt, die Gräser feucht. Eine Wurzel drückte ihr in den Rücken. Georgina drehte sich. Jetzt drückte etwas in ihrer Seite. Sie rollte sich zusammen. Gedanken an das Survival-Training in Maine kamen ihr in den Sinn. Mit Ryan hatte sie aus Ästen und Blättern einen Unterschlupf gebaut, den Boden mit trockenen Gräsern gepolstert. Ihr Liebesnest. Wo war er jetzt? In North Dakota? Auf dem Kanadischen Schild wäre er sicher – vorerst. Ihr Magen knurrte. Warum hatte sie nicht daran gedacht, Essen mitzunehmen? Noch nicht einmal eine Wasserflasche hatte sie dabei. Alles war so schnell gegangen, sie hatte keine Zeit zum Überlegen und Planen gehabt. Und nun mussten Camille und Nicky darunter leiden. Aber nur bis Morgen. Elias hatte Proviant in seinem Camp.

Plötzlich fuhr sie hoch. Sie rieb sich die Augen. Hatte sie etwa geschlafen? Was hatte sie geweckt?

Stille.

Sie knipste die Taschenlampe an. Nur noch dünne Nebelfetzen hingen im Wald. Auf dem Boden sah sie Fußspuren. In einer Linie zogen sie sich zwischen den Bäumen dahin. Das war der Pfad!

Camille lag auf dem Rücken in einer Bodenkuhle und schlief, Nicky lag zusammengerollt unter tiefhängenden Ästen. Sie sahen so friedlich und entspannt aus. Georgina tat es leid, sie wecken zu müssen. Sie stupste Camille sachte an.

Camille brabbelte schlaftrunken, dann schlug sie die Augen auf. »Können wir weiter?«

Nicky kroch unter den Zweigen hervor und rieb sich die Seite. »Ich habe schon schlechter geschlafen«, sagte sie. »Aber das ist lange her.«

Für die Dankbarkeit, die Georgina den beiden gegenüber empfand, fand sie keine Worte. Sie strich Nicky und Camille sanft über die Schultern. »Bei Elias gibt's Frühstück.«

Nicky streckte sich. »Kaffee!«

Da war freudige Erwartung in ihrer Stimme. Georgina musste sie enttäuschen. »Ich fürchte, mein Bruder hat keinen.«

»Irgendetwas wird er schon haben.« Camille stampfte mit den Füßen. »Meine Beine fühlen sich ganz abgestorben an.«

Georgina leuchtete den Boden ab. Das war unsinnig. Was sollte dort liegenbleiben? Sie hatten ja nichts. »Können wir aufbrechen?« Sie richtete den Strahl der Taschenlampe auf den Pfad. Spuren im Staub, niedergetretene Gräser. Sie schritt kräftig aus. Äste streiften sie gelegentlich an Oberarmen und Kopf.

Endlich graute der Morgen. Über den Silhouetten der Berge hing schwarzer Rauch. Wasserdampf vermischt mit Vulkanasche. Der Druck in der Lavakammer unter dem Yellowstone nahm weiter zu. Wie lange noch bis zum Ausbruch? Camille und Nicky flüsterten hinter ihr. Sie kannten die Zeichen auch. Georgina beschleunigte ihren Schritt.

Als sie das Ostende des Wolf Lake erreichte, leuchteten die Wolken im Morgenlicht dunkelrot. Georgina blickte über den See. An der Westseite sah sie die Zelte. Elias schürte bereits das Feuer, Mary hantierte mit Töpfen. Georgina atmete auf. Sie formte mit ihren Händen einen Trichter vor dem Mund. »Elias!«

Er fuhr herum. Als er sie sah, verzog er das Gesicht. »Was willst du denn hier?«, rief er.

Der Stoff des gelben und des grünen Zelts bewegte sich heDer Stoff des gelben und des grünen Zelts bewegte sich heftig, Reißverschlüsse ratschten, in Schlafanzügen krochen Paulus, Markus und Johanna ins Freie – und Isa. Georgina rannte. Isa lief ihr freudestrahlend entgegen. »Tante Magda!« Ihre blonden Haare flogen wie eine Fahne hinter ihr, sie warf sich in Georginas Arme und drückte sie fest.

Georgina presste Isa an sich. Nichts um sie herum schien im Augenblick mehr wichtig zu sein.

Camille räusperte sich. »Das ist also deine Isa.« Sie beäugte das Kind lächelnd. Ihre Augen sahen wehmütig aus, erfreut und traurig zugleich. Georgina spürte, wie sehr sich Camille ein eigenes Kind gewünscht haben musste. Ein Wunsch, der nie in Erfüllung gegangen war. Sie ahnte, wie schwer Camille das gefallen war.

»Was ist denn in dich gefahren!« Elias zornige Stimme brachte sie in die Gegenwart zurück. »Kann ich nicht einmal meinen Urlaub in Ruhe genießen? Wozu schleppst du wildfremde Leute an!«

Georgina sah Elias in die Augen. »Das sind Camille und Nicky. Meine Mitarbeiterinnen. Hör zu, du sitzt hier auf einem Vulkan, der jeden Moment hochgehen kann! Wir sind gekommen, um euch an einen sicheren Platz zu bringen.«

Elias rümpfte die Nase. »Wissenschaftlerinnen.«

Mary legte ihm eine Hand auf den Unterarm. »Deshalb musst du das Gebot der Gastfreundschaft nicht vergessen.« Sie hob den Kopf wie eine Königin. »Seid willkommen in unserem Camp. Möchtet ihr Frühstück?« Mary deutete zum Feuer. »Ich habe gerade einen Fichtennadeltee aufgesetzt.«

Nicky sah sie entgeistert an. Camille murmelte etwas, was wie ›Badewasser saufen‹ klang.

»Gerne«, sagte Georgina und ließ sich eine Tasse einschenken. Sie nahm einen Schluck, bitter. »Vielen Dank, Mary. Wir haben keine Zeit. Packt, was ihr unbedingt braucht und dann lasst uns gehen.«

Elias verschränkte die Arme vor der Brust. »Kommt überhaupt nicht in Frage.«

Georgina konnte es nicht fassen. »Der gesamte Yellowstone Park wird explodieren! Hast du die Aufrufe zur Evakuierung nicht gehört? Hast du die Zeichen nicht gesehen?«

»Unsinn. Es ist wie immer. Schöner. Schau dir die leuchtenden Wolken an, mit denen uns der Herr beschenkt!«

»Siehst du den Rauch nicht, du Idiot!«, fauchte Georgina. Das Licht hatte nicht die Frische und Klarheit des Morgens, es war bedrohlich, höllisch. Sie schauderte. Im Osten, aus der Richtung des Grebe Lakes, zischte eine Wassersäule über die Baumwipfel, Dampf stieg in die Höhe. Georgina zuckte zusammen, Johanna und Paulus sahen sich erschrocken an, Markus verkroch sich hinter seiner Mutter.

Elias verdrehte die Augen. »Wir sind im Yellowstone«, sagte er in einem Tonfall, als ob das Erklärung genug sei.

Georgina baute sich vor ihm auf. »Wir müssen fort!«

»Kommt nicht in Frage! Ich bleibe hier, wie geplant.« Er hob den Kopf und schob das Kinn vor. »Danach fahre ich nach Hause.«

Georgina kannte die Geste. Er schaltete von stur auf ganz stur. »Elias, ein Erdbeben hat Kalifornien ins Meer gerissen. Du hast kein Zuhause mehr.«

Mary schlug sich die Hand vor den Mund. Sie wurde blass.

Elias musterte Georgina von oben bis unten. »Willst du mir weismachen, der ganze Bundesstaat sei einfach so verschwunden?«

»Ich weiß, es ist unvorstellbar, aber wahr. Und auch hier ist es gefährlich. Die Regierung evakuiert weiträumig. Wir müssen fort.«

Elias hob die Hand zum Himmel. »Ich fürchte kein Unglück, denn Dein Stecken und Stab trösten mich und ich werde verweilen im Haus des Herrn immerdar.«

»Dein Pathos wird dir nichts nützen«, fuhr in Georgina an.

»Wir bleiben hier!«, brüllte er.

»Elias.« Mary griff sich ans Herz und stöhnte. »Unser Haus. Wo sollen wir hin?«

Er streckte den Rücken. »Gott wird uns einen Weg weisen.«

»Gott hat mich geschickt, um dich hier wegzuholen!«, erwiderte Georgina.

Elias schüttelte die Faust gegen sie. »Weiche von mir! Du bist ein Bote des Leibhaftigen.«

Mary zitterte am ganzen Körper. »Um Gottes Willen, Elias, denk an die Kinder!«

»Das tue ich.« Er schob die Brust vor. »Wer auf Gott vertraut, hat fest gebaut.« Er deutete zum Grebe Lake. Der Dampf darüber verflüchtigte sich, das Zischen erstarb. Er grinste triumphierend. »Gott ist mit mir.«

Georgina ballte die Hände zu Fäusten. »Elias ...«

Plötzlich riss sie ein Erdstoß von den Füßen.

Johanna verlor alle Farbe. »Der Teufel will uns holen!«

Elias rappelte sich auf. »Über Gerechte hat er keine Macht!« Aus einer Wunde an seiner Schläfe quoll Blut und lief über seine Wange.

Mary wischte es ihm mit einem Tuch fort. »Lass uns diesen Ort verlassen.«

»Weib, wo ist dein Glaube?«, zürnte er.

»Lass uns heimfahren«, meldete sich auch Markus.

Paulus machte ein Gesicht, wie Elias beim Predigen. Er legte einen Arm um seine Schwester. »Es ist eine Prüfung Gottes. Ich bleibe hier! Ich werde mich doch nicht vor Satan fürchten!«

Elias hob stolz den Kopf. »Recht so, mein Junge!«

Vom Wolf Lake kam ein Geräusch, ein schmatzendes Saugen. In der Mitte des Sees bildete sich ein Strudel und in wenigen Sekunden verschwand das Wasser. In der Luft schwoll ein dumpfes Grollen an, die Erde zitterte.

Georgina wandte sich an Elias. »Es schlummern unvorstellbare Kräfte in der Tiefe – und uns bleibt nicht viel Zeit.«

Elias starrte entsetzt auf den Wolf Lake. Kein Wasser mehr, nur Steine und Schlamm. Da erschütterte ein Knall die Luft, die Erde vibrierte. Georgina setzte sich auf den Boden, ihre Ohren klingelten. Vom Observation Peak kam ein Donnern und Mahlen, in der Seite brach ein zackiger Riss vom Gipfel bis halb ins Tal auf. Schwarzer Rauch stieg daraus hervor.

»Nichts wie weg!«, brüllte Georgina.

Elias wurde kreidebleich. Er blickte vom Qualm über dem Observation Peak zum trockenen Wolf Lake und zurück. Seine Kiefer arbeiteten. »Gerade hat Gott zu mir gesprochen«, stieß er hervor. »Er wird uns den Weg ins Gelobte Land zeigen!« Er schnappte zwei Wasserflaschen und scheuchte seine Familie vor sich her. »Lauft!« Auf dem schmalen Pfad drängte er sich an die Spitze. Mit langen Schritten lief er voran. Ob Gott es ihm gesagt hatte oder ob ihn schiere Angst trieb, war gleich. Hauptsache er lief.

Isa fiel zurück. Georgina hielt sich neben ihr. »Wir schaffen das!«

Mary strauchelte. Sie fing sich und rannte weiter. Paulus und Markus schienen die beste Kondition zu haben. Johanna lief der Schweiß in Strömen und hinterließ dunkle Flecken auf ihrer Bluse.

Am Grebe Lake pumpten Georginas Lungen, als wäre kein Sauerstoff mehr in der Luft. Die Oberfläche des Sees lag in trügerischer Stille und spiegelte die Rauchsäule, die immer dicker aus dem Spalt im Observation Peak schoss. »Pause«, japste Mary und hielt sich die Seite.

Elias beugte sich vor und stützte keuchend die Hände auf seine Knie. »Nur ... eine ... Minute.«

Johanna lief zum Ufer und bespritzte sich das Gesicht.

»Vorsicht!«, rief Georgina, denn in der Mitte des Sees stiegen Blasen auf, Sekunden später schoss Dampf unter orgelndem Zischen in den Himmel. Dann bildete sich eine Fontaine und schleuderte kochend heißes Wasser in die Luft. Es traf Johanna. Sie stürzte zu Boden und schrie vor Schmerz. Paulus eilte zu seiner Schwester.

»Nicht!«, brüllte Georgina.

Paulus lief weiter, er erreichte Johanna und zog sie auf die Beine, da schwoll der See an. Eine haushohe Welle erfasste die beiden.

Elias erstarrte. Mary schrie. Georgina drückte Isas Gesicht an ihre Brust. »Sieh nicht hin.«

Aber es gab nichts zu sehen. Paulus und Johanna waren verschwunden. Mary stürmte los. Camille und Nicky fingen sie ein und hielten sie zurück.

»Lasst mich los«, schrie sie und versuchte, sich loszureißen. »Paulus! Johanna!«

Dann färbte sich der Dampf gelb. Wieder stiegen Blasen im See auf.

Georgina erkannte die Gefahr. »Lauft!«, brüllte sie.

Camille und Nicky zogen Mary mit sich. Elias starrte wie versteinert auf den See. Georgina gab ihm einen Stoß. Er zuckte zusammen und lief los, staksig, mechanisch. Hinter seinen Augen lag eine Leere, als hätte er seine Seele verloren. Der Boden bebte. Markus stolperte mehr, als dass er lief. Wie weit war es noch zum Parkplatz, zum Flugzeug? Hinter ihnen fauchte und prasselte es in der Luft, Feuer loderte über den Bäumen. Instinktiv lief Georgina schneller. Isa zerrte an ihrer Hand. Sie keuchte. »Ich kann nicht mehr.« Georgina zwang sich, langsamer zu laufen. Sie fiel mit Isa zurück. »Elias! Elias!« Er warf einen Blick über die Schulter. Entsetzen verzerrte sein Gesicht. Dann lief er wie vom Teufel gejagt den Weg hinunter. Ein Erdstoß riss Georgina von den Füßen. Der Boden spaltete sich. Ein Teil des Weges verschwand in der Tiefe. Markus stemmte die Füße in den Kies. Er rutschte auf den Spalt zu und fiel hinein. Georgina ließ Isas Hand los und kroch auf allen Vieren über den schwankenden Grund vorwärts. Isa wimmerte. Das Feuer prasselte. Es sprang von einer Baumkrone zur nächsten. Sie spürte die Hitze in ihrem Nacken. An der Kante blickte sie in einen bodenlosen Abgrund.

»Markus!«

Keine Antwort.

Sie schaute in die Tiefe. Steile, rissige Wände, bröckelig. Es gab keinen Weg hinunter.

»Elias! Hast du ein Seil?«, schrie sie.

Er drehte sich nicht um. Er rannte.

Camille, Nicky und Mary starrten entsetzt herüber.

Wieder bebte die Erde. Georgina griff Isa bei der Hand und hetzte zurück, fort von dem Spalt – aber vor ihr loderten die Flammen. Ein gewaltiger Erdstoß warf sie und Isa zu Boden. Sie presste das Mädchen an sich, bis das Beben abebbte. Feuer prasselte zwischen den Bäumen. Hitze brannte auf ihrer Haut. Sie musste über den Abgrund. Irgendwie. Als sie aufblickte, war er verschwunden. Die Seiten hatten sich wie zwei Kiefer wieder geschlossen. Sie sprang auf, packte Isa an der Hand und lief. Ihr wurde schlecht, als sie daran dachte, dass es Markus in der Tiefe zermalmt hatte. Mit Tränen in den Augen lief sie weiter, bis sie in der Ferne den Parkplatz sah. Ein Knall erschütterte die Luft. Georginas Ohren schmerzten. Alle Geräusche verstummten. Nur ein Singen blieb. Sie stolperte weiter. Steine fielen vom Himmel. Sie zog den Kopf ein, zog Isa näher zu sich und lief. Sie schaute zum Parkplatz. Das Weiß von Elias' Kleinbus schimmerte durch das Blattwerk. Vor Georgina schlug ein kopfgroßer Felsbrocken in den Weg ein. Sie sprang darüber hinweg. Das Pfeifen in den Ohren ließ nach. Sie hörte Krachen und Splittern links und rechts im Wald. Sie fiel mit Isa immer weiter hinter Camille, Nicky und Mary zurück. Elias war so weit voraus, dass er klein wie eine Spielfigur wirkte.

Isa keuchte.

»Kannst du noch?«

Isa antwortete nicht.

Nicky schrie auf. Sie hielt sich den Arm.

Verletzt. Georgina stöhnte. Sie dachte an Paulus, Johanna und Markus ... tot. Tränen traten ihr in die Augen. Sie drückte Isas Hand, hörte, wie das Mädchen nach Luft rang. »Es ist nicht mehr weit!«

Elias erreichte den Parkplatz. Georgina sah den Felsbrocken über ihm in der Luft. Groß wie ein Auto. Alles schien sich zu verlangsamen, wie in Zeitlupe fiel der Fels auf Elias, drückte ihn zu Boden und begrub ihn unter sich. Mary schrie hysterisch, Geoginas Magen drehte sich um. Ein Knall, dann hörte sie überhaupt nichts mehr, der Himmel verdunkelte sich. Georgina wandte sich um. Der Gipfel des Observation Peaks fehlte, Rauch und glühende Lava schossen aus dem Krater.

»Weiter! Weiter!«, brüllte sie. Nur dumpf hörte sie ihre eigenen Worte.

Camille hob Elias' Wasserflaschen vom Weg auf, dann hetzte sie auf die Straße und auf das Flugzeug zu. Der Boden bebte. Glühende Brocken fielen vom Himmel und zogen schwarze Rauchfahnen hinter sich her. Mary und Nicky rannten über den Asphalt. Risse bildeten sich und breiteten sich aus. Nicky, Mary und Camille erreichten die Hawker. Sie verschwanden durch die offene Luke. Die Düsen starteten. Georgina zerrte Isa hinter sich her. Sie blickte zum

Flugzeug. Noch dreißig Meter. Noch zehn. Mit zitternden Armen hob sie Isa ins Innere und kletterte hinterher. Nickys Arm blutete. Sie zog mit einer Hand die Tür zu, Camille gab Gas, die Hawker setzte sich in Bewegung. Nicky zwängte sich auf den Co-Pilotensitz. Sie stieß einen Schrei aus und deutete zum Fenster hinaus. »Pyroklastischer Strom!«, rief sie mit überschnappender Stimme. Sofort drückte Camille die Gashebel bis zum Anschlag nach vorne.

Georgina presste das Gesicht an die Scheibe. Vom Observation Peak raste eine graue Wolke herab.

»Beeil dich!«, brüllte sie Camille zu.

»Was glaubst du, was ich tue!« Die Düsen heulten, das Flugzeug holperte über die Straße.

Zu langsam.

Georgina starrte auf den herannahenden Tod: fünfhundert Stundenkilometer schnell, mehrere tausend Grad heiß.

Die Räder ratterten auf dem Asphalt, die Hawker rüttelte und sprang. Auf dem Parkplatz hinter ihnen explodierte Elias' Kleinbus.

»Schneller!«, schrie Georgina.

47

Catskill Mountains, New York State

Jayden Turkov blickte aus dem Fenster seines Landhauses. Alte Bäume standen auf der Wiese. Im Hintergrund erhoben sich die Hügel der Catskill Mountains. Jayden saugte an seiner Cahiba Maduro. Er behielt den würzigen Rauch im Mund, während er sich die Nachrichten der letzten Stunden noch einmal ins Gedächtnis rief: In der Antarktis war der Erdmantel aufgebrochen. Lava quoll hervor und schleuderte Dampf und Asche bis in die Stratosphäre. Von allen Kontinenten wurden verheerende Beben gemeldet. In Japan beschädigten sie fünf Atomkraftwerke, radioaktives Material entwich. Weltweit stieg der Meeresspiegel mit jeder Stunde. Jayden blies den Rauch aus. Sein Landhaus stand auf sicherer Höhe. Panik überließ er den Dummen und den Armen. Er nahm einen Schluck aus seinem Glas. Tabak- und Whiskeygeschmack mischten sich auf seiner Zunge. Wenn sich alle tektonischen Platten bewegten, hatte das Konsequenzen. Welche? Vermutlich ließ die Regierung nur die halbe Wahrheit heraus. Jayden wollte wissen, was die Politiker verschwiegen. Doktor Finley hätte es ihm sagen können, sie wusste mit Sicherheit mehr, aber sie war seinen Leuten entwischt. Nur einen Professor Edward Winslow hatten sie festsetzen können. Jayden besaß keine Akte über ihn. Ein unauffälliger Typ. Harmlos – oder gerissen. Bald würde er es wissen. Jayden suchte den südlichen Himmel ab. In den grauen Wolken erschien ein schwarzer Punkt.

Jayden ließ sich in den Ledersessel hinter dem Schreibtisch sinken. Über dem Kamin hing ein Picasso an der mahagonivertäfelten Wand. Das Gemälde musste ihm nicht gefallen, es musste beeindrucken. Von draußen kam das Schlagen von Rotorblättern näher. Landung. Die Maschinen erstarben. Schritte hallten im Korridor. Klopfen an der Tür.

»Herein«, rief Jayden.

Zwei Bodyguards schoben den Professor in den Raum. Grauhaarig, mittelgroß. Er wirkte bieder, wie ein Kleinstadtlehrer. Er ließ sich willig führen, zeigte kein Zeichen von Widerstand oder Angst.

Eins passte nicht in das Bild des Harmlosen: das Erkennen in Winslows Augen. Das machte Jayden neugierig. »Vielen Dank, dass Sie meiner Einladung gefolgt sind. Nehmen Sie doch bitte Platz«, sagte er und deutete auf den Stuhl vor seinem Schreibtisch.

Die Bodyguards ließen Winslow los. Er verbeugte sich. »Es war schwer, Nein zu sagen.« Er lächelte und setzte sich. »Was kann ich für Sie tun?«

Jayden musterte den Professor. Er strahlte Ehrlichkeit und Anstand aus. »Ich möchte wissen, wann und wo die Katastrophen hereinbrechen werden, und vor allem, wo die sicheren Plätze sind.«

Winslow nickte freundlich, sagte aber nichts.

Jayden beugte sich vor. »Sie haben doch mit Frau Finley an dem Vorhersagemodell gearbeitet?«

»Frau *Doktor* Finley«, antwortete der Professor.

Jayden sah Winslow irritiert an. »Was tut das zur Sache?«

»Respekt, Mr. Turkov.«

Er hatte sich nicht geirrt. Hinter Winslow steckte mehr, als er zeigte. Er schien ein guter Verhandler zu sein, der seinen Vorteil herausschlagen wollte. »Wie viel verlangen Sie für Ihr Wissen?«

»Fairness.«

»Ich verstehe nicht!«

»Es ist ganz einfach. Sie und Ihre Industrie haben maßgeblich zur Störung des Gleichgewichts der Erde beigetragen. Für die Menschheit und die Existenz von Leben auf dem Planeten hat das katastrophale Folgen.«

»Wollen Sie mir die Schuld an dem Desaster geben?«

»Schuld spielt keine Rolle mehr. Ich will, dass die Menschen die gleichen Chancen auf Überleben haben wie Sie.«

»Ich glaube, Sie zu verstehen. Halten Sie es für fair, dass ich Sie und Ihre Familie mit in Sicherheit nehme?«

Winslow schüttelte traurig den Kopf. »Meine Frau ist schon vor Jahren gestorben, mein Sohn kam im Beben von Neuseeland um. Ich hatte ihn gewarnt.«

Jayden fühlte sich irritiert. »Hören Sie auf zu jammern! Geben Sie mir endlich die Informationen!«

Winslow schüttelte den Kopf.

Turkov spürte Ärger in sich hochwallen. »Ich kann auch anders«, knurrte er.

In Winslows Augen flackerte etwas.

Angst? Turkov grinste. Einschüchterung und Gewalt halfen immer. Er gab seinen Bodyguards ein Zeichen. Sie packten den Professor und rissen ihn vom Stuhl.

»Na, wie ist es jetzt?«, fragte Turkov mit kalter Stimme.

Winslow schüttelte den Kopf.

Turkov grinste seine Helfer an. »Helft ein bisschen nach.«

Ein Bodyguard drehte dem Professor den Arm auf den Rücken, der andere schlug ihm ins Gesicht.

»Fester!«, gebot Turkov.

Drei Schläge, vier, der Professor bäumte sich auf. Er griff sich ans Herz und stöhnte. Dann sackte er in sich zusammen.

»Was?«, brüllte Turkov.

Ein Bodyguard fühlte Winslows Halsschlagader. Er sah Turkov fassungslos an. »Tot«, sagte er.

Turkov sprang auf. »So eine Pussy!« Wut und Enttäuschung packten ihn. Er trat gegen den Schreibtisch. »Wer hätte ahnen können, dass er so ein Weichei ist! Schafft ihn fort!«

Die Bodyguards schleiften die Leiche aus dem Arbeitszimmer.

Turkov setzte sich und atmete tief durch. Es gab noch andere Wege. Er zog sein Smartphone und wählte Hayes' Nummer.

Netze überlastet.

Aber nicht umsonst gehörten ihm die meisten Telefongesellschaften. Turkov gab seine Prioritätskennung ein.

Hayes wirkte von dem Anruf überrascht.

»Können wir uns treffen?«, drängte Turkov.

»Meine Villa«, antwortete Hayes.

»Sehen Sie zu, dass Risslinger, Saller und Weily dabei sind.«

Washington schien erdbebensicher zu sein, lag aber nicht hoch genug über dem Meeresspiegel. Ein paar Stunden oder Tage blieben bestimmt noch. Die Eierköpfe von Wissenschaftlern würden es wissen. Er rannte zum Helikopter. »Nach Washington!«, rief er dem Piloten zu.

Turkov sah aus dem Fenster des Hubschraubers. Die Hügel, Wälder, Ansiedlungen und der Hudson River sahen wie sonst aus. Friedlich, stabil. Und doch spürte er die Bedrohung. Er blickte in die Ferne. Dunst trübte die Sicht, spiegelnde Flecke bedeckten das Land. Wasser. Bald bildete es eine geschlossene Fläche, Funktürme, Hausdächer, die Masten der Hochspannungsleitungen ragten heraus. Alles überflutet. Dabei waren es noch mindestens fünfzig Meilen bis zur Küste.

Vor dem Helikopter tauchten die Hochhäuser von New York auf. Als wären sie mitten im Ozean erbaut worden. Turkov sah zum New York Times Tower hinüber. Er wirkte kürzer als sonst. Die untersten zehn Stockwerke fehlten. Sie waren unter Wasser. Turkov blickte zu seinem Büro in der obersten Etage. Dunkle Fenster. Kein Strom.

Plötzlich zitterte das Meer. Die Hochhäuser wankten, die Scheiben splitterten, dann fielen die Gebäude in sich zusammen. Die Trümmer versanken im Meer, es schäumte und kochte. Turkov starrte fassungslos aus dem Fenster. Ein riesiger Strudel bildete sich. Er breitete sich rasend schnell aus – Kilometer für Kilometer. In der Mitte sah Turkov ein bodenloses Loch, das Meer stürzte über die Kante, wie der St. Lorenz Strom an den Niagara-Fällen, Dampf zischte kilometerhoch in den Himmel. Der Helikopter trudelte, dann wurde er in die Höhe gerissen. »Holy Shit«, brüllte Turkov.

48

Yellowstone Nationalpark, Wyoming

Camille starrte mit gefletschten Zähnen auf die bröckelnde Straße. Sie zog am Steuerhorn und die Hawker hob die Nase. Unendlich langsam stieg sie in die Luft. Wackeln, Schütteln, die Wand- und Deckenpaneele krachten, die Türen der Stauräume klapperten. Mary starrte mit weit aufgerissenem Mund aus dem Fenster. Isa hielt sich die Ohren zu und weinte. Feuer und Rauch griffen nach der Hawker.

Die Straße unter ihnen wand sich um einen Hügel. Camille sauste um Haaresbreite darüber hinweg. Dann drückte sie das Steuerhorn nach vorne. Das Flugzeug sackte ab.

»Scheiße, was machst du!«, schrie Nicky.

»Tiefflug«, presste Camille hervor. »Da sind wir schneller!« Ihre Hände wurden feucht, als der Geschwindigkeitsmesser dreihundertachtzig Knoten überschritt – mehr als siebenhundert Stundenkilometer und keine fünfzig Meter über der Straße.

Georgina wurde es schwindelig.

»Pass auf die Bäume auf«, brüllte Nicky.

Camille riss am Steuerhorn und folgte mit ruckartigen Steuerbewegungen dem Straßenverlauf. Der Rauch wurde immer dichter. Wie Sternschnuppen regneten glühende Lavabrocken vom Himmel.

Dann wurde es nachtschwarz jenseits der Scheiben. Keine Sicht mehr.

»Wir rasen gegen einen Berg«, kreischte Nicky.

Camille zog die Maschine hoch und nahm kein Auge vom Höhenmesser. Das Flugzeug rüttelte und Georgina bekam das Gefühl, als ob sie auf der Stelle stünden. Im Fenster spiegelte sich ihr Gesicht. Dahinter schwarz. Die Düsen heulten.

Das Flugzeug kippte nach rechts ab. Draußen riss der Rauch auf. Ein Stück blauer Himmel wurde sichtbar, doch bevor Georgina aufatmen konnte, öffnete sich ein Krater unter ihnen. Aus dem Lavasee schossen feurige Projektile in die Höhe. Camille riss das Steuerhorn herum, die Hawker neigte sich noch weiter und flog wieder in dunklen Dunst.

»Wo willst du hin?«, rief Nicky entsetzt.

»Nach Osten, raus aus dem Gebirge«, antwortete Camille.

»Ohne Sicht?«

Camille presste die Lippen zu schmalen Strichen zusammen.

Nicky verfolgte den Flug auf dem GPS.

Nichts zu sehen nervte Georgina. Selbst in einem Linienflugzeug fühlte sie sich desorientiert, wenn es durch Wolken flog, aber der schwarze Dunst dort draußen war schlimmer.

»Wir passieren Cody«, sagte Nicky schließlich.

Camille atmete erleichtert auf. Die Rockys lagen hinter ihnen. »Dann gehe ich tiefer. Vielleicht kommen wir so aus diesem Rauch raus.«

Georgina strich Isa über den Kopf. »Wir haben es bald geschafft.«

Mary zitterte am ganzen Körper. »Elias ... die Kinder ...«

Georgina wollte ihr etwas Tröstliches sagen. Aber was? Sie nahm ihre Schwägerin in den Arm und ließ sie weinen.

Plötzlich stieß Camille einen Fluch aus.

Georginas Herz begann zu rasen. Bevor sie fragen konnte, was passiert war, hörte sie es selbst: Eines der Triebwerke stotterte.

»Keine Aufregung! Nur keine Aufregung!«, brabbelte Camille, als wolle sie sich Mut zureden. »Es geht auch mit einem.«

Sie hantierte an ihren Instrumenten. Das Fluggeräusch wurde leiser. »Das war der verdammte Rauch!«, schimpfte sie. »Ist nicht gut für die Turbinen.«

Um Georginas Hals legte sich ein Druck. »Hauptsache, die andere hält.«

»Ich muss sofort raus aus diesem Dunst. Haltet euch fest!« Camille drückte am Steuerhorn, die Nase senkte sich und im Sturzflug ging es durch den Rauch. Isa schrie und Mary klammerte sich an ihrem Sitz fest. Georginas Magen ging auf Talfahrt. Wie hoch waren sie über dem Grund? Der Boden, der Boden. Sie würden zerschellen! Plötzlich lichtete sich der Dunst. Draußen war es fast dunkel, aber der Qualm legte sich nicht mehr auf die Scheibe. Unten konnte Georgina Konturen erkennen, Wälder, eine Straße, braunes Farmland.

Camille fing die Maschine ab. Sie wischte sich den Schweiß von der Stirn. »Jetzt brauche ich einen Flugplatz.« Sie reichte Nicky die Flugkarte. »Schau, ob du in der Nähe einen findest. Hast du unsere Position?«

»Klar«, antwortete Nicky. »Ich hab' doch GPS. Aber wenn wir landen, wie sollen wir dann aus dieser verdammten Gegend wegkommen? Hier wurde alles evakuiert!«

Camille biss die Zähne zusammen. »Dann muss ich den Vogel oben halten, solange es geht.« Sie warf einen besorgten Blick auf die schwarze Rauchdecke über ihr. Sie schaltete das Funkgerät auf die Frequenz der nächsten Flugservice-Station. »Hawker November Lima zwei acht fünf Delta Foxtrott, erbitte Wetterdaten.«

Aus dem Lautsprecher kam nur Rauschen.

»Das gibt's doch nicht!« Sie schaltete auf andere Stationen. Auch die automatischen waren tot.

Camille suchte alle Kanäle ab. Nirgendwo bekam sie ein Signal.

»Vielleicht ist das Funkgerät kaputt«, sagte Nicky.

»Oder sie haben alle Flugplätze in Funkreichweite geräumt«, erwiderte Camille.

»Flieg nach Südosten«, riet Georgina. »Dann müssten wir aus der Hauptwindrichtung herauskommen. Wie sieht's mit dem Sprit aus?«

Camille presste die Lippen zusammen.

Georgina verstand. »Flieg so weit du kannst.«

Camille nickte knapp und schaltete auf Autopilot. Sie berechnete die verbleibende Reichweite und fand einen kleinen Flugplatz. »In einer halben Stunde landen wir«, verkündete sie.

Die Rauchdecke über ihnen verdichtete sich. Es wurde stockdunkel. Dann fiel Asche wie schwarzer Schnee vom Himmel. Camille schoss das Blut in den Kopf. Das hielt keine Turbine aus! Sofort ging sie in Sinkflug. Am Boden war kein Licht zu sehen. Keine Autoscheinwerfer, kein beleuchtetes Fenster, keine Straßenlaterne. Nur Wald. Die Asche fiel immer dichter. Camilles Finger pressten sich um das Steuerhorn. Sie musste notlanden, bevor es zu spät war. Fünf Meilen vor sich entdeckte sie eine Straße. Sie flog darauf zu. »Halt durch, halt durch«, sagte sie beschwörend zu der Maschine. Die Düse gab ein würgendes Geräusch von sich, dann erstarb sie. Stille. Nur der Fahrtwind rauschte um die Tragflächen. Camilles Hände wurden feucht. Sie senkte die Nase der Hawker. Beste Gleitgeschwindigkeit einhundertvierzig Knoten? Verdammt, sie hätte vor dem Flug das Manual lesen müssen! Wie weit kam sie? Sie warf einen Blick zur Straße. Zu weit weg. Unter ihr Wald. Wald war tödlich. Gab es nicht irgendwo ein Feld? Einen Acker? Da! Links! Kurven kosteten Höhe und Reichweite. Camilles Muskeln arbeiteten nur noch ruckweise. Die Baumwipfel kamen näher, aber auch das Ende des Waldes. Camille konnte es in der fallenden Asche verschwommen ausmachen. Wenn sie die Nase der Hawker etwas höher zog, könnte sie es schaffen. Sofort sank die Geschwindigkeit. Wann riss die Strömung an der Tragfläche ab? Camilles Herz raste.

Feine Asche legte sich auf die Frontscheiben. Keine Sicht mehr. Alles Schwarz. Camilles Herz setzte einen Schlag aus. »Festhalten!«, schrie sie. Sie scannte die Instrumente: Geschwindigkeit, künstlicher Horizont, Kompass, Höhenmesser, Blick zum Seitenfenster hinaus, Geschwindigkeit, künstlicher Horizont, Kompass. Wieder und immer wieder. Das Flugzeug schien in den Baumkronen zu versinken. Camilles Herz schlug im Stakkato gegen ihre Rippen. Im Wald mit niedrigstem Tempo runter. Sie zog am Steuerhorn. Mit angehaltenem Atem beobachtete sie die Geschwindigkeitsanzeige, der Zeiger sank immer weiter. Dann kam der Moment, in dem das Flugzeug zu schweben schien. Einen Herzschlag lang. Dann fiel es. Krachen. Trudeln. Das Geräusch brechenden Metalls und splitternden Glases. Die Gurte schnitten in Camilles Fleisch. Ein Aufprall, Schmerz und dann Dunkelheit.

49

Arlington, Virginia

Turkovs Zigarre brannte nicht mehr. Die Bilder vom Untergang Manhattans gingen ihm nicht aus dem Sinn – und das Loch im Untergrund. Als hätte eine urzeitliche Bestie ihr Maul geöffnet und alles verschlungen. Er schaute auf seine Hände. Sie zitterten. Jayden verfluchte sich. Er war weich geworden. Zum ersten Mal seit der Elementary School verspürte er Angst, panische Angst. Wie damals: Roy und seine Gang. Sie hatten Messer gehabt. Turkov spürte die scharfen Klingen immer noch an seinem Hals. Bis auf eine kleine Narbe sah man nichts mehr. Im Krankenhaus hatte er sich geschworen, zu überleben und nie wieder schwach zu sein. Turkov biss auf die kalte Zigarre. Roy lebte nicht mehr. Auch die Jungs der Gang waren tot. Sie starben so, wie sie ihn hatten sterben sehen wollen: die Kehle durchgeschnitten. Turkov schlug mit der Faust auf die Armlehne. Er hatte überlebt und er würde weiterleben! Das Knattern der Hubschraubertriebwerke drang in sein Bewusstsein. Er blickte zum Fenster hinaus. Landeanflug. Ein Rasen, eine Villa im Toscana-Stil.

Hayes wartete an der Terrassentür. Dunkle Augenringe, die Schultern hingen, offenes Hemd, die Augen unstet, nervös. Er ließ sich gehen. Ekelhaft. Turkov straffte den Rücken. »Guten Tag, Herr Staatssekretär.«

Ein Muskel zuckte in Hayes Gesicht. »Scheiß drauf, Turkov. Es ist aus.«

Er roch nach Alkohol. »Nehmen Sie sich zusammen! Wo sind die Eierköpfe?«

»Glauben Sie, dass bei dem Chaos noch irgendjemand auf Sie hört? Niemand wird kommen. Der Yellowstone und Mount St. Helen spucken Lava und bedecken den Himmel mit Asche. Vom Mittleren Westen bis zur Pazifikküste wurde ein generelles Flugverbot verhängt. Rette sich wer kann, Turkov, das ist es, was passiert. Chaos und Anarchie.«

Turkov packte Hayes bei den Schultern und schob ihn ins Haus. Der Mann redete im Delirium. Wenn es draußen tatsächlich so schlimm aussah, wäre der Herr Staatssekretär der erste, der Fersengeld gab. Dass er sich noch in seiner Villa in der Nähe von Washington aufhielt, war ein gutes Zeichen. »Was haben Sie herausbekommen?«

»Fassen Sie mich nicht an!« Hayes schlug Turkov auf die Hände. »Sie und Ihre Gier! Sie haben alles zerstört! Und dieser Arsch von Präsident verweigert mir den Zutritt zu den Atombunkern! Ich bin verloren.«

Turkov spürte wieder einen Anflug von Furcht. Er atmete durch. »Wo sind die sicheren Gebiete, Hayes? Ich habe überall Immobilien, ich habe einen Hubschrauber, ich muss nur wissen, welches Ziel wir ansteuern sollen. Also reden Sie schon!«

Hayes winkte ab. »Ich habe alles kopiert. Alles! Verstehen Sie? Es ist vorbei. Wer die Katastrophe überlebt, wird danach einen kataklystischen Winter überstehen müssen. Wissen Sie, was das ist? Eine Eiszeit! Alles wird sterben. Deshalb zieht sich die Regierung in die Bunker zurück, saubere Luft und Nahrung für Jahrzehnte.«

Turkov spürte seine Beine nicht mehr. Er wankte. »Keine Chance, in einen reinzukommen?«

Hayes lachte. Es hörte sich an wie Gackern. Er drehte durch.

Jayden fühlte wieder die Klingen an seiner Kehle, den Schmerz, das heiße Blut, das an seinem Hals hinunter ins

T-Shirt lief. Turkov presste die Kiefer zusammen. Er trug kein T-Shirt, er trug ein Valentino-Hemd und eine Gucci-Krawatte. Er war nicht mehr in der Elementary School. Er würde überleben. Er packte Hayes an den Schultern und schüttelte ihn. »Denk nach, Mann! Es muss doch einen Weg geben, um sich in Sicherheit zu bringen!«

Hayes riss die Augen auf. »Nein, es ist vorbei.«

Turkov zog Hayes ganz dich an sich heran. »Nichts ist vorbei! Irgendwo gibt es eine Möglichkeit. Streng dein Hirn an! Wozu habe ich dich all die Jahre bezahlt? Gibt es Geheimprojekte, Schwachstellen?«

»Nein, nein, nein«, jammerte Hayes. »Es ist ... Warte.«

Turkov ließ ihn los. »Was?«

»Da gibt es das Projekt eines exzentrischen Milliardärs. Er wollte es geheim halten, aber mir entgeht nichts.« Hayes schüttelte den Kopf. »Aber es ist verrückt.«

»Das entscheide ich, wenn ich weiß, worum es geht. Hast du Unterlagen?«

»Ja, ja. Auf dem Computer.«

»Worauf wartest du noch. Ich will sie sehen.«

Hayes lief zu seinem Büro und loggte sich in seinen Rechner ein. Er öffnete die Dateien. »Hier.«

Turkov starrte auf den Bildschirm. Er setzte sich. Die Idee war Wahnsinn – aber machbar. In seinem Kopf formte sich ein Plan. Mit seiner Privatmiliz wäre es ein Leichtes, das Projekt zu übernehmen und sich damit in Sicherheit zu bringen. Die letzte Chance. Er zog den Stecker vom Computer, der Bildschirm erlosch. Das war's. Turkov packte Hayes am Arm und zog ihn zum Hubschrauber. »Wir müssen uns beeilen, bevor die Asche alle Flüge unmöglich macht.« Er zog sein Smartphone. »Malbridge, mobilisieren Sie die Truppe. Volle Stärke.«

50

Washakie County, Wyoming

Ein pochender Schmerz zog Georgina aus grauem, körperlosem Nichts. Wie aus weiter Ferne hörte sie Stöhnen, Schluchzen und Weinen. Sie wusste nicht, wo sie war, sie wusste nicht, was geschehen war. Ihre Muskeln waren kraftlos, der Kopf hing ihr auf der Schulter. Alles war schief, ein Gurt presste sich um ihren Bauch. Sie spürte einen Arm über ihrem Nacken. Der Arm eines Kindes. Und was roch hier so komisch? Kerosin! Schlagartig kamen die Erinnerungen zurück: die Notlandung, der Crash. Ihr Herz raste. Sie öffnete die Augen. Im Halbdunkel sah sie abgeplatzte Verkleidungen, verbogene Stahlträger, zersplitterte Kabinenfenster. Das Flugzeug lag auf der Seite. Die Gurte hielten Mary und Isa in ihren Sitzen. Sie bewegten sich nicht. Hitze flutete Georginas Körper. Sie drückte Isa an sich. Sie spürte ihren Herzschlag, ihren Atem. Sie lebte und nirgends blutete sie. Georgina ließ erleichtert die Luft aus den Lungen. Sie beugte sich vor und gab Mary einen Klaps auf die Wange. Die fuhr hoch und sah panisch um sich. »Isa!«, presste sie hervor.

»Sie lebt«, sagte Georgina. »Bist du verletzt?«

»Ich ... ich weiß nicht«, stotterte Mary. »Alles tut mir weh.«

»Kannst du dich bewegen? Arme? Beine?«

Mary nickte.

Georgina schaute zum Cockpit. Alles verformt. »Mein Gott«, stöhnte sie. Nicky und Camille! Sie packte die Schnalle ihres Gurts und löste den Verschluss. Sie fiel seitlich aus dem Sitz. Instinktiv stützte sie sich mit der Hand ab. Ein schneidender Schmerz fuhr in ihre linke Handfläche. Sie rappelte sich auf. Glassplitter knirschten unter ihren Füßen. Ohne auf ihre Verletzung zu achten, arbeitete sie sich zum Cockpit vor. Die Armaturen waren zerbrochen. Ein herunterhängendes Deckenpaneel mit Schaltern versperrte die Sicht auf Camille. Nicky atmete stoßweise. Aus einer Platzwunde an der Stirn quoll Blut. Georgina riss das Paneel beiseite. Ihr Atem stockte, als sie Camille erblickte: Ein armstarker Ast, der die Scheibe durchschlagen hatte, durchbohrte ihre Brust. Camilles Atem ging röchelnd. »Ich habe versagt«, hauchte sie.

Georgina stiegen Tränen in die Augen. Sie nahm Camilles Hand und streichelte sie. Camille war mehr als eine Mitarbeiterin, sie war eine treue Freundin geworden. »Wir sind am Boden«, flüsterte sie. »Wir haben es geschafft. Halt durch!«

»Zu spät.« Ein Krampf durchlief Camilles Körper. »Mach dir keine Gedanken wegen mir. Ich gehe zu meinem William«, flüsterte sie. »Bring die anderen in Sicherheit.«

»Das verspreche ich dir«, antwortete Georgina mit brechender Stimme. Sie drückte zärtlich die kraftlose Hand. Tränen liefen ihr über die Wangen. Erinnerungen kamen ihr ins Bewusstsein: die wetterfeste Gefährtin in der Antarktis, die zähe Mitstreiterin an der Uni. Tief in ihrem Herzen war sie sanftmütig, auch wenn sie es selten zeigte.

Mit einem Seufzer ließ Camille den Atem gehen, der Kopf sackte auf ihre Brust.

Georgina schluchzte. Sie streichelte ihr noch einmal sanft über die Stirn. »Lebe wohl, treue Freundin. Am Ende der Zeit werden wir uns wiedersehen.« Dann drückte sie ihr die Augen zu.

Nicky stöhnte. »Mein Bein.«

Georgina wandte sich zu ihr. Die Seite des Cockpits wölbte sich nach innen.

»Fahr den Sitz zurück. Ich helfe dir raus.«

»Camille?«

»Mach schon!«, drängte Georgina und öffnete Nickys Gurt. »Geht's?«

»Autsch! Ja. Ist nur eingeklemmt.«

Georgina stützte Nicky, während sie sich aus dem Co-Piloten-Sitz wand. »Scheißschräglage!«

Ächzend stiegen sie in den Passagierraum, wo Mary, ihre Arme um Isa geschlungen, auf die verzogene Tür starrte.

Nicky zog am Verschluss. »Verkeilt.«

»Durchs Fenster!« Georgina schlug die scharfkantigen Scherben heraus.

Nicky steckte den Kopf hinaus. »Ist nicht tief«. Sie schlüpfte ins Freie. »Igitt!«

»Was ist?«

»Knöcheltiefe Asche.«

»Da müssen wir durch. Nimm Isa!« Georgina hob Isa aus dem Fenster. Anschließend half sie Mary hinaus.

»Wo ist Camille?«, rief Nicky.

Georgina schien alle Kraft zu verlassen. Sie hielt sich am Fensterrahmen fest. »Es tut mir leid. Sie ist ...«

Nicky schaute entsetzt herauf. »Mein Gott«, stöhnte sie.

Mary begann zu zittern. »Wir müssen sie begraben«, rief sie mit überschnappender Stimme.

Nicky nahm Mary in den Arm. »Beruhigen Sie sich.«

»Sie muss in Gottes Obhut übergeben werden«, schrie Mary hysterisch. »Elias, Paulus, Johanna, Markus ... noch nicht einmal ein Grab ...«

Georgina wurde unruhig. Sie sah auf ihre Armbanduhr. Das Glas war zerbrochen, die Anzeige dunkel. Instinktiv blickte sie zum Himmel. Keine Sonne. Schwarze Wolken, aus denen Ruß und Asche fielen. Georginas Nackenhaut zog sich zusammen. Bald wäre alles darunter begraben. Sie mussten fort, einen sicheren Unterschlupf finden. Je eher, desto besser. Und doch wollte sie Camille nicht im Flugzeugwrack lassen. »Wir werden sie unter die Eiche dort betten und auch der anderen gedenken«, entschied sie. »Hörst du, Mary, auch von deinem Mann und deinen Kindern werden wir Abschied nehmen.«

Mary nickte mit tränenverschleierten Augen.

Georgina und Nicky krochen zurück ins Flugzeug. Sie zogen den Ast aus Camilles Brust und schafften sie nach draußen. Unter der Eiche faltete Georgina ihr die Hände über der Brust. Nicky weinte. Mary band zwei Äste zu einem Kreuz zusammen. In einer kurzen Andacht nahmen sie von Camille, Elias, Paulus, Johanna und Markus endgültig Abschied. Sie bedeckten Camilles Leichnam mit Asche. Mary legte das Kreuz darauf.

Georgina sah zum Wrack hinüber: Statt Tragflächen ragten nur scharfkantiges Blech und verbogene Holme aus den Seiten, der Flugzeugkörper war aufgerissen und verdreht. Dass sie das überlebt hatten, war allein Camilles Verdienst. Sie hatte sich geopfert, um die anderen zu retten. So sollte sie in Erinnerung bleiben: eine Heldin und Freundin.

Mit einem Ruck wandte sie sich ab. Sie klopfte sich die Asche vom Körper. Das Brennen auf der Haut war widerlich genug, aber das Stechen in der Lunge bereitete ihr Sorge. Sie schlang Isa ein Tuch um Kopf und Mund. Georgina hatte nichts anderes als ihre Bluse, um damit ihre eigene Atemluft zu filtern. Zwar drang der scharfe Geruch immer noch in ihre Nasen, aber der beißende, pelzige Geschmack auf der Zunge ließ nach.

Mary riss einen Streifen von ihrem Kleid. Nicky zog ihr T-Shirt aus und hielt es sich vors Gesicht. Sie schaltete ihr Smartphone ein. »Das GPS funktioniert!« Ihre Stimme klang matt. Georgina vermisste das Strahlen ihrer Augen, das sonst Erfolgsmeldungen begleitete. Georgina straffte die Schultern. Okay. Verlaufen konnte sie sich nicht und, dank Camilles Geistesgegenwart, hatten sie Wasser. Georgina ließ Isa, Nicky und Mary von der einen Flasche trinken, die andere band sie an ihren Gürtel. »Zur nächstgelegenen Ortschaft«, entschied sie. Vielleicht fanden sie dort ein Auto. Sie blickte zum Himmel. Es musste Mittag sein, aber die Wolken und Baumkronen schluckten das Licht. Das Display von Nickys Smartphone strahlte in der Finsternis. Georgina nahm die Taschenlampe und lief neben Nicky durch das Unterholz. Nach fünfzig Schritten lichtete sich der Wald und eine schier endlose Ebene breitete sich vor ihnen aus. Im Westen hörte sie Krachen und Donnern. Die Rußwolken dort leuchteten in rotem Feuerschein. Es sah höllisch aus. Und immer noch rieselte Asche herab. Ein leichter Wind trieb sie wie feinen, schwarzen Schnee über die Ebene.

Georgina drückte ihre Bluse fester an den Mund. Sie mussten weiter. Nicky ging voran, ihr Smartphone mit dem GPS in der Hand. Graues Licht, schwarzer Ruß. Alles sah gleich aus. Als sich Georgina umwandte, konnte sie den Wald hinter sich nicht mehr sehen, noch nicht einmal als Schatten. Die Asche am Boden wurde mit jeder Stunde höher. Sie sanken knietief darin ein, das Gehen wurde schwerer und schwerer. Ruß bedeckte ihre Haare, ihre Kleidung. Auf der Haut ätzte er wie Säure. In der Luft lag ein ständiges Rumpeln, der Boden vibrierte.

Dann nahm Georgina ein fernes Donnern wahr. Als es sich näherte, erkannte sie den Schlag von unzähligen Hufen. Sie fuhr herum und aus der Dunkelheit tauchte eine Herde zottiger Bisons auf. Die Tiere wirbelten im Galopp die Asche auf und zogen sie als dunkle Wolke hinter sich her.

Georgina blieb wie versteinert stehen, denn die Herde steuerte geradewegs auf sie zu. Näher und immer näher. Das Donnern dröhnte in ihren Ohren. Sie brüllte, schwenkte die Taschenlampe und schwang die Arme, aber die Herde änderte die Richtung nicht. In breiter Front galoppierten sie herbei, die gehörnten Köpfe gesenkt. Mächtige Leiber stießen sie, sie kämpfte um ihr Gleichgewicht, wurde hin und her geworfen. Plötzlich war es vorbei. Die Tiere verschwanden im Dämmerlicht. Georgina fiel in eine Art Leere, dann fühlte sie den Boden wieder fest unter ihren Füßen, aber noch schien sich alles zu drehen. Dass sie nicht zu Mus getrampelt worden war! Ein Wunder. Dann durchfuhr es sie wie ein Stromschlag. »Isa! Nicky! Mary!«, rief sie. Sie blickte umher, da entdeckte sie das Licht vom Display des Smartphones. Sie lief darauf zu. Die Asche reichte ihr inzwischen bis zum Oberschenkel. Endlich erreichte sie Nicky, Isa klammerte sich zitternd an ihr fest.

»Wo ist Mami? Mami!«, schluchzte Isa.

Ein Druck legte sich auf Georginas Brust, ihr Magen zog sich zusammen. »Wir werden sie schon finden. Bleib bei Nicky.«

Georgina leuchtete umher. »Mary!« Sie lief im Zickzack durch die aufgewühlte Asche. Sie lief hin und her und im Kreis. Mit den Füßen stieß sie auf ein Hindernis. Sie wühlte im Ruß und fand einen Körper. Reglos, ohne Atem, mit gebrochenen Gliedmaßen. Sie ließ sich in die Asche fallen. Sollte das Isas letzter Eindruck von ihrer Mutter sein? Georgina liefen Tränen über die Wangen. Nun hatte das Mädchen beide Eltern und alle Geschwister verloren.

»Hast du sie gefunden?«, rief Nicky.

»Nein! Komm nicht her!«

Zu spät. Mit den Armen rudernd kam Isa angesprungen. »Mami! Mami!«

Georgina sprang auf und fing sie ab. Sie nahm ihre Nichte in die Arme und weinte mit ihr. Isa sollte den zerbrochenen Körper nicht sehen, er war ja bereits begraben, in ätzender schwarzer Asche. Für Mary konnte sie nichts mehr tun. Noch nicht einmal ein Kreuz konnte sie für ihre Schwägerin aufstellen und Worte an Gott fand sie auch keine.

»Wir müssen weiter«, drängte Nicky mit tonloser Stimme. »Hier draußen werden wir verrecken!«

Der Niederschlag verdichtete sich. Dunkel, schwarz. Georgina konnte keine zwanzig Meter weit sehen. Sie hustete. Sie brauchten ein Dach über dem Kopf, etwas zu essen. Georgina dachte an die Häuser im nächsten Ort, an gefüllte Kühlschränke. Die Bewohner hatten bei der Evakuierung nicht alles mitgenommen. Bestimmt nicht. Da gab es sicher Konserven in den Kellern, Nudeln und Reis in den Küchenschränken. Aber wo bekamen sie Trinkwasser her? Der Ruß vergiftete Bäche, Flüsse und Seen. Vielleicht war noch Druck auf den Wasserleitungen. Auch die Sammelbehälter sollten noch sauber sein.

Isa stapfte wie in Trance durch die hüfthohe Asche, mit leeren Augen und ausdruckslosem Gesicht. Georgina schnürte es das Herz zusammen. Das Mädchen brauchte Ruhe und Arme, die sie hielten.

»Wie weit ist es noch?«

Nicky warf einen Blick auf ihr GPS. »Etwa zehn Meilen.«

Durchhalten. Sie mussten durchhalten.

Isa lief wie ein Roboter. Sie schien nichts zu sehen und nichts zu fühlen. »Bist du okay?«

Isa antwortete nicht.

Mit jedem Schritt wurden die Muskeln kraftloser. Hinsetzen und ausruhen. Aber es gab keinen Platz zum Ruhen. Diese verdammte Asche. Das Display von Nickys Smartphone verdunkelte sich. Georginas Knie wurden weich. Sie ahnte, was das bedeutete. »Akku leer?«

Nicky steckte es ein. »Ich habe das Ladegerät dabei.«

Was Nicky in ihren Taschen mit sich führte, verwunderte Georgina nicht länger. Aber wo sollten sie Strom herbekommen? Noch zehn Meilen oder so bis zur Ortschaft und nur wenige Meter Sicht. Wenn sie wenigstens auf eine Straße träfen. Unter der Asche verborgen würden sie sie noch nicht einmal bemerken.

Aussichtslos.

Georgina schob den Gedanken beiseite. Weiterlaufen, nur nicht stehenbleiben.

Einen Schritt. Noch einen Schritt ... und noch einen. Immer wieder und wieder.

Isa strauchelte und fiel.

»Nicky!« Georginas Hals war so trocken wie Pergamentpapier und brannte, als hätte sie reinen Spiritus getrunken.

Langsam wandte sich Nicky um. Verzweiflung und Hoffnungslosigkeit standen in ihren Augen.

»Pause«, krächzte Georgina. Sie stampfte die Asche um sich herum nieder und setzte sich. Behutsam legte sie Isas Kopf auf ihren Schoß. »Ruh dich aus«, flüsterte sie.

Isa stöhnte gequält. Dann quollen Tränen in ihre Augen. »Ich will nicht sterben«, schluchzte sie.

»Sch! Sch!«, hauchte Georgina. »Alles wird gut. Alles wird gut.«

Nicky ließ sich neben den beiden nieder und starrte auf die fallende Asche. »Hast du noch Wasser?«

Georgina schüttelte den Kopf.

51

Alamogordo, New Mexico

Dem Untergang Kaliforniens waren Jim und Molly entkommen. Jim hatte die DeHavilland ostwärts gesteuert. Mit dem letzten Tropfen Sprit war er gelandet. In Alamogordo. Am liebsten wäre er noch weiter ins Landesinnere geflogen, aber keiner wollte ihm Flugbenzin geben. Seine Kreditkarte war überzogen, Molly hatte nur wenig Bargeld dabei. Es reichte für das Essen, nachts schliefen sie in der DeHavilland.

»Was soll nur aus uns werden?«, fragte Molly. Sie fuhr sich mit den Fingern durch die verfilzten Haare. Noch nicht einmal eine Bürste hatte sie dabei, ihr Kleid zeigte Schmutzspuren.

»Solange ich die Maschine habe, kann ich arbeiten.« Jim blickte aus einem Kabinenfenster über die öde Landschaft. Im Norden zog eine schwarze Wolkenfront auf. Sie kam schnell näher. »Ich muss nur von diesem gottverlassenen Kaff wegkommen.«

»Wenn du das Flugzeug verkaufst, hätten wir erst einmal genug Geld.«

»Und dann?«

»Es gibt andere Jobs«, antwortete Molly zaghaft. »Vielleicht Lastwagen fahren.«

Jim schüttelte vehement den Kopf. »Niemals!«

»Schlaf noch eine Nacht darüber«, sagte sie mit sanfter Stimme.

Jim deutete auf die Wolken. »Ich sollte die Maschine vertäuen. Sieht nach Sturm aus. Hoffentlich bringt er etwas Abkühlung.«

Er stieg aus und zurrte das Flugzeug mit Seilen an den Ösen im Boden des Parkbereichs fest. Als er wieder einstieg, zausten die ersten Windböen sein Haar. Er schloss die Tür.

Draußen wurde es stockdunkel, der Wind pfiff und rüttelte am Flugzeug.

»Sollten wir nicht lieber ins Flugplatzgebäude gehen?«, fragte Molly mit ängstlicher Stimme.

Jim warf einen Blick aus dem Fenster. In den Wolken bildeten sich graue Wirbel. Wie Keimzellen von Tornados sahen sie aus, aber da war nicht nur eine, Jim sah zehn, zwölf. Ihm schoss Adrenalin in die Adern. »Fuck!«, schrie er und sprang von seinem Sitz hoch. Er stieß die Tür auf, packte Molly und rannte mit ihr an der Hand übers Rollfeld. So eine Sturmfront hatte er noch nie gesehen. Asche fiel vom Himmel und wirbelte über den Boden. Ein heißer Wind fegte Jim fast von den Füßen. Er lehnte sich dagegen. Er kam kaum vorwärts, sein Hemd flatterte. Jim fixierte das nächste Gebäude. Vielleicht hundert Meter weit. Gelbes Licht leuchtete hinter den Fensterscheiben.

»Da!«, schrie Molly. Jim hörte es kaum. Der Sturm riss ihr die Worte vom Mund.

Jim wandte sich um und sah eine wirbelnde Wolkenwand, die sein Flugzeug erfasste und in den Himmel schleuderte. Den Bruchteil einer Sekunde später packte ihn eine Orkanbö und riss ihn von den Füßen. Seine Hand umklammerte immer noch die von Molly, als er mit der Geschwindigkeit eines startenden Jets über den Asphalt flog. Er schrie. Die Wand des Gebäudes raste scheinbar auf ihn zu. Den Aufschlag und das Splittern seiner Knochen spürte er nicht mehr.

52

Washakie County, Wyoming

Georginas Hals war rau, ihre Zunge trocken. Nur mit Mühe konnte sie die Augen offenhalten. Isas Kopf lag auf ihrem Schoß. Das Mädchen atmete nur noch schwach.

Nicky lag etwas abseits in der Asche und hatte sich seit einer Stunde nicht mehr bewegt. Georgina wollte näher an sie heranrücken, doch ihre Muskeln verweigerten den Dienst. Das war das Ende. Sie nahm Ryans Ring vom Finger und drückte ihn an ihr Herz. Sie hätte ihn so gerne noch einmal gesehen, seinen Körper gespürt. Warum hatte er ihre Nachrichten nicht beantwortet? Sicher war er selbst in Schwierigkeiten geraten, vielleicht war das, was er geheim halten wollte, an die falschen Ohren gelangt. War er überhaupt noch am Leben? Vielleicht war er in Nord Dakota. Georgina hoffte es, denn dort war einer der sichersten Orte, mitten auf der tektonischen Platte, auf dem Kanadischen Schild. Aber wenn der kataklystische Winter kam, würden auch die Überlebenden verhungern.

Langfristig gab es keinen sicheren Platz auf der Erde. Die Pflanzen würden sterben, die Tiere würden sterben. Was würde übrig bleiben? Ein paar Bakterien? Ein paar Algen? Das Leben müsste wieder von vorne anfangen. Wie schon mehrfach in der Erdgeschichte. Das Leben ließ sich nicht so leicht zerstören, aber den Menschen würde es nicht mehr geben. Ob sich noch einmal intelligente Wesen entwickeln würden? Intelligentere als Homo sapiens? Wie konnten sich die Menschen als intelligent bezeichnen, wenn sie es geschafft hatten, aus Profitgier und Ignoranz ihre Lebensgrundlage und damit sich selbst zu zerstören?

Georgina starrte in den schwarzen Dunst. Um sie herum regnete es immer noch Asche. Sie dachte an weiße Sandstrände, sanfte Meeresbrisen und blauen Himmel, an grüne Wälder und Vogelgesang, an duftende Blüten und das Summen der Bienen. Alles zerstört. Sie ließ sich zurückfallen und schloss die Augen. Ryans Ring entglitt ihren kraftlosen Fingern und fiel in die Asche. Sie tastete danach. Vergeblich. Das war ein Zeichen. Alles war zu Ende. Alles.

Ein schrilles Fauchen hoch in der Luft ließ sie auffahren. Ein Überschallflugzeug, war ihr erster Gedanke. Sie rüttelte Nicky an der Schulter. »Können wir uns irgendwie bemerkbar machen?« Ihr Hals war so trocken, dass jedes Wort schmerzte. Nicky rührte sich nicht. Georgina mühte sich auf. Sie schaltete die Taschenlampe ein und leuchtete in den Himmel. Die in dicken Flocken fallende Asche behinderte die Sicht. Selbst wenn jemand nach ihr suchte, würde er sie nicht sehen.

Das Fluggeräusch änderte sich. In weitem Bogen schraubte es sich näher und verlor an Höhe. Was wollte ein Flugzeug hier? Hatte Camille nicht gesagt, die Asche würde die Triebwerke zerstören? Aber wenn es kein Flugzeug war, was kam dann herunter? Wenn sie doch etwas sehen könnte. »Nicky! Nicky!« Mehr als ein Krächzen bekam sie nicht zustande. »Da kommt etwas! Verdammt! Es landet!« Georgina schätzte die Entfernung auf eine halbe Meile, vielleicht weniger. Sie nahm all ihre Kräfte zusammen und wühlte sich durch die brusthohe Asche auf das Triebwerkgeräusch zu. »Hallo! Hallo!« Ihre Stimme war zu dünn. Niemand würde sie hören. Vielleicht sahen sie das Licht der Taschenlampe. Georgina hielt sie hoch über den Kopf und schaltete sie ein und aus. Dreimal kurz, dreimal lang, dreimal kurz. Soviel hatte sie sich vom Morsecode gemerkt: SOS.

Dann lief das Triebwerkgeräusch aus. Es wurde still. Georgina blieb stehen. »Hallo! Hallo!« rief sie so laut sie konnte, dabei schienen ihre Stimmbänder zu zerreißen. Sie hielt sich den Hals und lauschte. Nur das feine Rauschen fallender Asche war zu hören. Georgina wühlte sich weiter vor. Ohne das Motorengeräusch war sie orientierungslos. Sie glaubte einen Schatten zu sehen und hielt darauf zu. Dann war er verschwunden. Noch einmal rief sie, doch die Asche dämpfte ihre Stimme. Die war ohnehin so schwach, dass sie sie selbst kaum hörte. Sie spürte bleierne Schwere. Ihre Beine wollten sie nicht mehr tragen. Sie biss die Zähne zusammen, wandte sich um und folgte ihrer Spur zurück zum Lager.

Dort hatte sich etwas verändert. Georgina spürte es, bevor sie es sehen konnte. Sie beeilte sich. Eine unförmige Kontur schälte sich aus dem Dunst hervor. Gebeugt machte sich die Gestalt an Nicky zu schaffen. Georginas Herz klopfte wild. Sie vergaß ihre Müdigkeit und sprang vorwärts. Die Atemmaske und silberne Schutzkleidung des Eindringlings erinnerten sie an Filme mit Aliens aus dem All. Georgina stieß ihn zurück, sodass er in die Asche fiel.

Der Fremde rappelte sich auf und drehte sich langsam auf sie zu. In den Gläsern seiner Schutzmaske spiegelte sich ihr Gesicht wie in zwei Kameralinsen.

Sie hob ihre Taschenlampe zum Schlag.

Der Fremde lachte. »Ist schon gut, Gina, ich wollte nur sehen, ob sie noch lebt!« Seine Stimme klang dumpf und hohl, als ob sie aus einem tiefen Kellerloch kam.

Georgina setzte sich vor Verblüffung in den Ruß. Es gab nur einen Menschen, der sie Gina nannte. »Ryan?«, stieß sie mit krächzender Stimme hervor.

Er nickte.

Georgina konnte es nicht fassen. Die Angst, die Sorge – alles schien in unendliche Ferne zu rücken. Ein Gefühl höchsten Glücks überkam sie. Ryan! Ihr Ryan! Aber war das nicht nur ein Traum? Eine Fieberfantasie? Sie streckte ihre

Hand aus und befühlte seinen metallisch kalten Schutzanzug. »Wie ... wie hast du mich gefunden?«, stammelte sie.

»Das erkläre ich dir später.« Er warf ihr eine Folie über den Körper, dann presste er ihr eine Atemmaske auf den Mund. Frische Luft füllte ihre Lungen. Der Sauerstoff vertrieb die Müdigkeit aus ihren Muskeln.

»Kannst du das Mädchen tragen?«

Sie nickte und wischte Isa die Asche aus dem Gesicht. Sie nahm die Atemmaske ab und drückte sie ihrer Nichte auf den Mund. Ryan ließ Nicky sauerstoffreiche Luft aus seiner Maske atmen. Georgina sah seine blauen Augen leuchten, Müdigkeit und Sorge standen statt des sonst so schelmischen Lächelns in seinem Gesicht. Als Nicky die Augen aufschlug, entspannte er sich etwas. Er half ihr auf die Beine. »Kannst du laufen?«

Nicky wollte etwas sagen, bekam aber nur ein Krächzen heraus.

»Hilf ihr«, sagte Ryan. »Ich trage das Mädchen.« Er legte seine Maske wieder an und nahm Isa auf den Arm.

Georgina und Nicky wechselten sich an der Atemmaske ab, während sie Ryan folgten.

Er öffnete mit einem Codegeber die Einstiegsluke zu einem schlanken Flugzeug, das nur aus einer spitzen Röhre mit Stummelflügeln zu bestehen schien. »Ist das eine Rakete?«, entfuhr es Georgina.

»So was Ähnliches.« Er legte Isa sorgsam den Sitzgurt an, dann streifte er Atemmaske und Schutzanzug ab. Aus einem Seitenfach zog er Wasserflaschen.

Georgina trank gierig. Jeder Schluck schmerzte, aber langsam wurden die Schleimhäute in ihrem Mund wieder geschmeidig. Sie bedankte sich aus tiefster Seele, dann flößte sie Isa Wasser ein. Das Mädchen öffnete die Augen und blickte sich verwirrt um. Georgina nahm sie in den Arm.

Nicky setzte ihre Flasche ab. Die Zähne blitzten in ihrem rußgeschwärzten Gesicht. »Ryan! Welche Überraschung, dich zu sehen!«

Er reichte den Frauen einige Lappen. »Wascht euch und schmeißt das dreckige Zeug zur Luke hinaus. Hier sind noch ein paar Schutzanzüge.« Er warf einen Blick zur Uhr. »Beeilt euch!«, sagte er und quetschte sich in das enge Cockpit. Kontrolllampen, Displays und Monitore leuchteten in verschiedenen Farben auf.

Georgina konnte es immer noch nicht fassen. Wie kam Ryan hierher? »Nun rede schon!«, forderte sie ihn auf, während sie sich die Asche mit einem feuchten Tuch von der Haut wischte.

»Als ich erkannte, wie groß die Katastrophe sein würde, habe ich meine Pläne geändert.«

»Ich dachte, du seist ein Geheimagent!«

»Lass ihn doch ausreden«, drängte Nicky. »Wie hast du uns gefunden?«

Über Ryans Gesicht legte sich ein spitzbübisches Lächeln und über die Schulter hinweg warf er Georgina einen kurzen Blick zu. »In deinem Ring ist ein Nano-Sender eingebaut, der mir sagt, wo du dich aufhältst.«

Hitze wallte in ihr auf. »Du wolltest mir nachspionieren!« Instinktiv griff sie nach ihrem Finger. Als sie spürte, dass der Ring nicht mehr daran steckte, machte sich eine tiefe Leere in ihr breit. Jetzt lag er irgendwo unter der Asche begraben, genau wie Camille, Mary ...

»Ich wollte dich in dem Durcheinander nicht verlieren«, antwortete Ryan.

Georgina atmete schwer. Was sie für einen Verlobungsring gehalten hatte, war in Wahrheit ein Peilsender. Aber dahinter steckte das gleiche Motiv: Er wollte mit ihr zusammen sein. Sie seufzte. Besonders romantisch war er noch nie gewesen.

»Anschnallen«, befahl er. Dann zündete er das Triebwerk. Er legte seine Linke an den Steuerknüppel. Joystick wäre der bessere Ausdruck für das kleine Ding. Mit der Rechten schob er einen Hebel vor. Die Antriebsdüse brüllte und Georgina wurde so fest in ihren Sitz gepresst, dass es ihr den Atem nahm. Wie kam er zu so einem komischen Raketenflugzeug? Sie beobachtete ihn im Cockpit. Wer war der Mann, mit dem sie die letzten Jahre zusammen gewesen war? Er kam ihr vor wie ein Fremder und gleichzeitig war er ihr so vertraut. Dunkle Ringe lagen um seine Augen, als hätte er tagelang nicht geschlafen. »Wer bist du, Ryan? Und wo bringst du uns hin?« In dem Fluglärm konnte sie ihre eigene Stimme kaum hören. Sie atmete tief durch. Lange würde die Antwort nicht auf sich warten lassen.

Das Geschüttel ließ nach. Draußen rissen die Rußwolken auf und blendendes Sonnenlicht fiel zu den Kabinenfenstern herein. Georgina blinzelte in den Himmel. Die Schwärze blieb hinter dem Flugzeug zurück. Vor ihr erstrahlte das Firmament in tiefem Blau. Mit halb geschlossenen Lidern sah sie weit unter sich endlos flaches Farmland. Sie schätzte die Flugrichtung Nordost. Etwa nach Nord Dakota? Ihre Brust weitete sich. Er bringt mich zu sich nachhause! Doch der Anflug von Freude versiegte schnell. Auch vom östlichen Horizont schob sich Dunkelheit heran. Bald würde es auch hier Asche regnen. Wie lange konnten sie überleben? Ein paar Monate? Ein Jahr?

Ryan brachte das Flugzeug in einen Sinkflug. Neugierig presste Georgina das Gesicht an die Scheibe. Unter ihnen tauchte eine dunkle Fläche auf. Wald. Sie hielt nach Gebäuden Ausschau und fand keine. Es gab ein paar Straßen, aber die schienen blind im Wald zu enden. Ryan flog auf eine Lichtung zu. Fast kreisrund. Unwillkürlich musste sie an Kornkreise denken. Nur größer. Etwas weiter voraus sah sie noch einen. Für einen Moment glaubte sie, eine Rampe gesehen zu haben, die in die Tiefe führte, davor standen bestimmt hundert schwarze Geländewagen. Brachte er sie zu einem unterirdischen Bunker? Zu einer verborgenen militärischen Einrichtung? Das würde seine Geheimnistuerei erklären.

Sie ließ ihren Blick über Ryan gleiten.

Der spannte sich plötzlich. Georgina erschrak. Sie blickte aus dem Fenster, konnte aber nichts Ungewöhnliches erkennen. Draußen gab es einen ohrenbetäubenden Knall. Das Flugzeug bekam einen Stoß, Ryan riss am Steuerknüppel und Georgina wurde in den Sitz gepresst.

»Was ist los?«, rief sie.

Ryan suchte nervös den Himmel und das Gelände unter sich ab.

Er hatte ihre Frage offensichtlich nicht gehört. Sie wollte den Gurt lösen und zu ihm gehen, da riss er erneut am Steuerknüppel, dass ihr die Luft wegblieb. Wieder hörte sie eine Explosion in der Nähe des Flugzeugs.

»Schießt da jemand auf uns?«, fragte Nicky mit weit aufgerissenen Augen.

53

Fünf Stunden vorher: Rolette County, North Dakota

Die Rakete wartete auf der unterirdischen Startrampe. Die letzten Vorbereitungen liefen. Ryan saß im Kontrollzentrum und ging mit seinen Mitarbeitern die Checks durch. Der Countdown lief. Noch etwas über fünf Stunden bis zum Start. Ryan gähnte, dass der Kiefer knackte.

»Wie lange haben Sie nicht mehr geschlafen?«

»Das kann ich später nachholen«, antwortete Ryan und rieb sich die Augen.

Die Tür wurde aufgerissen. »Chef! Es gibt Ärger!«

Der Mitarbeiter schaltete auf die Überwachungskamera: Draußen näherte sich ein Pulk Geländewagen. Mit einem Schlag war Ryan hellwach. In dieser Phase seiner Operation erwartete er keine Besuche mehr. Er witterte Gefahr. »Halten Sie die Fahrzeuge auf!«, befahl er.

»Jawohl, Sir.« Der Mann verschwand im Laufschritt.

Ryan ließ kein Auge vom Monitor, bis der herannahende Konvoi zu einem abrupten Halt kam.

Der Techniker grinste. »Eine Ionisierungskanone ist eine feine Sache!«

Ryan nickte. »Ich befürchte, damit werden wir sie nicht stoppen.«

Aus den Gefährten stiegen Männer. Erst schienen sie verwirrt, dann zogen sie Sturmgewehre aus den Kofferräumen und formierten sich.

Ryan erkannte in der Truppe einen hohen Grad an Professionalität. Sie waren kampftrainiert und gegen konventionelle Waffen war die Ionisierungskanone wirkungslos. Ryan schlug mit der Faust auf den Tisch. Einen bewaffneten Konflikt konnte er nicht gebrauchen. Jetzt schon gar nicht! »Sofort das Gelände und die Basis abriegeln!«, brüllte Ryan ins Intercom. Er wandte sich an den Techniker. »Und Sie kümmern sich um den Raketenstart. Er darf auf keinen Fall verschoben werden!«

»Jawohl, Sir«, bestätigte der Mann.

Noch fünf Stunden. In dieser Zeitspanne musste Ryan noch etwas erledigen. Er rannte zur Tür. Dort drehte er sich noch einmal um. »Wenn ich bis zum Start nicht zurück bin, fliegen Sie ohne mich!«

»Chef …«

»Das ist ein Befehl«, brüllte Ryan und lief weiter. Hoffentlich konnten seine wenigen Leute die Basis halten. Ryan lief in sein Büro und schnappte sich den Empfänger für die Ortung des Peilsignals. Dann stürmte er einen schier endlos scheinenden Korridor entlang. Fünf Stunden konnten sehr lang sein – sie konnten aber auch verdammt kurz sein.

54

Über Rolette County, North Dakota

Wieder explodierte eine Granate neben dem kleinen Raketenflugzeug. Ryan ging in Sturzflug über. Georginas Atem stockte, ihr Magen zog sich zusammen. Der Boden näherte sich rasend schnell. Ryan zog kurz am Steuerknüppel. Dann wurde sie mit aller Gewalt in den Sitz gepresst. Draußen kamen die Bäume näher. Georgina musste an Camille denken, an den Crash. Ihre Finger krallten sich in die Armstützen, ihre Muskeln krampften. Isa ging in Schockstarre. Georgina bezwang ihre Angst und legte einen Arm um das Mädchen.

Draußen rasten Bäume vorbei, ein kurzer Stoß, dann ratterte das Fahrwerk. Ryan drückte einen Knopf, ein leichter Knall, dann schien die Bremskraft Georgina aus dem Sitz reißen zu wollen. Kaum kam das Flugzeug zum Stehen, öffnete sich die Luke. Ryan sprang auf. »Raus!«, rief er. So nervös hatte sie ihn noch nie gesehen. »Was ist los?«

»Sie haben den Landetunnel abgeriegelt.« Er öffnete Isas Gurt. »Kannst du laufen?«

Isa nickte verwirrt.

Georgina schob das Mädchen eilig hinter Nicky her. Kaum waren sie aus dem Flugzeug, peitschten Schüsse. Kugeln flogen durch die Luft und rissen Löcher in den vom Wind geblähten Bremsschirm. Am Ende der Staubpiste tauchten Männer mit Gewehren auf.

Nicky stieß einen erschrockenen Schrei aus.

»In den Wald«, rief Ryan und lief los.

Georgina nahm Isa an der Hand und folgte ihm. Die Blätter im Unterholz kamen ihr nur allzu bekannt vor. »Scheiße, Ryan, das ist Giftefeu!«

»Das oder Kugeln«, antwortete er, ohne sich umzusehen.

Nicky hielt sich dicht neben Georgina. Sie blickte kurz zurück, als die Männer in den Wald einbrachen. Äste knackten, Blätter rauschten. »Ich hoffe, er weiß, wo er hin will!«

Georgina hatte ein selbstsicheres ›Ja‹ auf den Lippen, da hörte sie von allen Seiten schwere Schritte in den Wald eindringen. Zweifel machten sich in ihr breit, und als Ryan beim Laufen den Kopf hin und her drehte, wurde ihr flau im Magen. Er suchte. Was immer es war, viel Zeit hatte er nicht. Die Männer kamen näher.

»Einkreisen!«

Georgina kam die Stimme bekannt vor. Eine kleine Wissenschaftlerin aus St. Louis, hämmerte es in ihrem Kopf. Diese Worte würde sie nie vergessen – und auch nicht den Mann, der sie gesagt hatte. Turkov!

»Ist es noch weit?«, keuchte sie.

Ryan blieb stehen und drehte sich einmal um sich selbst. »Es muss hier ganz in der Nähe sein.«

Ihr Herz raste. »Verdammt! Was suchst du?«

Ryan fuhr sich über die Augen. Ganz eingesunken waren sie. Dann hob er den Arm und deutete auf ein Gebüsch.

Das konnte doch nicht sein Ernst sein! Dort würden die Männer sie sofort finden.

»Ryan!«, rief sie verzweifelt.

Er rannte los.

Georgina packte ihn am Hemd. »Fällt dir nichts Besseres ein?«

Er schüttelte den Kopf. »Das ist unsere einzige Chance.«

Der Boden rumpelte. Wie Schockwellen von Beben fühlte es sich nicht an.

Ryan warf einen Blick auf seine Uhr. »Scheiße!« Er rannte noch schneller. Isa kam kaum mit. Sie stolperte über eine Wurzel. Georgina fing sie auf und stellte sie wieder auf die Füße. Isa keuchte und rieb sich das Knie. »Ich kann nicht mehr!«

Georgina nahm sie bei der Hand. »Gleich haben wir es geschafft«, feuerte sie das Mädchen an und versuchte, die anderen einzuholen. Hinter ihr knackten Äste. »Schneller«, trieb sie Isa an. Sie wollte nicht an die Männer denken, nicht an Turkov.

Über ihnen verdunkelte sich die Sonne. Während sich von zwei Seiten schwarze Aschewolken über den Himmel schoben, verschwand Ryan hinter den Zweigen. Nicky preschte hinterher, und als Georgina mit Isa die beiden erreichte, öffnete Ryan gerade das Gitter eines Schachtes, der hier in die Tiefe führte. »Hinein! Hinein!«, drängte er und steckte einen Codegeber in seine Hosentasche. »Es gibt Tritte an der Wand.«

Nicky ließ sich hinunter. »Ist stockdunkel.«

»Mach schon!« Georgina kletterte hinterher und half Isa.

Ryan machte den Abschluss. Das Gitter schloss sich mit metallischem Klacken. »Unten auf das Licht zu«, rief er.

Kaum waren sie auf dem Boden, drangen Stimmen durch den Schacht. Hektisch sah sich Georgina um, da entdeckte sie ein fernes Lämpchen, das mattorange in der Dunkelheit flackerte. Sie lief darauf zu. Ebener Betonboden. Mit ausgebreiteten Armen konnte sie die metallisch glatten Seitenwände berühren. Warme Luft kam ihr entgegen. Sie zuckte zusammen, als hinter ihr Maschinengewehrfeuer ertönte und Querschläger durch den Gang pfiffen. Instinktiv zog sie den Kopf zwischen die Schultern und rannte schneller.

»Vorne links«, rief Ryan. »Auf das blaue Licht zu.« Beim Passieren schaltete er die orangefarbene Lampe aus.

Im Tunnel echote eine Explosion. Dann hörten sie Schritte und Männerstimmen hinter sich.

Georgina schob Isa vor sich her. Ihr Herz raste. Ihre Füße schlugen im Stakkato auf den Boden, Fort, war ihr einziger Gedanke. Wieder hallten Schüsse.

Mit jeder Abzweigung wurde es wärmer. Der Geruch von Maschinen, Öl und Benzin mischte sich in die Luft. Am Ende der Röhre strahlte grelles Neonlicht herein. Sie endete an einem Balkon. Das andere Ende der Halle war nicht zu sehen, denn ein aus Ventilen dampfender Raketenkörper versperrte die Sicht. Eine mechanische Stimme zählte: »Achtundfünfzig ... Siebenundfünfzig ... Sechsundfünfzig ...«

Georgina blieb wie angewurzelt stehen.

»Rechts!«, brüllte Ryan. »Lauf! Zum Lift! Schnell!« Er hantierte im Rennen mit einer Fernbedienung.

Georgina hetzte über den Balkon, der sich um die ganze Halle zu ziehen schien. Der Puls raste in ihren Adern. Sie wusste nicht mehr, was sie denken sollte. Das war doch alles nur ein Albtraum. Da brachte sie eine Explosion in der Tiefe zum Straucheln. Instinktiv hielt sie sich an dem eisernen Geländer fest.

Am Bodenlevel stürmten Bewaffnete aus den Gängen und legten an.

Georgina zog Isa vom Geländer fort und schob sie vorwärts. Von unten drang Hayes' wütende Stimme herauf. »Seid ihr verrückt! Wenn ihr die Rakete trefft! Sucht den Kontrollraum!«

Alles schien wie in Zeitlupe zu geschehen. Unendlich langsam fuhr die gläserne Aufzugskabine aus der Tiefe der Abschussröhre herauf. Die Tür öffnete sich.

»Rein! Rein!«, drängte Ryan.

Am Tunnel hinter ihnen tauchte Turkov mit seinen Leuten auf und stürmte herbei.

Die Aufzugtür schloss sich viel zu langsam.

»Zweiundvierzig ... einundvierzig ... vierzig ...«, zählte die Computerstimme.

Die Kabine fuhr neben dem Raketenkörper hinauf. Plötzlich flackerte das Licht, dann ging es aus. Der Aufzug stoppte. »Die drehen uns den Saft ab!«, fluchte Ryan. Georginas Herz blieb fast stehen.

»Neunundzwanzig ... achtundzwanzig ... siebenundzwanzig ...«

Die gläserne Wand schien sich wie eine Faust um Georgina zu legen. Verzweifelt blickte sie an der Rakete empor. Weit über sich konnte sie durch ein rundes Loch in der Decke nach draußen sehen. Die schwarzen Aschewolken hatten North Dakota erreicht und hingen tief, so, als könne man sie mit dem ausgestreckten Finger berühren.

Ryan riss ein rotmarkiertes Paneel aus der Wand und legte einen Schalter um. Stockend setzte sich der Lift in Bewegung. Ryan wischte sich Schweiß von der Stirn. »Der Notstrom funktioniert noch.«

Georgina wagte wieder zu atmen.

»Einundzwanzig ... zwanzig ... neunzehn ...«

Sie fixierte die Raumkapsel an der Spitze der Rakete. Schwarze Nase, Stummelflügel. Die Luke stand offen. Eine schmale Rampe führte vom Lift dorthin.

Würden sie es schaffen?

Als sich die Kabinentür aufschob, zögerte Georgina nicht. Sie schob Isa über die Gitterbrücke und in die Einstiegsluke. Nicky und Ryan folgten ihr.

»Auf die letzte Sekunde!«, sagte ein Mann in weißem Astronautenanzug. Er schloss die Luke. Von den zwei Dutzend Kontursesseln im Fahrgastraum waren vier unbesetzt. Ryan wies Georgina, Nicky und Isa an, sich anzuschnallen.

»Wollen Sie fliegen?«, fragte der Mann.

Ryan schüttelte den Kopf. »Heute mache ich den Co.«

Die beiden kletterten über eine Leiter durch einen kreisrunden Einstieg in der Decke nach oben ins Cockpit. Augenblicke später vibrierte die Rakete, die Triebwerke zündeten.

Auf dem Bodenlevel hörte Hayes ein anschwellendes Rauschen in den Antriebsdüsen. Dann gab es einen Knall und Feuer schoss daraus hervor. Er und seine Männer starben, bevor sie registrierten, was geschah.

Turkov auf der Galerie rannte um sein Leben. Nur wenige Schritte trennten ihn noch vom Ausgang, als das Feuer ihn erreichte. Während sich die Rakete langsam hob, verbrannte sein Körper zu Asche und Staub.

55

Weißes Haus, Washington, D.C.

Der Boden unter Washington zitterte.

»Sir, es wird Zeit.« General Spinosa vom North American Aerospace Defense Command deutete zur Tür. Sein narbiges Gesicht zeigte Sorge.

»Elaine und meine Töchter kommen mit«, sagte Präsident Tull mit harter Stimme.

»Das ist gegen die Bestimmungen, Sir. Ihrer Familie wurde eine Suite in Atombunker GC3E2 zugewiesen.«

»Ich mache hier die Vorschriften«, bellte Tull. Wenn er zum Cheyenne-Bunker gebracht wurde, dann nicht ohne seine Frau und seine beiden Töchter. Die Anlage war die sicherste in ganz Nordamerika, gebaut, um allen Erdbeben und Atomangriffen zu widerstehen. Unzerstörbar.

Spinosa stand stramm. Er begleitete Tull. Im Korridor wartete Elaine, ihr Gesicht war blass. Sie hatte Lena auf dem Arm, Ann klammerte sich an ihre Beine.

Ein Helikopter brachte sie zum Andrew-Militärflughafen. Dort stiegen sie in ein Raketenflugzeug. Die Düsen starteten mit dem Fauchen eines gigantischen Schweißbrenners. Tulls Körper wurde in den Sitz, sein Kopf gegen die Kopfstütze gepresst. Er konnte nicht mehr atmen, konnte seinen Kopf nur noch mit Mühe drehen. Ihm wurde schwindelig, sein Herzschlag fühlte sich an, als schlüge ihm jemand mit der Faust auf den Brustkorb, bum, bumbum, bum. Jenseits der Fenster wurde es dunkel und schwarz. Turbulenzen schleuderten die Maschine herum. Alles drehte sich. Tull wollte nach dem Brechbeutel greifen, aber seine Arme schienen am Sitz angeklebt worden zu sein.

Endlich wich der Druck. Tull kam es vor, als seien Stunden vergangen. Dann fehlte jedes Gefühl von Schwere. Das Flugzeug fiel und rüttelte noch mehr. Tull würgte, er übergab sich, bis nur noch Galle kam. Der Hals brannte, im Mund ein bitterer Geschmack. Der Pilot fing die Maschine ab. Die Landung war wie ein Fall aus fünf Meter Höhe. Elaine zitterte, Lena weinte, Ann presste eine Hand auf ihren Mund. Tull war froh, auf dem Boden zu sein.

Ein gepanzertes Militärfahrzeug, ein Hummer mit breiter Spur, fuhr heran. Sie stiegen ein. Der Fahrer folgte dem Konvoi der Sicherheitskräfte. Der Wind heulte und schüttelte das Fahrzeug. Staub und Asche fetzten durch die Luft. Kaum Sicht. Tull blickte um sich. Gegen die Naturgewalten konnten ihn auch die Bodyguards nicht schützen. Er spürte einen Druck auf seiner Brust. Die Kinder auf dem Rücksitz weinten.

Vor der Tunneleinfahrt wurde die Sicht besser. Cheyenne Mountain Complex. Die Wachposten salutierten. Nach achthundert Metern Tunnel durch soliden Granit erreichten sie den Bunker. Er war wie ein riesiger Panzerschrank. Die Schleusentore, zweimal dreiundzwanzig Tonnen Stahl, standen offen. Noch nicht einmal eine Atombombe konnte diese Tore sprengen. Tull ging hindurch. »Schließen und verriegeln«, befahl er der Wache.

»Sir, darf ich darauf hinweisen, dass noch nicht alle eingecheckt sind?«

»Haben Sie nicht gehört?«, bellte der Präsident.

Die Wache salutierte. »Schließen und verriegeln!«

Die Stahltore fuhren zu. Die Außenwelt war ausgeschlossen. Nichts konnte eindringen. Tull legte einen Arm um Elaine. Sie lächelte. Sie war eine starke Frau. Lena saugte am Schnuller. Tull strich Ann über die schwarzen Haare. Endlich in Sicherheit.

Sie folgten Spinosa durch ein Netz aus Korridoren. Tull war noch nie hier gewesen. Weißgestrichene Wände, Deckenpaneele mit Lüftungsschlitzen, Leuchtstoffröhren und Türen in regelmäßigen Abständen. Die Gänge hätten die eines beliebigen Bürogebäudes sein können. Tull konnte kaum glauben, dass er sich eineinhalb Kilometer tief im Berg befand. Es fühlte sich gut an. Das Restaurant war sauber, die Regale im Supermarkt voller Packungen mit Astronautenessen, die Kapelle strahlte Ruhe aus.

In der Kantine hielt General Spinosa eine Begrüßungsrede. Die Leute der Besatzung drängten sich an den Tischen, viele standen an Wänden und Eingängen. Sie wirkten erfreut, aufgeregt.

»Es ist uns eine Ehre, den Präsidenten und seine Familie am sichersten Ort der Erde willkommen zu heißen«, sagte der General.

Die Menschen klatschten.

Der Boden zitterte. Tulls Magen zog sich zusammen.

Spinosa lächelte. »Keine Sorge. Der Bunker steht auf eintausenddreihundert Stahlfedern und hat keinen Kontakt zum Gestein. Er ist absolut erdbebensicher.«

Ein junger Offizier drängte sich durch die Menge. Er flüsterte in Spinosas Ohr. Der General wurde blass. Er wandte sich an Tull. »Sir, wenn Sie mir folgen wollen.«

Tull eilte dem General hinterher. Hinterher! Was war passiert, dass der Mann alle Protokolle vergaß?

Die Schaltzentrale sah aus wie der Kommandoraum eines Großraumschiffs. »Sir«, rief ein junger Leutnant von einem der deckenhohen Computerscreens herüber. »Wir verlieren den Kontakt zu den Außenbasen und zu unseren Alliierten in Europa und Australien. Erdbeben knacken ihre Bunker wie Nüsse.«

Tull blieb ruckartig stehen. Einige Nationen hatten fast genauso gute Schutzbauten wie die Vereinigten Staaten.

Ein Stoß schüttelte den Cheyenne-Komplex.

Tull zog den Kopf ein und schaute zur Decke. Keine Risse. Er atmete auf.

Ein Alarmsignal ertönte.

Tull zuckte zusammen.

»Auf Notstrom schalten!«, brüllte der Leutnant.

Tulls Herz schlug gegen seine Rippen. Er versuchte zu erraten, was passiert war.

»Meldung!«, rief ein anderer Offizier. »Der unterirdische See versickert.«

»Wir haben genug Wasservorrat«, murmelte Spinosa.

Für wie lange? Wusste der General, was bevorstand?

Die Erdstöße wurden heftiger, der Bunker sprang wie auf einem Trampolin. Tull klammerte sich am Geländer zur Galerie des Schaltraums fest. »Tun Sie etwas!«, schrie er.

Spinosa straffte sich. »Ruhe bewahren, Sir.«

Ein Mahlen wurde laut, dann Knallen wie von Kanonenschüssen. »Meldung, Sir, der Eingangstunnel ist eingestürzt.«

Eingesperrt! Tull bekam keine Luft, sein Atem ging flach und stoßweise. Bestimmt gab es einen Notausgang. Aber was sollte er draußen? Da war es noch schlimmer. Das war das Ende. Tull ließ sich auf den Boden sinken. Die Bocksprünge des Bunkers schüttelten ihn. Es gab kein Entrinnen. Kein Entrinnen. Alles zu spät.

Das Schütteln ebbte ab. Tull konnte es kaum glauben. Keine Risse in Wänden oder Decke. Noch nicht einmal eine Beule. Guter amerikanischer Stahl! Er erhob sich. Die Hälfte der Screens und Monitore waren ausgefallen. Die Leute hoben umgefallene Tische auf und schoben zerbrochene Workstations beiseite. Die Platz- und Schnittwunden würden heilen, die Geräte konnten repariert werden. Tull schüttelte dem General die Hand. »Gratuliere! Phantastisches Bauwerk!«

Das mahlende Geräusch im Untergrund wurde lauter. Dazu kam ein Blubbern wie von dicker Suppe auf einem Kocher. Tull wurde es heiß. Er zog die Krawatte auf. »Ist die Klimaanlage ausgefallen?«

»Die Hitze kommt aus dem Felsgestein«, meldete der junge Leutnant. Er blutete am Kopf.

Mit jeder Minute wurde es wärmer. Sechsundzwanzig Grad, siebenundzwanzig Grad.

»Was passiert?«

Der Leutnant zuckte die Achseln. »Ich bin kein Wissenschaftler, aber es scheint, der Felsen heizt sich auf, als ob eine Heizplatte darunter wäre.«

Das Magma kam hoch und schmolz das Gestein. Hatte Doktor Finley nicht so etwas erwähnt? Ein Hotspot? Es könnte überall passieren. »Wir müssen raus!«, brüllte Tull.

Achtunddreißig Grad, neununddreißig Grad.

Tull riss sein Hemd auf. »Zum Notausgang!« Spinosa stürmte voran.

Das Tor öffnete sich langsam. Glühend heiße Luft strömte durch den Spalt herein. Die Stahlwände des Tunnels glühten dunkelrot. Hier kam niemand hinaus. »Schließen!«, befahl Tull. Sein Atem ging stoßweise. Eingesperrt.

Im Bunker stieg die Temperatur weiter. Sechsundvierzig Grad, siebenundvierzig Grad.

Tull lief der Schweiß in Strömen. Wäre es nicht zu der Katastrophe gekommen, wenn er und die anderen Staaten rechtzeitig gehandelt hätten? Jetzt gab es keinen Ausweg mehr.

In der Kantine lastete Stille.

Achtundfünfzig Grad, neunundfünfzig Grad.

Tull wandte sich an Spinosa. »Geben Sie mir Ihre Pistole.«

Der General zögerte. Dann zog er sie aus seinem Halfter.

Tull steckte sie in seinen Gürtel. Er ging mit seiner Frau und den Töchtern in die Kapelle. Sie knieten sich auf die Gebetsbänke.

Zweiundsechzig Grad, dreiundsechzig Grad.

Tull konnte kaum noch atmen. Die Tür dampfte, dann ging sie in Flammen auf. Tull trat hinter seine Familie und zog die Pistole. Besser, als bei lebendigem Leib zu verbrennen.

56

Rolette County, North Dakota

Das Gerüttel in der Rakete ebbte ab. Die furchtbare Kraft, die Georgina in den Konturensitz drückte, ließ allmählich nach und ging in Schwerelosigkeit über. Sie drehte den Kopf von einer Seite zur anderen. Es gab keine Fenster. Aus der Luke über ihr drang Ryans Stimme. Sie klang monoton, als ob er Zahlen ablas. Erst jetzt wurde ihr bewusst, dass er sie mit ins All genommen hatte. Sie erinnerte sich an das Gemecker ihres Bruders über einen verrückten Milliardär, der eine Marsmission vorbereitete. War Ryan darin involviert? Und verdammt! Er hätte sie fragen müssen, bevor er sie von der Erde entführte! Wie konnte er das tun?

Aber wo sonst hätten sie und Isa einen sicheren Ort gefunden? Georgina ließ den angestauten Atem gehen. Der Erde standen jahrelange Dunkelheit und eine Eiszeit bevor. Es würde bald keine Nahrungsmittel mehr geben und die Asche vergiftete das Wasser.

Sie sah sich nach den anderen Passagieren um. Die lagen entspannt in ihren Konturensesseln. Offensichtlich wussten sie, wo die Reise hinging. Sie waren sicherlich lange darauf vorbereitet worden: ein Leben auf dem Mars. Georgina verspürte keine Lust, auf diesem lebensfeindlichen Planeten den Rest ihrer Tage verbringen zu müssen. Da gab es doch nur Kälte, roten Sand und Stürme. Aber was war die Alternative? Sie warf einen Blick auf Isa. Das Mädchen würde sich sicher daran gewöhnen. Sie war jung, neugierig.

Elias, Mary, Paulus, Johanna und Markus erschienen vor ihrem inneren Auge. Tot. Camille, aufgespießt von einem Ast. Georgina traten Tränen in die Augen.

Da ging ein Stoß durch die Rakete. Dann klackten metallische Haltevorrichtungen. Irgendwo kreischte Stahl.

Georgina hob den Kopf und versuchte sich zu erklären, woher die Geräusche kamen.

»Okay.« Ryans Stimme drang aus dem Cockpit. »Fertig machen zum Ausladen! In drei Stunden initiieren wir die Rotation.«

Davon hatte Georgina schon gehört: Raketen nutzten die Zentrifugalkraft, um künstliche Schwerkraft zu erzeugen.

Sie atmete auf, als Ryan seelenruhig durch die Luke in den Passagierraum schwebte. »Wir haben an das Mutterschiff angedockt«, sagte er.

Als wäre das ein Kommando, öffneten die Passagiere ihre Sicherheitsgurte. Sie verließen ihre Konturensessel und strebten wie ein Schwarm träger Fische einer sich öffnenden Tür in der Mitte des Bodens zu.

Oben stieß sich Ryan ab und ließ sich zu Georgina hinabtreiben. »Wie geht es dir, Darling?«

»Ich weiß nicht, Ryan. Wenn du mir gesagt hättest, ich müsste zum Mars reisen, wäre ich vielleicht unten geblieben.«

Ryan lächelte. »Ich habe umdisponiert. Wir werden nicht zum Mars fliegen, sondern hier im Orbit bleiben, bis die Erde wieder bewohnbar wird.« Er nahm sie bei der Hand, dann warf er Nicky und Isa einen einladenden Blick zu. »Kommt mit, ich zeige euch alles.«

Er öffnete ihre Gurte, nahm ihre Hand und lotste sie durch ein Schott. »Ich habe die Hauptrakete umbauen lassen. Statt Treibstoff beherbergen die Tanks jetzt Tiere, Wasser und Nahrung.«

Im Laderaum sah sich Georgina verblüfft um. Eine Kuh, ein Schwein, eine Ziege, ein Schaf, Hund, Katze. »Das ... das ...«, stotterte sie.

»Von jedem Tier eins«, antwortete Ryan. »Genauer gesagt ein Weibchen.« Er deutete auf blaue Gefriergefäße. »Von den männlichen haben wir den Samen. Platzmangel.«

Er geleitete sie zu einer Luke. Unter ihnen war die Erde zu sehen, schwarz, wie in einem Trauergewand.

Georgina starrte mit tränenüberströmten Augen hinaus. »Ich hatte sie retten wollen.«

»Das hast du«, antwortete Ryan sanft. »Hier auf dem Schiff ist die Saat zu neuem Leben. Und das haben wir nur dir zu verdanken.«

Lieber Leser:

Dieses Buch ist hier zu Ende. Ich hoffe, es hat Dir gefallen, Du bist ein paar Stunden in seine Welt eingetaucht und hast mit Georgina mitgefühlt und mitgelitten.
Wenn es so war, freue ich mich als Autor besonders – und ich hätte eine kleine Bitte: rede darüber. Erstelle eine Rezension auf Amazon, dazu sind nur 20 Worte notwendig.
Oder erzähle anderen davon.
Warum Du das für mich tun könntest? Weil es für uns Autoren sehr schwer ist, ohne die vielen Werbemaßnahmen eines großen Verlages überhaupt zu bestehen. Mund-zu-Mund-Propaganda ist für uns lebenswichtig. Und Leserfeedback lässt uns noch engagierter in die Tasten hau en, so dass Du Dich schon bald auf neue Bücher freuen kannst.

Lieben Dank und herzliche Grüße,

Leo Aldan

Leo Aldan

Zunächst war es die Wissenschaft, die ihn rief. Er studierte Biologie und promovierte in Biochemie. Er lebte 20 Jahre in den Vereinigten Staaten, wo er sich in der AIDS-Forschung mit über 30 Publikationen profilierte. Er startete zwei Biotech-Unternehmen und patentierte zwei seiner Erfindungen. In seiner Freizeit schrieb er Kurzgeschichten und Gedichte. 2011 kehrte er nach Deutschland zurück und vollendete seine ersten Romane, darunter den Bestseller »SQUIDS – Aus der Tiefe des Alls« und den fantastischen Thriller »Agarax – Der Hexenfluch«.